Römisches Requiem

Bianca Maria
di Palma

Römisches Requiem

Commissario Caselli hört Musik

Eichborn.

für Daisy Nathan-Margadonna

Die Deutsche Bibliothek – CIP-Einheitsaufnahme

DiPalma, Bianca Maria Johanna:
Römisches Requiem : Commissario Caselli hört Musik /
Bianca Maria Johanna DiPalma. –
Frankfurt am Main : Eichborn, 2000
ISBN 3-8218-0787-3

Umschlaggestaltung: Moni Port unter Verwendung
einer Fotografie der © Tony Stone Images Bildagentur
Satz: Fuldaer Verlagsagentur, Fulda
Druck und Bindung: Wiener Verlag, Himberg
ISBN 3-8218-0787-3

Verlagsverzeichnis schickt gern:
Eichborn Verlag AG, Kaiserstraße 66, 60329 Frankfurt am Main
http://www.eichborn.de

PROLOG

Agadir. Ein junger Mann bog um eine weiße Häuserecke in eine Gasse. Durch eine blaue Tür verschwand er in einem schmalen Eingang und durchquerte den schattigen Innenhof, in dem ein Springbrunnen plätscherte und ein kühler Lufthauch feine Fontänen auf den Mosaikfußboden sprühte. Palmenblätter wogten im leichten Wind. An langen Büscheln leuchteten Datteln in der Abendsonne. Er roch die Meeresbrise und den zart betörenden Duft arabischen Jasmins, der üppig am unbehauenen Stein der Hauswand emporrankte.

Gezackte, kräftig grüne Pfefferminzblätter schwammen in einer geschnörkelten Kanne aus getriebenem Metall, eine Berberfrau goß heißes Wasser nach, schüttete den Teeaufguß in zwei Gläser und gleich darauf wieder zurück in die Kanne. Sie wiederholte die Prozedur, dann gab sie einige Löffel weißen Zucker dazu und rührte um. Ihre Hände waren mit Silberringen und Ornamentzeichen geschmückt. Neben ihr brannte ein Windlicht. Sie hockte in der Mitte des Raums auf einem Teppich und winkte den jungen Mann zu sich heran. Er setzte sich. Sie nahm seine Hand und legte einen Elfenbeinring hinein. Dann umschloß sie seine Finger, lächelte und reichte ihm den heißen, süßen Minzetee. Sie saßen schweigend, bis aus den Lautsprechern des Minaretts die Stimme des Muezzins ertönte.

Er erklomm die Stufen zum Turm und trat aus dem kuppelförmigen Torbogen auf das Dachplateau des Hauses, das nur von dreieckigen gekalkten Zinnen begrenzt wurde. Er stellte sich an den äußersten Rand und blickte auf das Meer. Kein Mensch, kein Schiff nur endloses Wasser bis zum Horizont. Lilablau, fast wie Lavendel, von atemberaubender Intensität. Sein weißer Kaftan flatterte im Wind. Er blieb stehen, bis das erste Abendrot den Horizont aprikosenfarben färbte und Venus neben der Mondsichel aufging. Er nahm Abschied. Morgen würde er zurück nach Europa reisen und ein neues Leben beginnen.

I

Einige Jahre später. Für Commissario Caselli war es ein ganz normaler Arbeitstag. Er würde am Vormittag in sein Büro in der römischen Questura gehen und einen Stapel Akten auf seinem Schreibtisch vorfinden. Etwa jeden zweiten Tag kam ein neuer Mordfall hinzu, meistens eine Messerstecherei an der Stazione Termini oder ein Drogentoter in den kahlen Betonburgen des Armeleuteviertels Prima Valle am Stadtrand. Nun war sein Vorgesetzter seit längerem krank, und Casellis sorgfältig verfaßte Berichte blieben in der Ablage liegen. Die römische Polizei war überlastet, litt an chronischem Personalmangel. Niemand hatte eine Vertretung für Vice-Questore Ruggiero di Verdacchiano geschickt. Caselli war später dran als sonst. Man hatte ihn mitten in der Nacht wegen eines Routinefalls aus dem Bett geholt, deshalb hatte er sich erlaubt, ein wenig länger zu schlafen. Er hätte auch den Tag ganz freinehmen können, aber das ließ sein Pflichtgefühl nicht zu. Caselli wischte sich mit einem Handtuch die Rasierschaumreste vom Kinn und schraubte das Rasierwasser auf. Er schüttete ein paar ordentliche Spritzer in die hohle Hand und klopfte die Handflächen auf seine gereizte Haut. Dann ging er ins Schlafzimmer, zog ein hellblaues Hemd an und schlug den weißen Kragen hoch, um die Krawatte zu binden. Im Ankleidespiegel entdeckte er seine Knie und die knochigen, etwas krummen Schienbeine. Wie Christus am Kreuz, hatte seine Mutter immer gesagt. Er zog die Kniestrümpfe höher und freute sich an dem weichen, elastischen Garn. Er hatte sie bei seinem Herrenausstatter in der Via del Gambero gekauft, teuer waren sie gewesen, aber Caselli legte Wert auf Qualität und eine gute Erscheinung. Was man von seinem Assistenten nicht sagen konnte. Raffaele Scurzi sah stets aus, als hätte er zwei Nächte lang nicht geschlafen. Wann hatte er ihn überhaupt das letzte Mal gesehen? Scurzi erschien ausgesprochen selten zum Dienst. Ein typischer Fall von Vetternwirtschaft. Sein Onkel kannte den Polizeipräsidenten, und schon war alles geregelt. Scurzi erhielt ein gesichertes Einkommen und machte, was er wollte. Caselli hatte diesbezüglich gegenüber seinem Vorgesetzten einmal eine Bemerkung fallenlassen und sich anhören müssen, er solle doch etwas sozialer denken. Es gäbe auch Polizeibeamte, die mit ihrem Gehalt eine mehrköpfige Familie ernähren mußten, dazu gehörte Scurzi. Schließlich habe es nicht jeder so schön wie Caselli und könne sein Junggesellendasein in vollen Zügen genießen, oder gab es etwa eine gebrechliche Mutter zu unterstützen ...? Nein, selbst damit konnte Caselli nicht dienen. Er war allein, und Verdacchiano beneidete ihn anscheinend darum, obwohl es Casellis Meinung nach nichts gab, worum er zu beneiden gewesen wäre. Er hätte gern eine Familie gehabt.

Caselli setzte sich aufs Bett, um seine Schnürsenkel zu binden. Verdacchianos Bemerkung hatte ihm klargemacht, wie die Dinge lagen, und deshalb verlor er kein Wort mehr über Scurzis Dienstauffassung. Eigentlich tat er ja eine ganze Menge, der arme Junge. Soweit Commissario Caselli wußte, arbeitete er morgens ein paar Stunden bei der städtischen Müllabfuhr in der Verwaltung und schaute dann später in der Bar seiner Cousins an der Piazza Cavour vorbei, um ein bißchen auszuhelfen, zwischen zehn und elf, wenn das Heer römischer Angestellter en bloc aus Büros, Behörden und Ministerien strömte, um sich mit *caffè & cornetto* zu stärken. Nach elf hatte Caselli gute Chancen, seinen Assistenten per Handy zu erwischen, wenn es denn sein mußte. Dann kam die Mittagspause, und am Nachmittag saß Scurzi immer pünktlich hinter seinem Schreibtisch in der Questura, mit schuldbewußtem Gesicht und den besten Absichten, seinen Dienst zu tun.

Das ging Commissario Caselli durch den Kopf, während er sich mit besonderer Sorgfalt fertigmachte. Heute abend würde er nur kurz nach Hause kommen, um sein Jackett zu wechseln. Er wollte ein Konzert in der Philharmonie besuchen. Es war nicht so leicht, an Konzertkarten für das Orchester Santa Cecilia zu kommen, und diesmal war es besonders schwer gewesen. Die Gastsolistin, eine junge Deutsche, hatte im letzten Jahr die Aufmerksamkeit der Presse auf sich gezogen. Man bescheinigte ihr eine große Begabung, und Caselli freute sich auf den Abend.

Zuletzt schlüpfte er in seine grüne Huskyjacke mit braunem Kordkragen, verließ seine Wohnung und schloß die Tür ab.

Als er mit seinem Wagen im Verkehrschaos auf der Piazza Venezia steckte, klingelte sein Mobiltelefon. Er drückte eine Taste, die Verbindung war schlecht. »Scurzi«, verstand er, »Autounfall« und »Villa Medici«. Etwa zwanzig Minuten später fuhr Caselli, dank dem rot-gelb gestreiften Passierschein, der rechts unter seiner Windschutzscheibe klebte, die Via Gregoriana hinauf. Vor dem Hotel Hassler, oberhalb der Spanischen Treppe, schnellte ein silbergrauer Jaguar heran und nahm ihm die Vorfahrt. Caselli trat ruckartig auf die Bremse und griff energisch nach der Kurbel seines Seitenfensters. Hinter dem Steuer des Jaguars saß ein Mann mit klassischem Profil und dunklen Haaren. Caselli erkannte ihn. Es war der Dirigent David Franceschini. Man sah den

Dirigenten öfter in Rom, er bewohnte mit seiner Familie eine Villa auf dem Aventin. Caselli kannte ihn aus seinen Konzerten in Santa Cecilia. Auch heute abend würde er dirigieren. Commissario Caselli kurbelte das Seitenfenster wieder hoch. Doch der Dirigent hob die Hand; er hatte bemerkt, daß er Casellis Wagen geschnitten hatte, und entschuldigte sich. Commissario Caselli nickte und fuhr weiter. Kurz darauf erreichte er die Villa Medici und sah Scurzi. Er stand neben dem Kanonenkugelbrunnen unter einer Pinie und machte ein sorgenvolles Gesicht. Ein Stück weiter zog ein Abschleppwagen der Straßenwacht gerade einen alten Fiat auf die Rampe. Caselli fuhr rechts ran und stieß die Beifahrertür auf. Scurzi überquerte die Straße.

»Was ist denn passiert? Verletzt sind Sie nicht, oder?« fragte Caselli und sah seinen Assistenten prüfend an.

Scurzi beugte sich zu ihm hinunter.

»Mir ist ein Touristenbus hinten draufgefahren. Blechschaden, ausgerechnet jetzt, wo Marcella doch dauernd zu den Voruntersuchungen muß!«

Wie Caselli wußte, erwartete Scurzis Frau ihr viertes Kind.

»Über eine Stunde hat mich der Abschleppdienst warten lassen, aber jetzt ist alles geregelt«, sagte Scurzi und setzte sich auf den Beifahrersitz. »Deshalb habe ich Sie auch gerufen, um Bescheid zu geben, daß es später wird ...«, meinte er. Er zog die Wagentür zu und griff nach dem Sicherheitsgurt.

»Sind Sie sicher, daß ich Sie nicht ins nächste Krankenhaus bringen soll?« fragte Caselli. »Vielleicht haben Sie eine Gehirnerschütterung.«

»Nein, mir geht's gut. Ich war ja angeschnallt«, meinte Scurzi und lehnte sich in den Sitz zurück.

»Piazza Cavour liegt aber nicht auf meinem Weg«,

sagte Commissario Caselli knapp und blickte nach hinten, um sich einzuscheren. Nach Scurzis Anruf hatte er sich große Sorgen gemacht. Er war gleich zum Unfallort gefahren und hatte erleichtert aufgeatmet, als er seinen Assistenten heil unter der Pinie hatte stehen sehen. Doch ihn bei seiner Nebenverdienststelle abzusetzen, das ging zu weit.

»Ich fahre gleich mit ins Präsidium«, sagte Scurzi und hantierte mit dem Gurt.

»So?« Caselli sah seinen Assistenten überrascht an.

»Heute ist doch Mittwoch«, sagte Scurzi mit gedämpfter Stimme.

»Ah, ja, natürlich ... riposo settimanale«, erinnerte sich der Commissario und zog eine Augenbraue hoch.

2

Sie sah den Assistenten des Dirigenten schon durch die Glasscheibe vor der Absperrung und winkte. Ihre Maschine hatte eine Stunde Verspätung, und Jean sah aus, als hätte er diese Stunde mit verschränkten Armen auf einem unbequemen Metallsitz verbracht, in den Monitor starrend und inständig hoffend, das rote Lämpchen der Flugnummer LH 3506 würde auf Grün springen.

»Na, endlich«, seufzte er, als sie durch die Absperrung kam, und stand auf. Der Metallsitz hatte ein Gittermuster auf seiner Kordhose hinterlassen. Er nahm ihr die Kleiderhülle ab und küßte flüchtig ihre Wangen. »Was war denn los?«

»Nebel in Mailand, tut mir leid.«

Jean streckte die Hand aus. »Soll ich das auch nehmen?

»Ja, danke«, Geraldine klemmte den Geigenkasten unter den Arm und gab Jean ihre Reisetasche.

»Wie läuft es? Wie waren die Orchesterproben?« fragte sie, während sie die Flughalle durchquerten.

»David ist recht zufrieden«, antwortete Jean.

Sie blickte ihn an. »Geht es ihm gut?«

»Er vermißt dich!« sagte Jean, und ein Lächeln huschte über ihr Gesicht. »Tja, euer Konzert in Neapel ist schon wieder eine Weile her ... ich habe gehört, du hast in Paris gespielt?«

»Ja, Brahms, die Kritiken waren gut«, antwortete Geraldine.

Er hielt ihr die Schwingtür auf. »Und? Hast du dir ein paar schicke Abendkleider gekauft?«

Sie lachte. »Was ist mit dir?« sagte sie dann. »Hat David dich was dirigieren lassen?«

Jean deutete auf einen Wagen. »Der da vorne, na ja, ein paar kleinere Sachen, nächsten Monat soll ich eine Bruckner-Sinfonie in Genua übernehmen.«

»Na, ist doch prima, oder?« meinte sie.

»Ja, schon ...«, antwortete Jean. »David hat die Probe für 11 Uhr angesetzt. Am besten, wir fahren gleich in den Konzertsaal, oder möchtest du vorher noch ins Hotel?«

Geraldine rutschte auf den Rücksitz der Limousine, und Jean stieg neben ihr ein. »Muß nicht sein«, antwortete sie.

»Via della Conciliazione«, rief Jean dem Fahrer zu.

»Was macht seine Gesundheit?« erkundigte sie sich.

»Eher schlechter, er schluckt eine ganze Menge Zeug.«

Geraldine hielt den Blick starr auf die am Straßenrand vorbeiziehenden Pinien gerichtet. »Weiß es seine Frau immer noch nicht?« fragte sie schließlich.

»Nein«, antwortete Jean. »Er will es ihr nicht sagen. Schon wegen dem Kind. Es soll alles so lange wie möglich weiterlaufen.« Er blickte sie von der Seite an und drückte kurz ihre Hand. Ihr Gesicht zeigte keine Regung.

Der Geigenkasten lag offen auf einem Stuhl, sie nahm den Bogen heraus, spannte ihn durch Drehbewegungen am silbernen Frosch und öffnete den Lederbeutel mit dem Kolophonium. Die Musiker tuschelten, Maestro Franceschini war eingetroffen. Sie legte den Bogen zurück, griff nach dem weißen Plastikbecher mit Kaffee, der neben ihrem Geigenkasten auf dem Stuhl stand, und trank einen Schluck. Ein kleiner blonder Junge machte sich von der Hand seiner Mutter los und rannte durch die Sitzreihen. Der Intendant Fernandetti begrüßte das Ehepaar herzlich. Franceschini schüttelte Hände und rief seinem alten Freund Fernandetti eine scherzhafte Bemerkung zu.

»Ah! Da ist sie ja!« David Franceschini schwang sich mit Elan auf das Podium und hängte seinen Pullover über das Geländer des Dirigentenpults. »Buon giorno!« sagte er gutgelaunt und drückte Geraldines Hand. »Giulia, das ist Geraldine Dvorsky. Sie spielt heute abend Mendelssohn! Alles in Ordnung?« setzte er hinzu. Er sah sie an.

»Ja, sicher«, antwortete Geraldine und ging zur Rampe, um Franceschinis Frau die Hand zu geben.

»Freut mich, Sie kennenzulernen ...«, Giulia streckte ihr die Hand entgegen. Geraldine schob den Ärmel ihres weinroten Rippenstrickpullis zurück und hielt den Becher schief. Ein kräftiger Schwall Kaffee kippte aufs Parkett.

»Entschuldigung!« sagte Geraldine sofort.

Giulia Franceschini betrachtete ihre ruinierten Wildlederschuhe. »Ach, die paar Spritzer!« lächelte sie gezwungen. »Es war ja keine Absicht ...«, sagte sie und sah auf. Ihr Sohn tobte auf dem Podium herum. »David ..., nicht, daß er wieder ...!« Franceschini sprach mit Jean und schlug gerade die Partitur auf.

»Na, wie heißt du denn?« fragte die Flötistin.

»Mannimiliano«, antwortete der kleine Junge prompt und flitzte davon. Jean ging nach hinten.

»Das S klappt noch nicht so ganz!« rief der Dirigent und lächelte. Er blätterte in der Partitur bis zum dritten Satz, mit dem er beginnen wollte.

Sein Sohn stand bei den Celli. »David!« Giulia hastete zum seitlichen Treppenaufgang. »Untersteh dich, Maxi, hörst du!« Franceschini blickte irritiert auf.

»Aua!« Der Cellist am ersten Pult rieb sich das Schienbein.

»Na, Tozzi, nicht viel Erfahrung mit Kindern, was?« sagte Franceschini ungerührt. »Nehmen Sie's nicht persönlich, mein Sohn hat eine ausgeprägte Abneigung gegen Celli«, fügte er hinzu und strich die Partitur glatt. »Ich werde mal die Kindergartenpsychologin ansprechen, um zu erfahren, was es damit auf sich hat ... nun, Hauptsache Ihr schönes Instrument ist noch heil, nicht wahr?«

Tozzi hatte seine Socke heruntergeschoben und kontrollierte den blauen Fleck. »Hm, jetzt übertreibt er aber ...«, murmelte Franceschini amüsiert und verschränkte die Arme vor der Brust. Im Orchester wurde locker gelacht. Giulia schritt über das Podium und nahm ihren Sohn auf den Arm. »Entschuldigen Sie bitte!« sagte sie mit einem freundlichen Lächeln und trug ihren kleinen Jungen die Stufen hinunter. Massimiliano begann zu brüllen.

Sie war Antiquitätenhändlerin. Nonchalant hingruppierte Chinoiserien, schwere Silberjardinieren auf bauchigen Holzmöbeln, teure niederländische Meister an den Wänden, so stellte sich Geraldine das Geschäft in der noblen Via del Babbuino vor, während sie Giulia Franceschini düster nachblickte, und Mutter war sie auch, Le gemme di Cornelia.

»Der wird bestimmt mal Tenor, bei der kräftigen Stimme und ... dem Dickkopf!« kommentierte Tozzi und erntete Zurufe aus den Orchesterreihen. Franceschini klopfte mit dem Taktstab auf das Pult. »Guten Morgen! Können wir dann?«

Der Oboist gab das A.

»Den Übergang von Takt 128 zur Kadenz solltest du dir noch mal ansehen ...«, Jean klopfte mit dem Finger auf eine Notenzeile.

»Ja, ich weiß schon!« sagte Geraldine gereizt und klemmte ihre Geige unter den Arm. »Wie lange ist Pause?« fragte sie angespannt und griff nach dem Plastikbecher auf dem Stuhl.

»Zwanzig Minuten«, antwortete Jean.

Der Becher war leer, sie stellte ihn wieder ab und blickte abrupt zu Franceschini. Er küßte gerade seine Frau. Die Musiker standen auf, Intendant und Techniker verließen den Zuschauerraum.

Jean klappte die Partitur zu. »Darf ich fragen, welche Farbe dein Kleid hat?« fragte er. »Wegen der Blumenarrangements ...«

»Meerblau«, antwortete Geraldine muffig. Sie stimmte gerade ihre Geige durch.

»Giulia kommt in letzter Zeit oft zu den Proben«, bemerkte Jean beiläufig.

»So?« Geraldine konzentrierte sich auf ihr E und intonierte dann forsch die ersten Takte eines Paganini-Capriccios.

»Hast du schon einen Termin beim Friseur?« Jean betrachtete kritisch ihre Haare.

»Die haben sicher einen im Hotel«, sagte Geraldine und setzte die Geige ab. Jean verstaute die Partitur in seiner Notentasche. In den zwei Jahren, die sie nun mit Franceschini spielte, hatte sie Jeans bestimmte, aber immer freundliche Art schätzen gelernt. Sie mochte ihn und wußte, daß man sich in jeder Situation auf ihn verlassen konnte.

»Brauchst du noch etwas?« fragte Jean. Geraldine schüttelte den Kopf. »Übrigens, der zweite Satz war wunderbar.«

»Danke ... Jean, schön, daß du das sagst«, antwortete sie, ohne ihn anzusehen.

3

»Jean ...!« Franceschini stand vor seinem Garderobenspiegel, die Arme auf die Stuhllehne gestützt, den Kopf gesenkt.

»Ja?« Sein Assistent wandte sich ihm zu.

»Könntest du ...«, der Dirigent richtete sich auf. »Könnest du ... mir noch mal einen Gefallen tun?« fragte er und wartete. »Hier, du kannst den Jaguar haben, wir gehen zu Sabbatini essen, da nehme ich ein Taxi, das Zentrum ist eh gesperrt«. Er warf Jean die Autoschlüssel zu.

Jean fing sie auf und machte ein skeptisches Gesicht. »David, du weißt, ich ... du hast letztesmal gesagt, es wäre Schluß damit«, sagte er tonlos.

Franceschini nahm sein Jackett von der Stuhllehne und durchsuchte die Taschen. »Es ist reine Zeitverschwendung, darüber zu diskutieren, Jean. Du weißt doch Bescheid. Für Geraldine ist das Konzert heute abend wichtig. Es muß ein Erfolg werden, und ich fühle mich nicht gut … also bitte!« Er nahm einige Hunderttausendlirescheine aus der Reverstasche und drückte sie Jean in die Hand. »Der Rest ist für dich«, sagte er und legte Jean die Hand auf die Schulter. »Ich kann mit dir rechnen?«

Sein Assistent blickte ihn an, dann nickte er. »Natürlich, David.« Franceschini drückte kurz seinen Arm. »Danke.« Dann wandte er sich ab und vergrub die Hände in den Hosentaschen. »Und, das Konzert in Genua … das läuft wie besprochen, ich gebe Forfait, und du springst ein … also dann, etwa um vier Uhr bei mir, ja? Du bringst mir die Partitur.« Jean nickte und steckte das Geld weg.

Der Dirigent wartete, bis Jean den Raum verlassen hatte, dann nahm er einige Tabletten aus einem Röhrchen und schluckte sie mit einem Glas Wasser. Er wischte sich mit dem Handtuch den Schweiß von der Stirn und sah in den Spiegel. »Pech gehabt, mein Junge«, sagte er, »… wen die Götter lieben …!«

4

Als Geraldine ihr Hotelzimmer betrat, sah sie sofort die roten Rosen. Das Zimmermädchen hatte den Strauß in eine satinierte Glasvase auf die Konsole gestellt, das Billett lag daneben. Geraldine griff zum Hörer, die Nummer des Dirigenten war belegt. Sie ging ins Bad und drehte den Duschhahn auf. Ein blasses Gesicht blickte ihr aus dem Spiegel entgegen. Ich sollte mich ausruhen und noch mal die Kadenz im dritten Satz durchgehen, dachte sie. Der Morgen hatte ein schales Gefühl hinterlassen. Nach den Proben war sie ziellos durch die Stadt gelaufen, ohne etwas von der herbstlichen Schönheit des Tages, den tanzenden Lichtern der Nachmittagssonne auf dem Pflaster wahrzunehmen. Inmitten des Gewimmels der flanierenden Menschen, die sich rufend und lachend durch Roms verwinkelte Gassen schoben, hatte sie sich nur noch einsamer gefühlt.

Als das Telefon läutete, zuckte sie zusammen. »Maestro Franceschini desidera parlar Le ...«, meldete der Portier. »Soll ich durchstellen?«

»David ...!« sagte sie atemlos.

»Giulia wollte unbedingt mit zur Probe. Ich war heute morgen im Hassler, aber dein Flug hatte Verspätung ... es tut mir leid, ich mußte dann weg ... ich wäre gern mit dir essen gegangen ... nach der Probe, aber ... wo warst du denn die ganze Zeit ...?« fragte er ungeduldig. »Ich habe ein paarmal angerufen ... Du solltest dich vor dem Konzert etwas ausruhen.« Geraldine setzte sich in einen Sessel und zog die Knie an.

»Danke für die Rosen, David.«

»Ich liebe dich«, seine Stimme klang matt.

»Ich dich auch, wie geht es dir?« Ihre Stimme wurde sanft.

»Unverändert, ich habe jetzt einen Arzt, der nicht lange rumredet. Ludovica hat ihn mir genannt. Es geht schon. Und es gibt ja auch andere Kanäle ...« Franceschini brach ab und wechselte das Thema. »Geraldine, ich muß morgen früh nach Florenz. Wir sind mit der Brahms-Einspielung nicht fertig geworden. Ich muß noch mal ins Tonstudio. Es tut mir sehr leid, ich hätte gern den Tag mit dir verbracht.« Geraldine seufzte.

»Aber am Abend gibt Schwiegermama eine Dinnerparty in ihrer Stadtwohnung. Ludovica kommt auch. Natürlich ist Giulia da, aber wir können uns zumindest sehen. Du weißt ja, ich habe der Familie meiner Frau gegenüber gewisse Verpflichtungen und kann nicht absagen. Nimm ein Taxi, Via Girolamo 1, 5. Stock, Carla Castelli, um neun. Du kommst doch?« vergewisserte er sich.

Sie sagte zu.

Caselli hatte bereits den Knauf seiner Bürotür in der Hand, als das altmodische schwarze Telefon auf seinem Schreibtisch klingelte. Er zögerte, dann siegte sein Pflichtgefühl. Er ging noch einmal zurück und nahm den Hörer ab. »Pronto?« fragte er und rechnete mit dem Schlimmsten. Zwei Minuten später wurde seine Vorahnung bestätigt. Man hatte die Leiche eines jungen Mannes gefunden, auf der Isola Tiberina. Der geplante Konzertbesuch fiel somit ins Wasser. Caselli sagte, er werde sofort hinfahren und legte auf. Er dachte einen Moment daran, wann er Gelegenheit haben würde, das neue federleichte Kaschmirjackett mit dem gestickten Emblem auf der Brusttasche anzuziehen, das er sich extra für die Herbstkonzerte zugelegt hatte. Bisher war zweimal etwas dazwischengekommen. Dann schob er diesen Gedanken beiseite, seine Eitelkeit war ihm bewußt, und er genierte sich ein wenig dafür. Seine Mutter hatte das immer als unmännlich abgetan, und wahrscheinlich hatte sie recht gehabt.

Er steuerte seinen Wagen durch den dichten Vorabendverkehr des Lungotevere und steckte geraume Zeit im

Stau. In der vagen Hoffnung, vielleicht wenigstens noch den zweiten Teil des Konzerts hören zu können, setzte Caselli schließlich die blaue Sirene auf das Dach seines Wagens. Als er den Tatort erreichte, war es Viertel vor neun. Er stieg aus und blickte sich um, Scurzi war nicht da. Statt dessen kam ein Mann in Carabinieriuniform auf ihn zu. »Buona sera, Commissario Caselli«, sagte er und salutierte. »Rocca Antonio, Capitano«, gab er an. Caselli nickte. Sie hatten miteinander telefoniert. Er fragte sich, wie der Carabiniere ihn wohl erkannt hatte, und schrieb es seinem Dienstwagen zu und der Sirene auf dem Dach. »Buona sera«, antwortete er und schloß seinen Wagen ab, wobei ihm bewußt wurde, daß das bei dem Polizeiaufgebot wohl übertriebene Vorsicht war. »Der Tote liegt unten am Kai, beim Ponte Vecchio«, rapportierte der Carabiniere. »Wenn Sie gestatten, gehe ich vor!«

Caselli folgte ihm die steilen Travertinstufen hinunter. Sofort stieg ihm der beißende Geruch von Urin und modrigem Wasser entgegen, und er fragte sich, warum wohl die Obdachlosen, die nachts unter den Brückenbögen der Tiberinsel auf Kartons schliefen, nicht das Vespasian aufsuchten, das unweit der Piazza aufgestellt worden war und seit Jahren unbenutzt vor sich hin rostete.

Der Tote lag noch so da, wie man ihn gefunden hatte. Die Spurensicherung war bereits fertig, und der diensthabende Arzt war schon gegangen. So hielt sich Caselli an den Carabiniere.

»Meiner Meinung nach Tod durch Überdosis«, gab dieser Auskunft. »Und dann hat ihm noch jemand diesen Stein auf den Schädel geschlagen«, fügte er hinzu und deutete auf einen blutverschmierten Steinquader. »Sieht nicht danach aus, als sei die Kopfverletzung die Todesursache. Auszuschließen ist es aber nicht, deshalb hielt ich es für ratsam, die Mordkommission hinzuzuziehen.« Caselli nickte. Der Capitano nahm kurz seine Dienstmütze ab und fuhr sich über die Stirn. »Ich nehme an, einer hat ihn da liegen sehen mit der Spritze im Arm, und der wollte auf Nummer Sicher gehen, bevor er ihn ausraubte.«

»Weiß man, wer er ist?« fragte Caselli und sah sich den jungen Mann etwas genauer an.

»Er heißt, Riccardo Vismara. Ein verkrachter Musiker, drogenabhängig. Er hatte seinen Ausweis und ein Adreßbuch dabei«, erläuterte Rocca und ruckte die Mütze gerade. »Sein nächster Anverwandter hier in Rom ist sein Bruder Vismara Angelo. Wir haben ihn angerufen. Die Putzfrau war am Apparat. Vismara ist Bratscher im Orchester Santa Cecilia und hat heute abend Dienst. Jemand sollte hinfahren und ihn verständigen.«

»Ja, Capitano«, sagte Caselli, und ein Strahlen ging über sein Gesicht. »Ich übernehme das!« Der Carabiniere sah ihn befremdet an. Normalerweise waren die Polizeibeamten schockiert, wenn sie einen Toten sahen, noch dazu, wenn er zugerichtet war wie der hier. Aber dieser Commissario schien eine perverse Freude daran zu haben. Caselli bemerkte es und setzte eine ernste Miene auf. »Sonst noch was«, fragte er im Verhörton, und Rocca spurte wieder.

»Das haben wir in seiner Jackentasche gefunden«, er deutete auf ein verschlossenes Plastiktütchen, das bei den Metallkoffern der Spurensicherung lag. Caselli sah ein gefaltetes Papierquadrat mit einem roten Stempelaufdruck. Er zeigte eine Galeone mit Rudern, die in die Wellen tauchten. Darüber stand ein spanisches Wort. Caselli nahm das Tütchen und notierte sorgfältig das Wort unter den Ruderblättern in sein Notizbuch, dann gab er es Rocca zurück. »Gute Arbeit, Capitano«, sagte er anerkennend, und der Carabiniere salutierte.

5

»Also, ich gehe mich schon mal einspielen. Carmelina, machen Sie mir bitte die Tür auf, ich komme mit dem Kleid nicht klar ... und Sie holen mich in einer halben Stunde, ja? Und den Pfefferminztee, den vergessen Sie doch nicht?«

Fünf Minuten später rannte sie den Gang zurück. »Signor Pedretti!«

»Antonio«, rief die Garderobiere ungehalten, »da kommt die Dvorsky, hast du den Tee geholt?«

»Carmelina!«

»Passen Sie doch auf Ihr Kleid auf, halten Sie es nicht so gerafft, es ist ja schon ganz zerknittert ...«, schimpfte die Garderobiere ungehalten, während der Inspizient den Teebeutel aus der Tasse nahm und mit zwei Fingern sorgfältig ausdrückte. »Mamma mia, wie sehen Sie denn aus, Sie sind ja völlig aufgelöst!«

»Antonio! Mir ist beim Stimmen die E-Saite gerissen! Was mache ich denn jetzt!«

Antonio tätschelte ihr beruhigend den Arm. »Nur mit der Ruhe, die haben gerade erst mit der Ouvertüre angefangen, bis Sie dran sind, zieh ich Ihnen fünf neue auf.«

»Aber ich habe keine mehr! Es ist einfach keine mehr im Kasten. Das ist mir noch nie passiert!«

»Wenn das Ihre einzige Sorge ist, draußen sitzen dreißig Streicher, da wird doch wohl einer irgendeine Ersatzsaite dabeihaben.«

»Ich brauche nicht irgendeine, ich brauche eine Kaplan-Gold, 5/20 Millimeter, höchstens sieben. »

Jean tauchte auf. »Bitte nicht so laut! Was ist denn?«

»Sie braucht eine Kaplan-Gold-E.«

»Was?«

»Eine Spezialstärke auch noch, nicht wahr, Signorina?« nörgelte Antonio.

»Das Krokoetui, wo das Foulard liegt, vielleicht hat Signora Francoise, die Konzertmeisterin, diese Marke, sehen Sie doch bitte mal nach«, meinte Jean ruhig. Antonio öffnete das Plexiröhrchen mit den Ersatzsaiten. »Und?«

»Pirastro.«

»Ach!« Geraldine ließ sich auf den Hocker vor dem Spiegel fallen.

»Aufstehen, Sie zerknittern ja ganz den Stoff«, fauchte Carmelina und zog sie unsanft am Arm hoch, »... und dann heißt es wieder, ich hätte nicht ordentlich gebügelt!«

»Wie weit ist er?« Jean hörte dem Orchester zu.

»Egmont, fast zu Ende«, sagte Geraldine und schüttelte die Garderobiere ab.

»Gut«, entschied Jean. »Nach der Ouvertüre gebe ich einen Laufzettel durch die Pulte. Geraldine, bitte reiß dich zusammen! Zur Not nimmst du eben Pirastro.«

»Das geht nicht, versteh doch, Kaplan gibt einen völlig anderen Klang, und dann die Doppelgriffe in der Kadenz, unmöglich!« sagte sie und schneuzte sich.

»Antonio«, rief Jean kurz entschlossen im Kommandoton. »Trommeln Sie Bühnenarbeiter und Putzkolonne zusammen. Sie sollen alle Kästen nach E-Saiten abklappern!«

»Ich bin doch nicht verrückt ... die wissen doch gar nicht, wie eine Saite ausschaut, geschweige denn eine E, außerdem ist das Hausfriedensbruch. Ich kann doch nicht einfach die Kästen aller Musiker öffnen lassen, wo kommen wir denn da hin! Da sind doch auch persönliche Sachen drin, wenn dann was fehlt ...!«

»Ach, ich muß mich doch noch einspielen!« schniefte Geraldine.

»Jetzt machen Sie schon ...!« schrie der Assistent.

»Sie haben mir überhaupt nichts zu sagen, capito! Da ist doch eine E-Saite, soll sie die doch nehmen. Wenn Signora Francoise damit spielt, kann sie so schlecht nicht sein, damals, 1944, wären wir froh gewesen, wenn wir wenigstens eine Darmsaite aufgetrieben hätten!«

»Signor Pedretti, so kommen wir wirklich nicht weiter«, seufzte Jean. Ein hysterischer Aufschrei, Jean wandte sich um. »Geraldine, denk an dein Make-up ... Signora Facetti, sehen Sie denn nicht, die Maskara läuft!«

Die Garderobiere eilte mit Tissue und Puderpinsel heran. »Aua, da nicht!«

»Mein Gott ... unterm Kinn, da ist ja alles wund, wie wollen Sie denn so spielen, das tut doch weh!«

»Lassen Sie nur, ich habe eben viel geübt in den letzten Tagen.«

»Aber das geht doch nicht, das sieht ja furchtbar aus, Antonio hol doch mal ein Heftpflaster.«

»Carmelina, hören Sie auf, Sie machen mich ja noch nervöser. Ich sage Ihnen doch, es ist alles in Ordnung so!« jammerte Geraldine.

»Das sehen Sie doch nicht zum erstenmal ... man könnte meinen, Sie sind erst seit gestern Garderobiere«, blaffte der Assistent.

Die stämmigen Arme in die Hüften gestemmt, baute sich Carmelina vor ihm auf und ihre schwarzen Augenbrauen zogen sich bedrohlich zusammen.

»Also, hören Sie mal, Sie Grünschnabel, gut zwanzig Jahre bin ich hier beschäftigt. Die größten Künstler habe ich betreut, und alle waren sie zufrieden. Picobello habe ich sie rausgeschickt, vor die Leute. ›Carmelina, was würde wir ohne dich nur machen‹, haben sie gesagt und mir sogar die Hand gegeben beim Abschied, aber so ein zerriffeltes Kinn, wie die Signorina da hat, ich hole jetzt ein Heftpflaster!«

»Herrgott noch mal!« Jean platzte der Kragen. »Signora Facetti, jetzt kümmern Sie sich lieber mal um die Frisur von Signorina Dvorsky. Da hinten muß eine Nadel rein. Es kommen ja schon die Locken runter!«

Man hörte Schlußakkorde und Applaus. Jean schrieb etwas auf einen Zettel und ging hinaus. Es klopfte. Franceschini kam herein und griff nach einem Handtuch.

»Und ... nervös?« fragte er Geraldine ruhig und wischte sich über die Stirn. »Laß dich anschauen, komm näher! Ah, was für ein Blau! Sie werden dir zu Füßen liegen.«

»Wollen Sie Ihr Frackhemd wechseln, Herr Franceschini?« Carmelina hielt schon eines bereit. Er winkte ab und flüsterte Geraldine etwas ins Ohr, dann drückte er ihre Hand und ging wieder hinaus, das Publikum applaudierte noch.

Jean blickte auf den Zettel, der die Runde gemacht hatte. »So ... Medium tension, geht das? Geraldine nickte heftig. »Na, wer sagt's denn, Tuveri, Ablage 23.« Er reichte Geraldine das quadratische weiße Kuvert. Geraldine stieß einen Stoßseufzer der Erleichterung aus. Sie zog die Saite durch die kleinen Löcher in den Wirbeln und drehte sie fest, während Carmelina sich bemühte, widerspenstige Locken mit Schildpattnadeln zu bändigen.

»Toi, toi, toi«, Jean lächelte aufmunternd. »Wird schon schiefgehen.« Geraldine atmete tief durch.

Als Caselli in das Konzertgebäude kam, hörte er noch die letzten Takte des Violinkonzerts, dann brach der Schlußapplaus los. Er nahm zwei Stufen auf einmal, zeigte seinen Dienstausweis und nannte seinen Namen. Man ließ ihn ohne weitere Fragen ein, die Türen wurden sowieso gerade geöffnet. Er stand neben dem Ausgang, das Publikum jubelte, die Orchestermusiker standen auf und der Dirigent verbeugte sich. Ein junger Mann überreichte der Geigerin einen Blumenstrauß. Ein hübsches Mädchen, zweifellos – fasziniert betrachtete Caselli die fragile Gestalt auf der Bühne. Das Publikum applaudierte frenetisch, einzelne standen auf, dann immer mehr. Signorina Dvorsky lächelte ein wenig verlegen und hielt ihre Geige sehr fest. Eine Gruppe japanischer Touristen und ein Ehepaar mittleren Alters standen auf, drängten ungeduldig an Caselli vorbei, und hasteten zur Garderobe. Schließlich verließen Dirigent und Solistin das Podium und gingen durch das Orchester nach hinten. Er neigte sich ihr zu und sagte etwas, sie lächelte. Der Applaus verstummte. Nun drängte alles zu den Ausgängen.

Caselli beorderte einen Saaldiener, ihn zum Orchesterraum zu führen. Dort würde er einem der Musiker sagen müssen, daß sein Bruder nicht mehr am Leben war.

6

Caselli hatte einen langen, arbeitsreichen Tag hinter sich. Nachdem Scurzi um fünf gegangen war, hatte er sich in seinem Büro einige Akten vorgenommen und einen überfälligen Bericht geschrieben, den, wie es aussah, in nächster Zeit niemand lesen würde, aber er hielt sich an die Dienstvorschrift, und schließlich war er noch mal den neuen Fall durchgegangen.

Ein Musiker, Orchestergeiger, achtundzwanzig Jahre alt.

Begabte Familie, hatte Scurzi ihm mitgeteilt, die Mutter spiele im La Fenice in Venedig. Vismara sei seit drei Jahren drogenabhängig gewesen, er habe im selben Orchester wie sein Bruder gespielt.

»Er hat im Santa Cecilia gespielt?« hatte Caselli überrascht eingeworfen.

»Ja, sogar in der ersten Geige, bis vor einem Jahr.« Scurzi hatte ehrlich betrübt ausgesehen.

Der Angehörige des Toten, Angelo Vismara, hatte merkwürdig reagiert, als er ihm die Todesnachricht überbrachte. Caselli übte diese traurige Pflicht nicht zum erstenmal aus, und er wußte, daß Schock und Trauer viele Gesichter annehmen konnten. Selten aber hatte er in den Augen eines Menschen, der gerade vom Tod eines ihm Nahestehenden erfuhr, einen so undeutbaren, fremden Ausdruck gesehen. Caselli hatte soviel Taktgefühl besessen, seine Fragen zurückzuhalten. Er kannte die Sitte vieler seiner Kollegen, solche Situationen zu nützen, um Informationen zu entlocken, die sonst vielleicht nicht preisgegeben worden wären, und er mochte sie nicht. Er hatte Vismara in der Obhut des Assistenten des Dirigenten zurückgelassen, eines sehr taktvollen jungen Mannes, der ihm versprochen hatte, sich um Vismara zu kümmern, bis seine Mutter da war.

Caselli lehnte sich auf seinem Schreibtischstuhl zurück und zupfte sich nachdenklich einen Fussel von seiner mokkafarbenen Bundfaltenhose. Was ihm außerdem zu denken gab, war das quadratische Briefchen mit dem Galeonenaufdruck. Scurzi hatte sich erboten, das spanische Wort nachzuschlagen, da er ein Lexikon zu Hause habe. Diese Galeone war ihm schon einmal begegnet, und zwar im Fall der fünfzehnjährigen Drogensüchtigen, Lucia Magnani. Ein Mädchen aus gutem Hause, der Vater war Anwalt und die Mutter Psychologin. Sie war drogenabhängig gewesen, seit sie dreizehn war. Die Familie war verzweifelt, hatte alles versucht, Ärzte, Entzug, Auslandsaufenthalt. Es hatte nichts gebracht. Vor ein paar Monaten hatte man sie tot aufgefunden, die Spritze noch im Arm. Neben ihr lag dieses quadratische Briefchen mit dem roten Stempelaufdruck. Caselli hatte dem damals keine große Bedeutung zugemessen. Lucia war ein Drogenopfer, bedauerlich jung zwar, aber doch nur eines von Dutzenden, die jährlich in Rom an einer Überdosis starben. Der Fall war schnell zu den Akten gekommen.

Caselli seufzte. Man konnte nur hoffen, daß diese Galeone in nächster Zeit nicht häufiger auftauchte. Die römische Polizia würde den Machenschaften eines international operierenden Drogenrings nicht viel entgegenzusetzen haben. Für die Bekämpfung solcher Kaliber war man hier nicht ausreichend organisiert. Sorgenvoll drehte Caselli seine Espressotasse in der Hand.

Kurz nach acht verließ Caselli das Präsidium und machte sich auf zur Trattoria seines Freundes Giovanni. Dort war er fast jeden Abend. Dann unterhielt er sich mit seinen römischen Freunden, einfachen Handwerkern aus dem Viertel um Piazza Farnese, wo seine Wohnung lag, und verfolgte am Fernseher irgendein Fußballspiel. Die Gegend war nicht die feinste. Die Nachbarschaft in der Via dei Cappellari bestand eher aus Leuten, die mit der Polizei nichts am Hut hatten. Kleine Diebe, Taschenspieler, Freudenmädchen, einfache Leute, die sich mit dem Nötigsten behalfen. In diesen Kreisen war ein Commissario nicht gern gesehen. Aber im Laufe der eineinhalb Jahre, die er nun hier wohnte, hatten sie verstanden, daß er sie unbehelligt ließ. Ihre Geschäfte interessierten ihn nicht, solange niemand dabei sein Leben ließ. Er hatte sich sogar ein paar Freunde gemacht, unter den Handwerkern. Dazu gehörten Tibero, ein Restaurator, seine Bottega lag am Ende der Straße, dann Giovanni, er führte die Trattoria ›Dal Galletto‹, und Claudio, von Beruf Kinderarzt im Fate-Bene-Fratelli-Hospital auf der Tiberinsel. Mit ihnen spielte Caselli Karten und trank Rotwein. Manchmal kam noch Fulvio hinzu, ein Sportjournalist bei der renommierten römischen Tageszeitung *Messagero*. Er wohnte woanders, im feinen Stadtviertel Parioli. Irgendwann einmal war er in zwielichtiger Begleitung, leicht angetrunken, in Giovannis Trattoria gelandet. Die Freunde waren ihm behilflich, die Dame ohne viel Aufhebens loszuwerden, und im Überschwang hatte Fulvio allen vier für das nächste Heimspiel Lazio–Roma-Karten auf der überdachten Ehrentribüne versprochen – und Wort gehalten. Seither war er zweifellos einer von ihnen.

Gegen neun parkte Caselli auf der Piazza Farnese. Er stieg aus, schloß seinen Wagen ab und warf einen kurzen Blick auf die angestrahlte Fassade des Palazzos. Dann lief er die Via Giglio hinunter und bog links in die Via dei Pettinari, in der sich die Trattoria ›Dal Galletto‹

befand. Caselli drückte die Schwingtür auf und spürte die angenehme Wärme, die das Holzofenfeuer ausstrahlte. Tiberio war schon da und begrüßte ihn mit Handschlag. Caselli zog seine Jacke aus und setzte sich zu ihm.

Aus der Küche drang ein köstlicher Duft. Caselli war neugierig, was Giovanni ihm heute empfehlen würde. Giovanni kochte selber, und seine bodenständige, aber sehr schmackhafte italienische Küche überraschte mit immer neuen Varianten. Tiberio schenkte Caselli und sich ein Glas Rotwein ein, der Chianti schaukelte in den bauchigen Gläsern. Sie prosteten sich zu, und Caselli nahm einen tiefen Schluck. Der angenehme Teil des Tages konnte beginnen.

»Ecco, ci siamo, Signorina.« Sie reichte dem Fahrer einen Schein. Ein modernes fünfstöckiges Wohnhaus. Geraldine überquerte die Eingangshalle und stieg in einen der Lifts. Die Türen schlossen sich klackend, und sie lehnte sich an die kühle, metallene Wand. Der letzte Abend hatte sie erschöpft. Das Konzert war ein großer Erfolg gewesen, und sie waren anschließend noch alle gemeinsam zum Feiern ins elegante Sanssouci bei der Via Veneto, gegangen. Der Name Riccardo Vismara war nur ein einziges Mal gefallen. Aber sogleich waren die Gespräche verstummt, und ein betretenes Schweigen hatte sich unter den Musikern ausgebreitet. Geraldine war der Gedanke durch den Kopf gegangen, wie viele von ihnen sich wohl einmal zu seinen Freunden gezählt hatten, vielleicht noch vor nicht allzu langer Zeit.

Zu Geraldines Erleichterung hatte sich Giulia nicht allzu spät verabschiedet. Sie, Franceschini, Jean und noch ein paar Musiker hatten bis zum frühen Morgen durchgehalten, eine Flasche Prosecco nach der anderen geleert. Dann hatte David sie ins Hotel gebracht. Er war in ihrem Hotelzimmer ungestüm über sie hergefallen, und sie hatten sich hastig geliebt.

Der Fahrstuhl hielt mit einem Ruck. Sie öffnete die Augen. Die Türen gingen vor einer massiven Holztür mit Messingklopfer auf. Laute Bläserfanfaren drangen nach draußen. Offenbar hörte niemand die Klingel. Sie versuchte es noch einmal.

»Arrivo ... eccomi!« rief eine Kinderstimme, und ein etwa achtjähriges Mädchen im Nachthemd öffnete die Tür.

»Ciao, ich bin Jacopa ... die sind im Salon.«

»Ciao«, sagte Geraldine zögernd. »Tut mir leid, ich habe dich geweckt, hm?« »Nö, die sind viel zu laut!« sagte das Mädchen. Sie stand barfuß neben einer mit Briefen, Zeitungen und sonstiger Post überladenen Konsole, die aussah, als würde dort seit Wochen nachlässig alles hingeworfen, was der Briefträger so brachte. »Du bekommst kalte Füße«, sagte Geraldine.

»Si, lo so«, Jacopa schloß die Tür. »Magst du meine Schlümpfe sehen? Ich habe 24 und Grande Puffo!«

»Ach ...«, antwortete Geraldine. Der Kinderblick siegte. Sie stand in einem eleganten Schlafzimmer und begutachtete vor der Terrassentür aufgereihte Plastikfiguren. »Das ist ja ein richtiges Schlumpfdorf«, sagte Geraldine und freute sich über das Strahlen, das über Jacopas sommersprossiges Gesicht ging.

»Weiß du, mir fehlt bloß Quattrocchi, der Schlumpf mit der Brille ..., aber vielleicht kauft ihn mir Mama am Flughafen«, erzählte Jacopa.

»Na, bestimmt«, meinte Geraldine, sie fühlte sich etwas befangen. Im Zimmer waren Spielsachen verstreut. Auf dem Nachttisch brannte eine Lampe. Die Steppdekke auf dem französischen Bett war aufgeschlagen, der Teddy neben dem Kissen hatte eine rotkarierte Schleife um den Hals. Im angrenzenden Bad hingen Akte von Klimt, auf einem Empirehocker lag ein Seidenmorgenmantel. »Jacopa, das ist doch das Schlafzimmer deiner Mutter, ich glaube nicht, daß sie es gern sieht, daß ich hier reinplatze.«

»Meins auch!« verteidigte sich Jacopa. »Ich schlafe hier bei Mama. Papa, der wohnt im Eßzimmer.«

»Hm, ich gehe jetzt aber trotzdem lieber, ja?«

»Na gut, wie heißt du denn?«

»Geraldine.«

»Und was machst du?«

»Ich spiele Geige.«

»Dann magst du auch Musik, so wie mein Bruder, Federico, weiß du ... er schreibt für den *Messagero*, genauso wie Papà ... bloß, über was anderes, er kritisiert Konzerte ... und Onkel David ist ganz berühmt, dem gehört sogar ein Orchester.«

»Aha«, sagte Geraldine und lächelte.

»Ciao, du bist nett«, sagte Jacopa und kletterte wieder ins französische Bett. »Schlaf gut«, sagte Geraldine und hätte ihr gern über den brauen Lockenkopf gestrichen.

»Pertile ... kein Vergleich mit heutigen Startenören, das ganze Starsystem, die Presse jubelt sie hoch. Singt Martinucci vielleicht schlechter als Domingo? Oder nehmen Sie Bonisolli, der kommt einfach nicht zum Zug.«

»Nun ja, seine Gioconda in Verona war nun nicht gerade umwerfend, caro Federico«, meinte eine aggressiv auftretende Mitvierzigerin.

»Aber Franca«, kommentierte ein eleganter älterer Herr, »was willst du denn ... mit Ponchielli ist heutzutage doch kein Staat mehr zu machen. Total verstaubt, das reißt die Arie ›O cielo, o mar‹ auch nicht heraus.«

»Ponchielli?« eine Dame mit dickem Goldkollier, ein Sektglas in der Hand, mischte sich ein. »Gioconda …? Moment mal, gehört da nicht der Tanz der Stunden hinein, dada dada, dada dadaaa …?«

David Franceschini winkte ihr aus dem Durchgang zur Dachterrasse zu. Er sprach mit einer weißhaarigen Signora. Geraldine durchquerte den Salon. Als die alte Dame sich zu ihr umwandte, leuchtete ihr Gesicht auf. »Geraldine, mein Liebling! Wie schön, daß du hier bist.« Sie umarmte sie herzlich.

»Ludovica …«, lächelte Geraldine.

»Du warst ganz exquisit gestern abend. Ich habe Mendelssohn noch nie so gehört. Sie ist einfach göttlich, nicht wahr, David?«

»Und sie sieht auch noch aus wie eine Göttin«, sagte Franceschini charmant. Geraldine entdeckte das Glitzern in seinen Augen, und ihr schoß das Blut in den Kopf. Sie hörte nur noch halb, was Ludovica von den guten Kritiken erzählte, die sie gelesen hätte. Sie atmete auf, als die Gastgeberin, Davids Schwiegermutter, Contessa Castelli, auf sie zurauschte, Geraldine begrüßte und sie charmant bat, Ludovica zu einem alten gemeinsamen Freund entführen zu dürfen, der gerade angekommen war. »Mi scusi, cara, vero?«

»Na …«, meinte David, als sie allein waren, und drückte ihr ein Glas Sekt in die Hand. »Wie fühlst du dich?«

Sein Gesicht war markant, die Kinnpartie vielleicht etwas zu hart. Er war groß und schlank, wirkte positiv und voller Energie. Man sieht ihm nicht an, wie krank er ist, dachte Geraldine.

»Etwas müde, aber sonst sehr gut«, sagte sie nicht

ganz überzeugt. »Es tut gut, dich zu sehen«, setzte sie verhalten hinzu. Er lächelte und lehnte sich nah neben sie. Geraldine beugte sich über das Terrassengeländer, als wäre sie am unten vorbeitosenden Verkehrsgeschehen interessiert.

»Richard McFairshield ist übrigens auch hier«, sagte er unvermittelt.

Geraldine schwieg. Sie spürte, wie er sie forschend von der Seite ansah. »Und er verfolgt dich mit Blikken ...«

Geraldine überhörte es. Sie drehte sich um. »Wo ist eigentlich deine Frau?«

»Sie steht da drüben ... bei Freunden von uns«, antwortete Franceschini und richtete, mit einer ihr atemberaubend gewagt erscheinenden Geste, ihren verrutschten Abendkleidträger.

Aus dem Salon ertönte Gelächter, David blickte irritiert hinüber.

Ein paar Gäste hatten sich um einen jungen Mann gruppiert, der lässig gestikulierte und die ganze Gesellschaft zu unterhalten schien. Er strahlte eine außergewöhnliche Selbstsicherheit aus, die Geraldine arrogant fand. Federico Stronchetti schien sich seiner Wirkung nur zu bewußt zu sein. Jede seiner Handbewegungen war nonchalant, aber wohlgesetzt, und er hielt den stolzen, dunklen Kopf sehr gerade. Seine Stimme war wohltönend und eine Spur zu laut.

»Ah, Federico ... Ich werde ihn dir nachher vorstellen, quello stronzo«, sagte David. »Er kam heute nachmittag aus Neapel. Der Messagero bringt morgen seinen Artikel über die Spielzeiteröffnung im San Carlo.«

»Hmhm«, antwortete Geraldine und nippte am Sekt.

Es wurde geläutet. Die Tafel im Eßzimmer faßte zwölf Gedecke. An der Rückwand stand eine wuchtige, mit dunkelblauem Samt überzogene Chaiselongue. Ein tiefhängender Kristallüster funkelte über den Köpfen der Gäste.

»Farinelli war der umjubeltste Kastrat seiner Zeit«, hob Federico Stronchetti an und kaute schwer am Tintenfischsalat, den er selbst mit viel Petersilie und Knoblauch angemacht hatte. »Carlo Broschi, so hieß er eigentlich, sang über dreieinhalb Oktaven! Ein göttliches Klanggebilde! Da kommt ein Countertenor nicht ran ... bei weitem nicht!«

Die Dame mit dem Goldkollier wagte einen Vorstoß. »Ja, wie war das denn, ich meine, nun ja, konnten die denn noch, wo sie doch ...«, ihre Gesichtsfarbe stieg zunehmend ins Hummerrot, und sie kam ins Stocken. Im kleinen Kreis der Tischrunde gab es lockeres Gelächter.

Der ältere Herr neben ihr schmunzelte. »Aber, meine Liebe, was für eine Frage!«

Federico Stronchetti blieb ungerührt. »Ma certo, Signora, sie waren sogar die besten Liebhaber überhaupt, und alles ohne Risiko«, parlierte er und erntete die erwartete Erheiterung. Er hob sein Glas und trank zufrieden einen Schluck Wasser.

»Aber, um wieder auf das Thema zurückzukommen ... im 18. Jahrhundert wurden Opern fast nur mit Kastraten besetzt. Frauen waren von der Bühne verbannt. Sie durften nicht gemeinsam mit Männern auftreten. Mit Papst Sixtus V. nahm alles seinen Lauf, 1588, in der Sixtinischen Kapelle. Er erließ das erste Verbot. Der Stein kam ins Rollen und involvierte im Laufe der Zeit auch die Oper, die damals noch in den Kinderschuhen steckte. Kurzum, ein paar Jahrhunderte lang war Musik reine Männersache, formidable Regelung!« meinte er, schob noch ein paar rosa Tintenfischstücke mit kleinen Saugnäpfen in den vollen Mund und schwang kräftig sein Messer.

»Das schwache Geschlecht bringt es in der Kunst doch sowieso nicht weit. Gut, lassen wir mal die großen Primadonnen außen vor. Aber sonst? Nennen Sie mir eine herausragende Komponistin, Dirigentin, Solistin, abgesehen von Martha Argerich, natürlich ... und Clara Schumann, der Armen ... na ja, vielleicht noch Jane Glover, der wir die grandios überflüssige Wiederentdekkung der Opern Cavallis zu verdanken haben«, er wischte sich mit der Serviette über den Mund und kam zum eigentlichen Punkt. »Es ist eine Frage des Kopfes«, sagte er und tippte sich an die Schläfe. »Es gibt da nun mal Unterschiede in Aufbau und Funktion des männlichen und des weiblichen Gehirns. Beim Mann existiert in der rechten Hirnhälfte ein hochspezialisiertes Zentrum für alles, was abstraktes Denken betrifft! Und das Zusammenspiel zwischen den männlich geprägten Gehirnhälften, rechts, links, das macht's ... darauf kommt es an ... übrigens, alles wissenschaftlich bewiesen!« sagte er und griff nach einer Scheibe Brot. »Der Damenwelt geht die Voraussetzung für das Raumdenken ab, von Natur aus, sozusagen ...«, er hob entschuldigend die Hand. »Tja, in dieser Beziehung tut sich schlichtweg nichts in der weiblichen rechten Hirnhälfte. Frauen sollten sich intelligenterweise darauf konzentrieren, was sie mit ihrer linken Hirnhälfte zustande kriegen, und das sind doch lauter entzückende Sachen, nicht wahr? Glauben Sie mir, die Natur läßt nicht mit sich spaßen, sehen Sie sich die ganzen heutigen Solistinnen doch an ... kein Biß, keine Kraft, keine Ausstrahlung ... jede Menge Gefühle ... ja, ja, doch die höhere Warte, der Blick für das Ganze, der fehlt ihnen. Zuckergußinterpretinnen nenne ich sie! Und sie können noch so heftig in die Tasten schlagen, im betreffenden Sektor ihrer rechten Hirnhälfte herrscht gähnende Leere! Na ja, Frauen haben andere Qualitäten, und ich wünschte, sie würden es dabei belassen!« sagte er und seufzte.

Geraldine preßte ihre Serviette an den Mund und warf Franceschini einen entsetzten Blick zu. Die Contessa fing ihn auf und faßte sich nervös an ihre doppelreihige Perlenkette.

Nach kurzem Räuspern sagte sie mit einem Lächeln, das ihre Augen nicht erreichte: »Federico, ti prego ... du weißt, wir sind da gar nicht deiner Meinung, außerdem haben wir einen ganz besonderen Gast, la nostra carissima Geraldine Dvorsky, die gestern abend alle mit ihrer Interpretation von Mendelssohn hingerissen hat. Wir fühlen uns sehr geehrt, daß sie heute abend bei uns ist!«

Sie hob ihr Glas, um Geraldine zuzuprosten, und die Gäste taten es ihr nach. Geraldine war verwirrt, unversehens im Mittelpunkt zu stehen, und lächelte beklommen. Als sie in die Runde schaute, begegnete sie dem Blick des Mannes, den sie den ganzen Abend ängstlich gemieden hatte, und sie schlug erschrocken die Augen nieder. Sie hatte einmal geglaubt, ohne Richard McFairshield nicht leben zu können – bis sie mit David zusammengekommen war. Zusammengekommen, dachte sie mutlos. Sie sehnte sich plötzlich heftig danach, Davids Hand um ihre zu spüren, warm und ruhig.

Aber David Franceschini saß ihr gegenüber neben seiner Ehefrau, die an diesem Abend unbestreitbar schön aussah in ihrem engen schwarzen Cocktailkleid – zum Berühren nah und unendlich weit weg.

»Na, Alessandro, heute wieder ein paar Mörder hinter Schloß und Riegel gebracht?« Giovanni servierte Caselli gekonnt einen Teller dampfender Pasta alla carbonara.

»Hm, das riecht aber gut«, schnupperte Caselli und schwang anerkennend die Hand durch die Luft.

»Du Glücklicher, für dich kocht Giovanni, ich muß essen, was mir meine Frau vorsetzt«, sagte Tiberio, der Restaurator, zerknirscht und drehte sein Weinglas hin und her.

»Na, was gab es denn Gutes?« fragte Caselli. »Warte mal, heute ist Donnerstag ...«, er blickte Giovanni an, beide sagten, wie aus einem Guß: »Giovedi, Gnocchi!« und lachten schallend. In jeder ordentlichen römischen Familie kamen donnerstags Gnocchi auf den Tisch. Caselli war Sizilianer, doch seit er in Rom lebte, kannte auch er dieses Synonym geregelter Eßgewohnheiten. Die Tür ging auf, und Claudio kam herein, im Schlepptau den Journalisten Fulvio.

»Ciao, tutti, schaut mal, wen ich draußen getroffen habe«, rief er bester Laune und legte seinen Freunden die Arme auf die Schultern.

»Laß das doch!« wehrte sich Caselli. »Hast du dich denn überhaupt desinfiziert, bevor du dein Insellazarett verlassen hast«, sagte er und schob seinen Stuhl zurück.

»Commissario Caselli auf der Flucht vor Bakterien! Warte, gleich spucke ich dir in die Pasta!« lachte der Arzt. »Damit dein Immunsystem mal so richtig auf Touren kommt.«

»Che schifo ... du verdirbst mir ja den Appetit«, nörgelte Caselli. »Und was verschafft uns die Ehre, Signor Sportjournalist vom *Messagero* ...?« fragte Tiberio und ruckte mit seinem Stuhl, damit die beiden am Tisch Platz fanden. »Hat dich die kleine rothaarige Volontärin versetzt, oder ...«, er hob eine Gabel, und die Runde skandierte einstimmig im Männerchor: »Ist deine Schwiegermutter wieder da?«

Fulvio zog sich einen Stuhl heran. »Wer den Schaden hat ...«, schmunzelte er, holte seine Pfeife aus dem Jackett und klopfte sie auf den Aschenbecher. »Es findet wieder ein Dinner statt, natürlich im Eßzimmer, und da steht bekanntlich meine blaue Chaiselongue.«

»Warum zieht ihr nicht endlich um?« fragte Caselli, obwohl er sich die Antwort selbst geben konnte. Er hatte bemerkt, daß Fulvio genau das Jackett aus englischem Wollstoff anhatte, das er sich gerne gekauft hätte, bei seinem Herrenausstatter in der Via del Gambero. Ein Blick auf das Preisschild hatte genügt. Es kostete gut drei Monatsgehälter seines Assistenten. Fulvio hatte keinen Sinn für Profanes wie ... Mieten. Das Apartment an der Via Flaminia gehörte seiner Frau.

»Ja genau ... das ist doch auf Dauer kein Zustand«, warf Tiberio ein und dachte an die unbequeme Fernsehcouch, auf der er manchmal schlafen mußte, wenn er mit Giuseppina Krach hatte.

»Es gibt immer Vorteile und Nachteile«, bemerkte Fulvio souverän und zündete sich seine Pfeife an. »Man muß flexibel sein.« Caselli stieg würziger Tabakgeruch in die Nase. »Ach, Alessandro, du bist beim Essen ... ich hatte das gar nicht bemerkt«, Fulvio ging höflich daran, seine Pfeife auszumachen.

Caselli winkte ab. »Bin eh gleich fertig.«

»Wo hast du denn eigentlich deinen neuen Sportwagen gelassen? Du bist doch eben aus einem Taxi gestiegen«, fragte Claudio und nahm sich eine Scheibe Brot aus dem Korb.

»La fortuna non mi ha baciata«, antwortete Fulvio ruhig.

»Sag bloß ...«, die Männer sahen ihn perplex an und lachten ein wenig betreten. Caselli wußte, warum. Es war Fulvios Standardzitat, wenn er beim Poker mit

High-Society-Freunden im römischen Golfclub kein Glück gehabt hatte.

»Lassen Sie die Mousse au chocolat lieber stehen, die habe ich verbrochen!« Giulia Franceschini stand am Kuchenbüfett.

»Sie sind bestimmt auch eine perfekte Köchin«, sagte Geraldine und löffelte ihren Nachtisch, der hervorragend schmeckte. »Ich habe vorhin mit Jacopa Freundschaft geschlossen«, trug sie zur Konversation bei.

»Ah, der kleine Schatz!« Giulia verschränkte die Arme vor der Brust. »Sie ist die Jüngste meiner Schwester Carla. Mutter hat Carla und meinem Schwager Fulvio das Apartment hier überlassen. Sie wohnt jetzt außerhalb, in Sacrofano, aber hin und wieder gibt sie gern ein Dinner für ihre alten Freunde. Und dafür ist dieses Apartment einfach ideal. Es liegt wunderbar zentral, nach Sacrofano fährt man ja fast eine Stunde. Sie sprechen sehr gut Italienisch ...«, sagte sie plötzlich.

»Ich war ein Jahr am Konservatorium hier in Rom, ich hatte den Förderpreis gewonnen.«

»Ah ja, der Förderpreis ... mein Mann engagiert sich in letzter Zeit sehr bei der Förderung junger Künstler.«

Stimmen drangen aus dem Salon. »Ach, lassen Sie sich doch nicht bitten! Dürfen wir hoffen?«

»Oje, er wird singen«, sagte Giulia und hakte sich bei Geraldine unter. »Mögen Sie Oper? Ich hoffe, Sie stehen es durch, mein Neffe Federico wäre zu gern Tenor geworden!«

Die Anfangsklänge eines Werks von Boito setzten ein, es war eine Instrumentalaufnahme, bei der die Arie dazugesungen wurde. Ein dunkelblaues Jackett mit Emblem auf der Brusttasche, schwarze Slipper mit Fransen und Quasten: Federico Stronchetti sah aus, als käme er gerade vom College. Seine Krawatte hatte er gelockert, damit er besser Luft bekam. Er wartete auf seinen Einsatz und nestelte an der linken Manschette.

Geraldine ging zu Franceschini hinüber. Der Dirigent machte ein skeptisch gequältes Gesicht. »Und, was sagst du?« begann sie.

»Immer das gleiche, ich kann es nicht mehr hören«, kommentierte er lapidar. »Außerdem ist das Orchester miserabel. Wer macht schon solche Einspielungen.« Er trank einen Schluck Whisky.

»Stimmt es, daß er für den *Messagero* schreibt?« fragte Geraldine. Franceschini nickte. »Er ist kaum älter als ich, wie kann er da schon Kritiker sein? Die sind alle über vierzig, und das hat auch seine Berechtigung!« fügte sie gereizt hinzu.

»Federico ist ein Enfant prodigne, hochbegabt, arrogant, selbstgefällig bis zur Naivität. Aber er versteht was von Musik und ist ein exzellenter Opernkenner. Das kann ich ihm nicht absprechen, aber sonst ist er ein Idiot«, antwortete David mürrisch und nahm noch einen Schluck aus seinem Glas.

»Vielleicht hat mein Schwager ein klein wenig nachgeholfen. Fulvio ist Sportjournalist beim *Messagero*«, warf Giulia ein, die zu ihnen stieß. »Federico hat auch schon einen Bildband publiziert: ›Große Dirigenten unserer Zeit‹.«

»So?« fragte Geraldine interessiert. »Und was schreibt er über Maestro Franceschini?« David ließ ein abfälliges »Päh!« hören.

»Er hat ihn nicht hineingenommen«, lachte Giulia und legte ihrem Mann liebevoll die Hand auf die Schulter. Franceschini bemühte sich, gleichgültig zu erscheinen, dann lachte er laut.

»Che stronzo!«

7

Der Laufbursche der Bar an der Ecke balancierte das große Metalltablett fachmännisch auf einer Hand.

»Servizio Bar!« rief er unnötigerweise und zu laut, als er durch die Tür trat, die Scurzi ihm aufhielt. Caselli sah von seinem Schreibtisch auf, nickte Scurzi zu und schob ein paar Akten beiseite, damit der Teller mit den Sandwichs Platz fand.

»Grazie, quant'è?« fragte er, obgleich er genau wußte, daß es fünfzehntausend Lire machte, schließlich bestellte er sich diesen Mittagsimbiß dreimal die Woche. Er reichte dem Jungen einige Scheine und legte noch ein großzügiges Trinkgeld drauf. Die Römer lieben es bequem, und in dieser Hinsicht ähnelte Caselli ganz und gar seinen römischen Kollegen. Warum den Weg um die Ecke auf sich nehmen, wenn die Bar netterweise ins Polizeipräsidium lieferte? Der Junge lachte breit, nahm Tassen und Gläser vom Vortag mit und verschwand. Caselli bot Scurzi ein Tramezzino an, pro forma, denn Scurzi schüttelte wie immer dankend den Kopf, dann nahm er sich selbst eins. Er lehnte sich zurück, trank einen Schluck Espresso und wartete auf Scurzis Zusammenfassung, was er an diesem für ihn bereits langen Arbeitstag so alles erlebt hatte, am Morgen in der Verwaltung bei der städtischen Müllabfuhr und danach in der Bar seiner Cousins an der Piazza Cavour. Stattdessen zog Scurzi das ordnungsgemäß in einer Plastikhülle verstaute Papierchen mit der Galeone aus seiner Jacketttasche und legte es mit Bedacht vor Caselli auf den Schreibtisch.

»Portugiesisch!« sagte er triumphierend, zog sein Jakkett aus und hängte es über einen Bügel. Caselli fragte sich, wie Scurzis Jackett derart verknautscht aussehen könne, wo er sich doch extra die Mühe machte, es jedesmal ordentlich auf einen Kleiderbügel zu hängen, während Casellis eigenes Jackett meist nachlässig über seiner Stuhllehne hing und kein einziges Fältchen zeigte.

»Sie meinen, das Wort auf dem Zettel ist Portugiesisch, nicht Spanisch?« faßte Caselli zusammen und biß nochmals in sein Sandwich, bevor er das Plastiktütchen hochhob und seinen Inhalt hin und her wendete. ›Abóbada‹ besagte der verwischte, aber noch gut leserliche Stempelaufdruck in roter Tinte. Scurzi nickte. »Das heißt ›Gewölbe‹«, berichtete er stolz. »Unser Nachbar hat ein Handlexikon, er war letztes Jahr in Lissabon im Urlaub, in den Sommerferien der Universität, er lehrt Physik an der Sapienza, müssen Sie wissen.« Caselli war nicht der Meinung, daß er dies wissen müsse, raffte sich aber zu einem Lob auf.

»Sehr schön, Scurzi, grazie! Somit wissen wir, was auf dem Papier steht, das das Rauschgift enthielt. Auch wenn uns das im Moment noch nicht viel weiterbringt. Haben Sie schon beim entsprechenden Dezernat nachgefragt, ob die etwas damit anfangen können?« fragte er halbherzig.

»Ja, habe ich«, antwortete Scurzi zu Casellis Überraschung.

»Und?«

»Die haben schon eine ganze Sammlung davon, können sie aber nicht zuordnen. Es steht immer etwas anderes darauf. Zum Beispiel haben sie ein paar mit der Aufschrift ›Pombo‹, also Taube, und andere, auf denen steht ›Gitter‹, ich weiß jetzt nicht mehr das portugiesische Wort dafür«, meinte Scurzi und überlegte angestrengt. »Ich glaube, es war ›Grehla‹. Sie sind vor ungefähr einem Jahr zum erstenmal aufgetaucht, bei Razzias in

Edeldiskotheken, aber keiner weiß was damit anzufangen.«

»Hmhm«, antwortete Caselli und trank seinen Espresso aus.

Die Tür ging auf, und Flavia, die strahlende Sekretärin von Vice-Questore Ruggiero di Verdacchiano, schwenkte herein. Caselli und Scurzi bemerkten jeder sofort den rasant kurzen Rock und versuchten, jeder so gut er konnte, Contenance zu wahren. Flavia war sich ihres atemberaubenden Auftritts bewußt. Sie kam auf Caselli zu und legte ihm schwungvoll eine Akte auf den Tisch.

»Der Autopsiebericht Vismara, der Drogentote auf der Isola Tiberina«, lächelte sie. »Die Kopfverletzung war nicht tödlich, aber der Tod ist auch nicht durch eine Überdosis eingetreten, sondern ...«, gab sie kund und fühlte sich wohl in ihrer Eigenschaft als Sekretärin des direkten Vorgesetzten Casellis dazu ermächtigt, »... durch eine noch nicht identifizierte Substanz, die dem Heroin beigemischt war. Der Stoff war verschnitten, Commissario!« sagte sie und stützte sich vornübergeneigt auf seiner Schreibtischplatte ab.

Caselli schlug die Augen nieder und rückte seinen Stuhl zurück. »Ich werde mir erst mal den Bericht ansehen«, meinte er kühl und stand auf. »Grazie, Signorina.« Was soviel hieß wie: Sie können gehen. Und das tat sie auch, nicht ohne atemberaubenden Hüftschwung beim Durchschreiten der Bürotür.

Scurzi ging hinaus, und Caselli begann die Akte durchzusehen, die Verdacchianos Sekretärin ihm hereingereicht hatte.

Signorina Flavia behielt recht. Die Todesursache stand fest, das Heroin war mit einer Substanz gestreckt worden, deren synthetische Herkunft noch nicht eindeutig geklärt war, und hatte zu plötzlichem Herzstillstand geführt. Caselli runzelte die Stirn. Fiel der Handel mit verschnittenem Heroin bereits in den Zuständigkeitsbereich des Morddezernats? Ihm war bei dem Gedanken nicht ganz wohl.

Während Caselli seinen Bericht schrieb, sah er wieder den zugedeckten Körper auf der Tiberinsel vor sich. Arme und Füße völlig von Nadeln zerstochen, stand in der Akte. Wie konnte ein talentierter Musiker sich nur so zugrunde richten? Caselli lehnte sich versonnen zurück und starrte in die Luft. Er sah wieder Angelo Vismaras Gesicht vor sich, als dieser vom Tod seines Bruders erfuhr. Vismara war mehrmals befragt worden. Scheinbar hatten die Brüder in den letzten Monaten nicht mehr viel miteinander zu tun gehabt, und seine Aussagen waren wenig hilfreich gewesen.

Caselli trommelte mit den Fingern auf den Pappdekkel der Akte und überlegte lange. Schließlich beschloß er, heute einmal pünktlich aus dem Büro zu gehen und Angelo Vismara einen Besuch abzustatten.

8

Die Nachmittagssonne strahlte auf den Palazzo Farnese, die französische Flagge wehte leicht im Wind. Angelo Vismaras Haus lag in einer Seitenstraße der Piazza Campo di Fiori, die Haustür stand offen. Caselli stieg das klamme und dunkle Treppenhaus hinauf, ein Hund bellte unablässig. Als er endlich im obersten Stockwerk ankam, war er außer Atem. Er klingelte, auf der anderen Seite der Tür waren Schritte zu hören, dann ein mürrisches »Chi è?« Caselli nannte mit fester Stimme seinen

Namen, und die Tür öffnete sich. Angelo Vismara hatte Ringe unter den Augen, und das schwarze, strähnig nach hinten gekämmte Haar ließ sein Gesicht noch bleicher erscheinen. Als er Caselli sah, verzogen sich seine Mundwinkel fast unmerklich nach unten.

»Der Commissario selbst, welche Ehre. Kommen Sie rein.«

Er führte Caselli durch eine unaufgeräumte Wohnung. Die schräg durch die Dachfenster einfallenden Strahlen der späten Nachmittagssonne tauchten den Raum in ein warmes Licht. Überall waren Notenblätter verstreut, standen halbvolle Aschenbecher, verkrümelte Teller und Kaffeetassen herum. Ein Notenständer stand seltsam verrenkt mit abgeknickten Armen unter dem Dachfenster. Mißbilligend bemerkte Caselli, daß Vismaras Hemd hinten aus der Hose hing, doch dann rief er sich streng zur Räson. Es gab hier anderes für ihn zu konstatieren als ein nachlässiges Äußeres – das hoffte er wenigstens.

Auf der Dachterrasse standen Oleander in Terracottakübeln, ein Liegestuhl wartete aufgeklappt unter dem Dachvorsprung. Um einen zugeklappten schmuddeligen Sonnenschirm herum standen ein paar Gartenmöbel aus Plastik.

»Nehmen Sie Platz, Commissario, ich bin gleich wieder da«, sagte Vismara. Caselli ließ sich auf einem Plastikstuhl nieder, der unter seinem Gewicht etwas nachgab, und blickte über die römischen Dächer.

Angelo Vismara brachte ein Tablett heraus, zwei Tassen und eine chinesisch anmutende Zuckerdose ohne Deckel, in der ein zuckerverkrusteter Silberlöffel steckte.

»Gibt es etwas Neues?« Er schaute Caselli erwartungsvoll an, während er Tee ausschenkte. Caselli, der sein Gesicht dösend den letzten schwachen Sonnenstrahlen entgegengereckt hatte, fühlte sich ertappt und ärgerte sich darüber.

»Leider noch nichts ...«, sagte er gezwungen. »Es tut mir leid, aber ... gerade in diesem Milieu, sehen Sie, in der Drogenszene ... ist es nicht einfach. Wir haben das Umfeld abgeklopft, einige seiner Freunde vernommen ...«

»Welche Freunde?« fiel ihm Vismara ins Wort. »Riccardo hatte zuletzt keine Freunde mehr. Sie meinen wohl eher die Leute, deren Nummern er in seinem Adreßbuch vermerkt hatte?«

Caselli wußte seinen Ton nicht recht zu deuten. Vismaras Gesicht verriet nichts. »Es gibt keine anderen Anhaltspunkte, die wir verfolgen könnten ... wir tun unser Bestes, das versichere ich Ihnen«, sagte Caselli schließlich, »aber wir bräuchten eine konkrete Spur ...«

Vismara fixierte ihn. »Und wie kann ich Ihnen da helfen?«

»Nun, wir haben eine Reihe von Leuten aus dem Santa Cecilia befragt, mit denen er regen Umgang zu haben schien ... bis vor einem Jahr wenigstens.«

Angelo nickte langsam, ohne ihn anzusehen. »Und?«

»Vor einem Jahr ist Riccardo aus dem Santa Cecilia ... ausgeschieden. Danach scheint er nicht mehr viel Kontakt zu seinen alten ... Bekannten gehabt zu haben.«

Vismara starrte in seine Teetasse, die er sacht in den Händen schwenkte. »Und – wundert Sie das?« Es klang gelangweilt.

»Wissen Sie«, sagte Caselli, »wir haben herausgefunden, daß Ihr Bruder vor vier Jahren begonnen hat, regelmäßig Kokain zu nehmen, und dann vor etwa zwei Jahren zu Heroin übergegangen ist. Was mich dabei wundert, ist ...«, er zögerte. »Ein Mensch, ein Berufsgeiger, der auf seine Hände angewiesen ist ... müßte doch eigentlich wissen, was er da aufs Spiel setzt, wenn er sich auf Drogen einläßt ... Signor Vismara?«

Vismara schien zu überlegen.

»Ich meine«, setzte Caselli nach, »Ihr Beruf erfordert eine gewisse körperliche ... Beherrschung.«

Der Tee schwenkte langsam in Vismaras Tasse. Caselli wartete geduldig. Endlich stellte Vismara die Tasse ab und schaute auf.

»Riccardo hatte alle Trümpfe in der Hand,« sagte er fest. »Aber er war ein verdammter Idiot, der alles wegwerfen mußte, was sein Leben lebenswert machte. Er brauchte keinen, der ihn über die Klippe stürzte.« Bei den letzten Worten war seine Stimme laut geworden. Vismara griff nach einem Tabakpäckchen und nahm ein Blättchen heraus. Sein Gesicht war noch immer versteinert, aber Caselli bemerkte, daß seine Finger zitterten. Fahrig zündete er sich eine Zigarette an und inhalierte tief.

Nach einigen Zügen fuhr er ruhiger fort: »Riccardo war schon immer labil, und ihn hat nur gereizt, was gefährlich war.«

»Sie meinen, Ihr Bruder war ein ...«, Caselli überlegte »... Grenzgänger?«

Vismara starrte ihn an.

Caselli wußte, daß er keine Antworten mehr erhalten würde. Er erhob sich, und Vismara begleitete ihn zur Tür.

»Für alle Fälle lasse ich Ihnen meine Karte hier«, sagte Caselli. Vismara warf einen kurzen Blick darauf und nickte. Die Tür fiel schon hinter ihm ins Schloß, da fiel Caselli noch etwas ein. »Bitte, Signor Vismara ...«

Die Tür öffnete sich wieder einen Spaltbreit.

»Gibt es im Orchester Santa Cecilia eigentlich noch mehr Personen, die gerne ... va banque spielen?«

Vismara hatte sich gut im Griff, aber Caselli registrierte, wie seine Pupillen eine winzige Spur dunkler wurden und sich seine Finger einen Moment lang um den Türrahmen krampften, bevor er mit normaler Stimme sagte: »Aber was denken Sie sich, Commissario. In einem Orchester wie dem Santa Cecilia? Das können sich in unserer Branche nur die Leute leisten, die den Kopf *über* dem Orchestergraben haben.«

Die Tür schloß sich, und Caselli starrte noch ein paar Sekunden verdutzt auf den weißen Lack. Während er langsam die Treppe hinunterging, beschloß er, seinen Bericht morgen zu Ende zu bringen und den Fall ans Drogendezernat weiterzureichen.

9

Die Vorhänge waren nicht zugezogen, und die morgendlichen Strahlen der Herbstsonne schienen warm in das Hotelzimmer. Geraldine faßte schlaftrunken nach dem Hörer. Von ihrem Bett aus konnte sie die Terracottatöpfe auf der Brüstung der Spanischen Treppe sehen, in denen die letzten Boleanderrosen blühten. Der Portier meldete, Signor Stronchetti sei nun da. Geraldine tastete nach ihrer Uhr.

»Sagen Sie ihm bitte, er soll schon mal frühstücken, ich komme gleich!«

Sie schlug die Bettdecke zurück und tapste ins Bad. Das Interview mit Federico Stronchetti hätte sie beinah vergessen. Sie dachte an Stronchettis gewagte Tischrede am Dinnerabend bei Franceschinis Familie und war immer noch ein wenig verärgert. Das Mendelssohn-Konzert lag nur ein paar Tage zurück. Franceschini hatte gleich darauf mit den Proben zu dem Konzert Nr. 2 in d-Moll von Max Bruch begonnen, das für Januar angesetzt war. Geraldine drehte den Duschhahn auf und schlang fröstelnd die Arme um sich. Sie gähnte. Was sie brauchte, war ein starker Kaffee. Abends fiel sie todmüde ins Bett und schlief auf der Stelle ein. David Franceschini war ein Perfektionist. Er forderte viel von seinen Musikern und alles von seinen Solisten. Geraldine drehte den Duschhahn zu und faßte nach dem großen weißen Badehandtuch. Viel mehr als ein paar flüchtige Umarmungen in ihrem Hotelzimmer hatte sie in der letzten Zeit nicht von David gehabt.

Federico Stronchetti tunkte ein Cornetto in seinen Cappuccino und blickte vom Roof-Garden des Hotel Hassler auf die Spanische Treppe und das Dächermeer Roms.

»Buon giorno!«

»Buon giorno!« Er stand auf. Sein Blick, mit dem er ihr entgegensah, war unverhohlen neugierig und sehr blau. Er lächelte strahlend und strich sich mit einer ungeduldigen Geste das Haar aus dem Gesicht, das ihm in einem wirren Schopf in die Stirn fiel.

»Tut mir leid, daß Sie warten mußten, ich habe verschlafen!« sagte Geraldine und reichte ihm die Hand.

»Aber, ich bitte Sie«, erwiderte Stronchetti. »Ich habe gehört, Sie proben im Moment mehrere Stunden täglich, da ist es doch völlig verständlich, daß ...«, er brach ab, sein Lächeln war nicht mehr ganz so selbstsicher.

»Ich hoffe, ich habe Sie nicht zu sehr gelangweilt an diesem Dinnerabend, den Großmama bei uns zu Hause veranstaltet hat ...«, fügte er hinzu und wußte nicht, wohin mit seiner gestärkten Stoffserviette. Schließlich legte er sie in den Brotkorb.

»Wollen wir nicht einfach du sagen?« fragte Geraldine lächelnd.

»Ja, warum nicht«, antwortete Stronchetti erfreut. »Nennen Sie mich Federico.« Sie nahm Platz, und er hantierte am Recorder.

»Prima, daß Sie ... äh, daß du dir Zeit für ein Interview nimmst, ich hätte verstanden, wenn du ...«, Federico blickte sie an. Er war jetzt aufrichtig verlegen.

»Ich möchte mich noch mal entschuldigen. Es lag nicht in meiner Absicht, dich zu brüskieren, es hatte niemand erwähnt, daß du ...«, er stockte.

»Schon gut, solange du meine Konzerte nicht wegen deiner Vorurteile verreißt.«

»Also, ich ...«, Federico lächelte verlegen. »Schade, daß ich bei deinem Mendelssohn-Konzert gerade in Neapel war.«

Der Kellner kam, und Geraldine bestellte Orangensaft, Tee und Schwarzbrot.

»Schwarzbrot ...«, Federico Stronchetti strahlte. »Das habe ich immer in Wien gegessen! Als ich Gesang studiert habe! Stunden habe ich in der Warteschlange vor der Opernkasse zugebracht mit einem Hockerl«, flocht er wienerisch ein. »Für Stehplätze, ganz oben, in der Piccionaia, sagen wir auf Italienisch, im Taubenschläger!«

»Taubenschlag«, sagte Geraldine und verfolgte, wie er versonnen sein Butterhörnchen zerpflückte.

»Eh già ...«, Federico seufzte, holte seine Serviette aus dem Brotkorb und verstreute die Brösel über den gesamten Tisch. Dann kippte er den Grapefruitsaft um. Erschrocken blickte er auf das Desaster.

Geraldine drückte ihre Serviette auf das Tischtuch. »So was passiert mir auch dauernd«, sagte sie munter. »Stell dir vor, Davids Frau hatte, als ich sie kennenlernte, ein Paar schrecklich teure Schuhe an, aus cremefarbenem Wildleder, wie du sie nur bei Beltrami in der Via Condotti bekommst, und als ich ...«

»Warte ...«, sagte Federico. »Ich schalte den Recorder erst mal wieder aus.«

»Als kleiner Junge hatte ich eine Kinderfrau aus Österreich, Fräulein Christel, weißt du ...«, erzählte Federico gerade.

»Du auch?« Geraldine atmete tief durch. »Meine kam aus der Schweiz. War deine auch so streng?«

»Es war fürchterlich ...«, sagte Federico und sah richtig betroffen aus.

Sie merkte erst im letzten Moment, daß David auf ihren Tisch zusteuerte. Im Rollkragenpullover, den kamelhaarfarbenen Mantel über dem Arm, wirkte er größer als sonst. Sein Blick war düster.

»Na, ihr scheint euch ja prächtig zu unterhalten.«

»Ciao, David«, antwortete Federico. »Wir machen ein Interview.« »Tatsächlich ...«, der Dirigent warf Geraldine einen mißbilligenden Blick zu. »Ich wollte dich abholen, um halb zwölf ist Probe ...«, sagte er, wobei eine Mischung aus Enttäuschung und Entrüstung, daß er sie nicht allein angetroffen hatte, unverhohlen mitschwang.

»Setz dich doch zu uns ...«, erwiderte Geraldine und sah hilfesuchend zu Federico hinüber. »Fräulein Christel ...«, flüsterte er hinter der vorgehaltenen Hand und prustete los.

»Wir sollten aufbrechen ...«, sagte Franceschini kühl. Es ist nach zehn, und wenn du dich noch einspielen willst ...«

Geraldine legte ihre Serviette auf den Tisch. »Aber natürlich, David. Wir verschieben das Interview, nicht wahr, Federico?«

Stronchetti schob seinen Stuhl zurück und stand ebenfalls auf. »Arrivederci!« sagte er und hielt ihre Hand einen Moment länger fest, als es nötig gewesen wäre. »Ich ruf' dich an, und wir machen einen neuen Termin aus, ja?« Er zwinkerte ihr zu, und sie fand sein Grinsen beinah ebenso anziehend wie unverschämt.

Franceschini zog sie am Arm nach draußen.

»Federico ist ein Opportunist, ein verzogener Fratz, ein miserabler Charakter. Laß dich nicht auf ihn ein, versprich mir das!« herrschte er sie an.

»David, wir haben nur ein wenig herumgealbert.« Geraldine suchte seinen Blick. »Alles in Ordnung mit dir?« Er zuckte mit den Schultern, und sie gingen den Hotelgang entlang. »Ich muß meine Geige holen«, sagte Geraldine mit dem Augenaufschlag, der bisher immer gewirkt hatte. »Kommst du mit?« Franceschini lächelte, schob sie ins Zimmer und machte die Tür hinter ihnen zu.

10

Caselli war in schlechter Stimmung. Am Morgen war er mit einem dumpfen Schmerz im Hinterkopf aufgewacht. Giovanni hatte gestern mit herrlichen Spaghetti alle Vongole aufgewartet, und als Caselli aufgegessen hatte, waren noch Tiberio und Claudio erschienen. Man hatte sich über das letzte Spiel von Lazio unterhalten, über neue Spieler und unfähige Trainer, und die kleine Runde war immer lebhafter geworden. Giovanni hatte die Weinkaraffe mit bewundernswerter Dezenz immer wieder aufgefüllt, bis man den Abend schließlich mit ein paar Gläschen seines köstlichen selbstgebrannten Grappa ausklingen ließ, der wie Feuer in der Kehle brannte.

Als Caselli an diesem Morgen etwas angeschlagen sein Büro betreten hatte, hatte er einmal mehr festgestellt, wie muffig und beengt die Räumlichkeiten waren, in denen er seiner Arbeit nachging. Scurzis Schreibtisch stieß direkt an seinen, so daß sie sich praktisch gegenübersaßen und Casellis Geduld zuweilen sehr strapaziert wurde. Das war etwa heute der Fall gewesen. Scurzi hatte seine langen Beine unter dem Schreibtisch ausgestreckt und mit seinen Schuhen Casellis neue sandfarbenen Gabardinehosen beschmutzt. Und dabei hatte Caselli sie an diesem Morgen zum erstenmal angezogen. Er hatte heute nämlich noch etwas vor, ihn erwartete ein Klavierkonzert in der Philharmonie. Er hatte noch eine Karte bekommen, ganz unverhofft.

»Ach, Signorina Flavia?«

Die Tür hatte sich geöffnet, und Verdacchianos Sekretärin war hereingekommen, um eine Akte auf Casellis Schreibtisch zu legen und wieder hinauszugehen.

»Ja?«

Sie blieb stehen und wandte sich nach Caselli um.

»Was ist eigentlich mit dem Antrag?« Flavia hob fragend eine Augenbraue. »Der Dienst-PC für unsere Abteilung«, erläuterte Caselli. »Hat sich da schon etwas getan?«

»Den muß Signor Ruggiero di Verdacchiano unterschreiben. Sie waren doch bei ihm, in der Woche, als er den Herzinfarkt hatte«, sagte Flavia. »Erinnern Sie sich nicht?« Commissario Caselli erinnerte sich sehr wohl. Seit seiner Ankunft, vor achtzehn Monaten, hatte er mit Nachdruck einen Dienst-PC angefordert. Caselli konnte darüber hinwegsehen, daß in seinem Büro noch Mobiliar mit dem Siegel der Faschisten stand, aber er war fest entschlossen, so lange zu insistieren, bis sein Dienst-PC genehmigt war. Verdacchiano hatte ihn immer wieder vertröstet. »Wozu brauchen Sie so was denn, Caselli ...«, hatte er gesagt und, um deutlich zu machen, daß er mit den technischen Errungenschaften des 21. Jahrhunderts sehr wohl vertraut war, süffisant hinzugesetzt, Caselli möge doch warten, bis man vernetzt sei, denn dann mache das Ganze ja erst Sinn ... aber bis dahin könne es noch dauern, schließlich habe der italienische Staat 2400 Milliarden Lire Schulden, wo sollten da Mittel für Innovationen herkommen.

Vor drei Wochen hatte Caselli Verdacchiano schließlich das ausgefüllte Antragsformular auf den Schreibtisch gelegt und dazu einen vom Ministerium im Staatsanzeiger veröffentlichten Artikel, der besagte, daß umfangreiche Sondermittel für die schrittweise EDV-Umstellung der Dezernate bereitgestellt wurden. Das entsprechende Sonderformular hatte Caselli gleich beigefügt, und Commissario Ruggiero di Verdacchiano hatte schließlich kommentarlos zugestimmt.

»Er wollte die Anträge durchsehen und Ihnen geben, zur Weiterleitung«, sagte Caselli.

»Hat er aber nicht«, antwortete Signorina Flavia. »Tja, da müssen Sie warten, bis er aus der Rekonvaleszenz zurück ist, drei bis sechs Wochen wird es schon dauern«, sagte sie und zog die Tür hinter sich zu.

»Vielleicht kommt er ja überhaupt nicht mehr und geht in Frührente ...«, sagte Scurzi.

»So?« Caselli nahm die Akte von seinem Schreibtisch und blickte auf.

»Auf den Gängen wird einiges gemunkelt«, erläuterte Scurzi. »Hmhm«, meinte Caselli und vertiefte sich wieder in seinen Bericht.

Gegen fünf Uhr fragte Scurzi, wie immer, höflich, ob

er noch gebraucht werde, was Caselli anständigerweise verneinte. Schließlich wollte er ihm nicht unnötig das Leben schwermachen, wo er doch wußte, daß er spätestens um halb sechs seine Frau in der Pförtnerloge der Residence in der Via Paisiello ablösen mußte. Da kamen die Kinder aus dem Hort. Zwei Jungs und ein Mädchen, die mußte Scurzi schließlich durchbringen. Mit dem Gehalt eines schlecht bezahlten Assistenten im Morddezernat und dem, was seine junge Frau dazuverdiente, war das nicht zu machen. So ging Scurzi mehreren Beschäftigungen nach, wie fast jeder Italiener zwischen Rom und Catania.

Nachdem Caselli seinen Bericht zu Ende gebracht hatte, beschloß er, seit langem einmal wieder pünktlich zu gehen, um vor dem Konzert noch irgendwo eine Kleinigkeit zu essen. Er schlüpfte in seinen Mantel und verließ sein Büro.

Auf dem Korridor rief ihm Vice-Questore Ruggiero di Verdacchianos Sekretärin hinterher. Caselli wandte sich um. Signorina Flavia hielt ein Fax in den Händen und ging gemächlichen Schritts auf den Commissario zu.

»Das kam vorhin. Ich habe es einen Moment liegenlassen, weil ich noch zu tun hatte, und jetzt hätte ich es beinahe vergessen, Commissario«, sagte sie, blieb dicht vor Caselli stehen und lächelte.

Caselli trat einen Schritt zurück und nahm ihr das Fax aus der Hand.

Es war von der Carabinieri-Station im Vorstadtviertel Prima Porta und berichtete im Telegrammstil: »Bei Autobahnzubringer Via Labicana, km 122, männliche Leiche aufgefunden. Name: Angelo Vismara, Alter: 33, Beruf: Orchestermusiker, wohnhaft in Via del Biscione 26, Rione: Parione.«

11

Commissario Caselli stand auf der Piazza S. Lorenzo in Lucina vor seinem geparkten Wagen. Er hatte eine geschwollene Backe und eine taube Unterlippe. Zwei Stunden war er auf dem Behandlungsstuhl gesessen. Eine junge Dame hatte geduldig mittels Stahlklammer seinen Mund offengehalten und den Speichelabsaugschlauch sachkundig hin und her geschoben, während der Zahnarzt akribisch den Fünfer, unten rechts, abschliff. Commissario Caselli brauchte eine Krone. Es war kurz vor eins, Mittagszeit. Caselli ließ den Wagen stehen, überquerte die Via del Corso und ging geradeaus durch die Via Frattina. Nach der Prozedur hatte er sich ein wenig Erholung verdient, fand er, und vielleicht auch ein paar neue Oberhemden.

Ein junger Mann bog gerade von der Piazza San Silvestro in die Via del Gambero. Auf dem Gehsteig kreuzte er sich mit dem Commissario, der gerade dabei war, die Auslage seines Herrenausstatters zu mustern. Caselli erkannte ihn. Es war der Musikkritiker Federico Stronchetti. Caselli las oft seine scharfen bis polemischen Kritiken im Feuilleton des *Messagero*. Erst vor kurzem hatte er kein gutes Haar an der Tosca-Neuinszenierung in der römischen Oper gelassen und besonders den englischen Baßbariton Richard McFairshield mit beißendem Spott angegriffen. Der junge Kritiker hielt den Autoschlüssel mit einem BMW-Plexianhänger in der Hand und drückte die Schwingtür des Geschäfts auf. Caselli sah ihm nachdenklich hinterher. Stronchetti war für seine Leidenschaft für teure Autos bekannt, und vor etwa zwei Monaten war er durch eine sehr unschöne Sache selbst in die Schlagzeilen der römischen Tageszeitungen geraten. Sein Mercedes Coupé war bei einem waghalsigen Überholmanöver von der Fahrbahn abgekommen und eine dreißig Meter hohe Böschung hinabgestürzt. Über Stronchetti hatte der Himmel eine schützende Hand gehalten, aber er war nicht alleine im Auto gewesen. Er hatte eine junge Violinistin bei sich gehabt, mit der er erst seit kurzem liiert gewesen war – Geraldine Dvorsky. Für einen Augenblick sah Caselli die zierliche Gestalt im blauen Abendkleid wieder vor sich, wie sie sich, von Wellen begeisterten Applauses umtost, verbeugte. Ihr linkes Handgelenk war zertrümmert worden, und es hieß, daß sie nie wieder würde auftreten können. Caselli seufzte. Mit seinen grausamen Launen traf das Schicksal manchmal gerade die, deren Stern gerade erst am Horizont aufgegangen war, denen es zuvor die reichsten Versprechungen gemacht hatte. Er dachte an die Gebrüder Vismara, jene anderen unglückseligen Musiker. Es waren die letzten warmen Herbsttage gewesen, als man Angelo Vismara tot aufgefunden hatte. Nun war es Dezember, und man hatte immer noch keine Spur von seinem Mörder gefunden. Auch aus ausführlichen Befragungen unter den Orchestermitgliedern hatten sich keine Anhaltspunkte ergeben. Es lag völlig im dunkeln, ob sein Tod in irgendeinem Zusammenhang mit dem seines Bruders stand. Niemand hatte auch nur das kleinste Anzeichen dafür bemerkt, daß Angelo Drogen nahm oder in irgendwelche unlauteren Geschichten verwickelt war. Er hatte seinen Dienst im Orchester zuverlässig und ohne groß aufzufallen versehen – ein höflicher, etwas eigenbrötlerischer junger Mann, der mit niemandem näher befreundet schien.

Caselli verdrängte das unbehagliche Gefühl, das ihn beschlich. Sein Gesicht den schwachen Strahlen der winterlichen Sonne entgegenstreckend, überquerte er die Straße. Die Via Frattina lag in beschaulicher mittäglicher Ruhe, nur hier und dort bummelten ein paar Touristen die Schaufenster entlang. Caselli bog in die Via dei Fiori, eine winzige schattige Seitenstraße mit holprigen Pflastersteinen, ab. Heute hatte er sich einen freien Nachmittag verdient. Der Fall Vismara würde ihm schon nicht davonlaufen. Die Kollegen vom Drogendezernat blieben an der Galeonengeschichte dran, Scurzi, der früher dort gearbeitet und immer noch gute Verbindungen zu ihnen hatte, würde ihn über alles auf dem laufenden halten. Der kleinste Fortschritt bei der Aufklärung des Drogentodes von Riccardo Vismara konnte den festgefahrenen Karren, den der Fall Angelo Vismara inzwischen für ihn darstellte, wieder ins Rollen bringen, daran bestand für Caselli kaum ein Zweifel. Blieb nur zu hoffen, daß dann keine Lawine ins Rollen kam.

12

Ein Kerzenständer, zwei Reihen rostiger Eisenklemmen im Halbrund, darüber ein Fresko, Maria Himmelfahrt, die Farben rauchgeschwärzt, abgesprungener Putz von offenen elektrischen Leitungen durchzogen, glänzende Blattpflanzen in Tontöpfen mit verkrusteten Kalkrändern auf dem Seitenaltar. Flackernde Kerzen warfen Schatten an die Wand. Sie stand auf, steckte eine der dünnen Kerzen für 300 Lire auf und setzte sich wieder. Vor ihr saß eine schwarzgekleidete alte Frau. Der selbstgestrickte Wollschal schützte gegen die allgegenwärtige Zugluft, ein Rosenkranz rann durch gichtgeplagte Finger. Schritte kamen näher. Aus der schmalen Seitenpforte, schmutzig abgegriffen vom Festhalten beim Hinunter- und Hinaufsteigen der zwei Stufen, trat eine schmächtige grauhaarige Frau, Maria Concetta, die Haushälterin des Pfarrers, um die fünfzig, unverheiratet. So werde ich auch enden, dachte Geraldine und vergrub ihre kalten Hände in den Manteltaschen. Einsam und verlassen in einem zugigen Bergdorf in Umbrien. Concetta nickte ihr zu, sie nickte zurück. Die alte Frau in der Bankreihe vor ihr summte die Gesetze des schmerzensreichen Rosenkranzes. »Santa Maria Vergine ...« murmelte sie, und beim Luftholen rasselten die Bronchien. Vor dem nächsten Vers würde sie wieder ein Pater noster einschieben. Maria Concetta bekreuzigte sich vor dem Hochaltar und knipste den Lichtschalter an. Neon blendete grell, und Geraldine kniff die Augen zusammen. Sie wartete, bis Concetta in der Sakristei verschwunden war, dann stand sie auf, tunkte die Hand in das Weihwasserbecken und verließ die Kirche. Auf den Stufen blieb sie stehen und holte Luft.

Immer wieder holten die Bilder sie ein: fröhliches Singen, dann das quälende Warten im Autowrack, der Anblick Federicos, weinend am Straßenrand, ihre Panik, als der Knochen spitz aus ihrem Handgelenk ragte, die Angst, das Blaulicht. Sie hatte bereits gewußt, daß es das Ende war. Sie hörte den Applaus, sah die enge Gasse hinter der Piazza Navona, die lächerlichen Quasten auf Federicos Schuhen, die Polizeiphotos mischten sich mit blitzartigen Bildsequenzen vom Frühstück auf dem Dachgarten des Hassler.

Geraldine lief die Steintreppen hinab, durch das Gewirr der engen Gassen zum Stadttor und die piniengesäumte Straße hinunter. Sie lehnte sich an die Brüstung und überblickte das Tal. Der Tiber schlängelte sich durch Ackerland, an seinen Ufern wippte Schilfrohr. In der Ferne sah sie die schneebedeckten Gipfel der Ciminer Berge.

Unter der Markise der Bar saßen alte Männer an kleinen Metalltischen und spielten Karten.

Am steil emporragenden Hang des Monte Soratte, im dichten Grün der Macchia, stand ein verlassenes Haus mit hohlen Fenstern. Auf den Wiesen weideten Schafe. Ihr Weg führte am Waschhaus vorbei, enorme Steinzuber, geschützt von einem Holzdach aus massivem Gebälk. Frauen in gemusterten Wickelschürzen tauschten Dorftratsch aus. Vor den Häusern standen Tontöpfe mit verblühenden Lilien, Hortensien und Rosen.

Als Geraldine ihre Wohnungstür aufschloß, läutete das Telefon. Der Raum war dunkel. Sie stolperte über den Putzeimer. Am Morgen hatte sie geduscht, der Gully im winzigen gefliesten Bad hinter der Tür neben dem Kamin gurgelte hilflos, und Seifenwasser schwappte über den Steinfußboden.

»Pronto.«

»Geraldine, wie geht's dir, Kind ... du läßt nichts von dir hören!«

»Es geht schon, danke«, antwortete sie unfreundlich. Sie konnte sich denken, warum Ludovica sie anrief.

»Ja, weißt du ...«, setzte Ludovica vorsichtig an, »wir sprachen ja schon darüber, daß die Therapie das beste für dich ist, nicht wahr, Stella?« sagte Ludovica und bedachte Geraldine wie immer mit einem Kosenamen.

Geraldine atmete tief durch.

»Ja schon. Aber ...« Sie holte tief Luft und sprach mühsam weiter. »Du brauchst dich nicht verpflichtet zu fühlen, Ludovica ...«, fügte sie hinzu.

»Das ist es doch nicht, Geraldine. Es geht nicht darum, daß ich Davids Stiefmutter bin und mich um dich kümmern wollte, weil ...«, sie brach ab.

»... er es nicht tut«, dachte Geraldine den Satz zu Ende.

Ludovicas Stimme bekam einen festen Unterton. »Geraldine, du bist für mich wie eine Tochter, nun ja ... vielleicht eher wie eine Enkelin. Ich bin einfach besorgt um dich ... weil ich dich gern habe. Muß ich dich denn jedesmal daran erinnern, wenn ich dich anrufe?« fragte sie leicht gereizt.

»Aber natürlich nicht, Ludovica«, antwortete Geraldine betreten.

»Na siehst du. Und Dr. Friedbaum hat mir erzählt, daß du wieder nicht zum Termin erschienen bist. Du hast dich zu sehr zurückgezogen. Es ist nicht gut, wenn du so allein bist ... in diesem Bergdorf, da draußen ... mit Schafhirten und Waschfrauen, was ist denn das für ein Leben!«

»Ludovica, ich bitte dich«, Geraldines Stimme zitterte.

»Deine Nerven sind angegriffen, Kind ... dieser schreckliche Unfall ...!« Sie brach ab. »Stella ...!« fuhr Ludovica mit ruhiger Stimme fort. »Ich habe neue Termine für dich ausgemacht.« Geraldine wischte sich mit dem Pulliärmel über die Nase und griff nach dem Block. »Und du gehst hin!« insistierte sie. »Versprochen?«

»Ja.«

»Gut«, sagte Ludovica. »Ich rufe dich wieder an, diese Woche habe ich eine Reihe Verpflichtungen, du weißt ja ... sie laden mich ein, als Witwe des Regisseurs della Torre oder als Schwester des Metaphysikers Goldberg, beide schon über dreißig Jahre tot, und trotzdem wollen alle ständig etwas über sie wissen. Eine Retrospektive hier, eine Ausstellungseröffnung da … ich soll aus meinen Erinnerungen plaudern … manchmal denke ich, ich selbst existiere gar nicht …«, sagte sie sinnierend. »Also dann, Stella … Dienstag zum Lunch, wie immer! Ciao, cara.«

Geraldine legte auf und schaltete den Fernseher ein. Gegen Mitternacht holte sie sich ein Glas Milch aus der Küche. Sie hörte den Sprecher: »Maestro Franceschini dirigierte heute abend in der Mailänder Scala das Requiem von Giuseppe Verdi.« Geraldine hastete vor den Fernseher. Ein paar Takte des »Dies irae« erklangen, der Dirigent wurde in Großaufnahme eingeblendet. Sie blickte auf ihren Arm. Das linke Handgelenk würde steif bleiben, das Röntgenbild hatte jede Hoffnung ausgeschlossen, sie preßte die Lippen aufeinander und warf mit aller Kraft das Glas gegen die Wand.

Die Uhr auf dem Nachttisch zeigte halb drei. Geraldine schlug die Steppdecke zurück und merkte, daß sie noch angezogen war. Sie stand auf und fegte mit der flachen Hand die Erdkrumen fort, die ihre Stiefel auf dem weißen Laken hinterlassen hatten. Ihr war schwindelig und sie schwankte. Sie strich sich über die Stirn und setzte sich auf die Bettkante. Dann preßte sie ihre Hand vor den Mund. Niemand sollte ihren verzweifelten Aufschrei hören.

13

Geraldine saß im Wartezimmer von Dr. Friedbaum, es war ihre dritte Therapiestunde. Zeit genug hatte sie jetzt, Zeit im Überfluß. Und während sie wartete, schien sich jede Minute dieser endlos vor ihr liegenden Zeit noch zu dehnen. Sie war viel zu früh gekommen. Schon seit einer halben Stunde saß sie hier, hielt eine zerfledderte Vogue in den Händen, ohne eine Seite umgeblättert zu haben.

Als sich die Tür des Sprechzimmers öffnete, schaute sie auf. Ein junger Mann trat heraus, sie nickte ihm zu und senkte den Blick wieder. Sie hatte ihn schon öfter hier gesehen, immer trug er einen auffälligen Trench, der nicht so recht zu seiner virilen Art, sich zu bewegen, paßte.

»Buon giorno«, sagte er und nahm neben Geraldine Platz.

»Buon giorno«, erwiderte Geraldine. Weshalb ging er nicht? Seine Sitzung war doch offenkundig vorüber. Sie versuchte, sich auf das Hochglanzfoto der glamourösen Schönheit auf ihren Knien zu konzentrieren.

»Sie sind Deutsche und kommen ungern hierher.«

Sie schaute auf. Seine Augen waren tiefbraun, und sie konnte nicht die leiseste Spur von Verlegenheit darin lesen.

»Sieht man das?« fragte sie verwirrt.

»Sie sind sich nicht sicher, was Sie hier sollen?« sagte er, ohne auf ihre Frage einzugehen.

»Im Grunde ...«

»Da kann ich Ihnen helfen«, er schwang sich auf eine Sessellehne. »Machen wir ein Assoziationsspiel ... Sie fangen an.«

Geraldine starrte ihn an. Um seinen schmalen, sensiblen Mund spielte ein Zug, den sie nicht recht deuten konnte.

»Was soll ich denn sagen?« fragte Geraldine verunsichert.

»Rodolfo Kowalski«, stellte er sich vor und drehte

den Ring an seinem Finger, ein breiter heller Reif, matt glänzend, wie Elfenbein.

»Geraldine Giordano«, sie wollte ihren richtigen Namen nicht nennen.

»Ah, das klingt italienisch!« antwortete er.

»Wir hatten ein Landgut in der Toskana«, hörte sie sich sagen. »Im 17. Jahrhundert.«

»So?« Kowalski zog bedeutungsvoll die Augenbraue hoch.

»Von der Terrasse blickte man auf eine Allee. Ein Adeliger erstach dort meine Großtante, mütterlicherseits«, fügte sie detailgetreu hinzu und hatte keine Ahnung, wie sie darauf kam.

»Aha, Drang nach Höherem und zur Gewalt!« kommentierte Kowalski.

»Wegen ihr hat er seinen besten Freund im Duell getötet«, erzählte Geraldine.

»Ah ja, ich sehe ihn richtig vor mir, wie er über den grünen Rasen hastet, um sich an ihrer Großtante zu rächen.« Kowalski stand schwungvoll auf. »Sie hat um ihn gebangt, im Morgengrauen, nun läuft sie ihm entgegen, auf der Allee, doch dann ... erkennt sie seine Absicht!«

»Sie flieht ... den Abhang hinauf«, rief Geraldine. »Er packt sie an den Kleidern, wirft sie zu Boden ...«

Kowalskis Gesicht war nun dicht an ihrem. »Ihre Blicke treffen sich ...«, flüsterte er nah an ihrer Wange. Geraldine stand abrupt auf.

»Schluß jetzt!« sagte sie und ging zum Fenster.

»Wie Sie möchten ...«, antwortete Kowalski nüchtern und drehte an seinem Ring. »Angegriffenes Ego, Selbstzerstörungsphantasien, klarer Fall für einen Therapeuten.«

»Was Sie nicht sagen.«

Geraldine wußte nicht, ob sie nun wütend werden sollte. Noch bevor sie zu einer Entscheidung kommen konnte, ging die Tür auf

»Signorina Dvorsky, bitte.«

Geraldine spürte zu ihrer Überraschung einen Stich des Bedauerns. Kowalski wies mit einer ironischen Geste zur Tür. Sie zögerte, sein Lächeln war völlig arglos und freundlich. Er nahm Mantel und Schal vom Kleiderständer.

»Arrivederci!«

Erst als er hinaus war, fiel ihr auf, daß sie mit großen Augen auf die Tür starrte, die er mit Schwung hinter sich zugeworfen hatte.

Dr. Friedbaum schien in seine Notizen versunken, als sie eintrat. Geraldine murmelte einen Gruß und ging zu dem wuchtigen Ledersessel. Dr. Friedbaums Patienten konnten wählen, ob sie sich während der Stunde auf die Corbusier-Liege legten oder Dr. Friedbaum gegenüber Platz nahmen. Geraldine war es wohler zumute, wenn sie Dr. Friedbaum nicht im Rücken hatte, auch wenn es kein Vergnügen war, seine durchdringenden kleinen Augen hinter der strengen Schildpattbrille auf sich gerichtet zu sehen. Warum fühlte sie sich in seiner Gegenwart nur immer wie ein albernes kleines Ding, das einen Mann von großem Geist mit Nichtigkeiten langweilte?

»Ich möchte mich entschuldigen, für Dienstag, aber mir war nicht gut«, begann sie.

»Warum suchen Sie nach Ausreden? Sie müssen sich nicht rechtfertigen. Sie wollten nicht kommen. Wichtig ist, daß Sie jetzt wieder hier sind«, antwortete Dr. Friedbaum sachlich. »Wo waren wir stehengeblieben«, fragte er und konsultierte seinen Notizblock. »Sie liebten Franceschini, fuhren mit Stronchetti nach Bologna. Nach dem

Unfall haben Sie ihn nicht wiedergesehen, er war eifersüchtig auf Franceschini, der sich seinerseits wegen der Affäre mit seinem Neffen von Ihnen abwandte. Zur Affäre kam es, weil Sie nicht verkraften konnten, daß Franceschini todkrank war.« Er lehnte sich zurück und nahm seine Brille ab. »Was empfinden Sie ihm gegenüber?«

»Wem?«

»Federico Stronchetti.«

»Haß«, sagte sie kalt, und Dr. Friedbaum schwieg.

»Und Franceschini?« fragte er dann.

»Seine Eitelkeit war gekränkt. Er hat ein zweites Leben geschenkt bekommen. Für ihn zählt nur noch seine Familie, seit er den Krebs besiegt hat.«

»Ja, ein unglaublicher Heilungserfolg. Sie wissen ja ... ich kenne Franceschini seit langem.« Ein gewisser Stolz schwang in Dr. Friedbaums Stimme mit. Geraldine wußte, daß Friedbaums Großvater Psychoanalytiker in Triest gewesen war, wo Ludovica aufgewachsen war, ein guter Freund der Familie. Friedbaum hatte der Familie della Torre immer mit ärztlichem Rat zur Seite gestanden, er kannte David von Kindesbeinen an und hatte ihm auch die Klinik in der Schweiz empfohlen. Er räusperte sich. »Sie vermissen ihn?«

»Natürlich, auch wenn wir uns selten sahen.«

»Ja, er hat viel gearbeitet. In den letzten Jahren hat er sich übernommen«, sinnierte Dr. Friedbaum. »Letzte Woche hat er in Mailand dirigiert, in der Scala ... haben Sie es im Fernsehen gesehen?«

»Ja«, sagte Geraldine und senkte den Kopf. Tränen liefen über ihr Gesicht, und sie brachte kein Wort mehr heraus.

»Hmhm ...«, meinte der Arzt. Er reichte ihr ein Kleenex und wartete, bis sie sich wieder gefaßt hatte. »Möchten Sie einen Kaffee?« fragte er.

»Nein, danke«, schniefte Geraldine. Ihr war sterbenselend zumute. Dr. Friedbaum schien wieder mit seinen Notizen beschäftigt. Als er aufschaute, lag ein fast leutseliges Lächeln auf seinem Gesicht.

»Was macht eigentlich unsere gute, alte Ludovica, hm? Haben Sie Neuigkeiten?«

»Es geht ihr gut, für ihr Alter«, antwortete Geraldine.

»Sie machen jetzt Übersetzungen, nicht wahr?« Sie nickte. »Na, das sind doch schöne Perspektiven, Sie sprechen ja ausgezeichnet Italienisch«, meinte Dr. Friedbaum und zog eine goldene Taschenuhr aus dem Revers.

»Ja, das ist das einzige, was ich kann«, sagte Geraldine zutraulich. »Geige spielen und Italienisch sprechen.«

»Ja«, räusperte sich der Arzt und steckte seine Taschenuhr wieder ein. »Was halten Sie für Ihr dringlichstes Problem?« fragte er dann.

»Ich komme nicht damit zurecht, daß sich das, was ich mit Musik ausdrücken konnte, jetzt in mir ... anstaut. Ich kann meine Empfindungen nicht mehr kanalisieren.

»Kanalisieren Sie neu!«

»Wie denn?«

»Auf ein Terrain, das Neuland für Sie ist! Emotional unbesetztes, unberührtes Neuland!«

»Ich habe keine Begabung auf anderen Gebieten.«

»Denken Sie darüber nach, Signorina Dvorsky. Wir sehen uns nächsten Mittwoch.«

14

»Ich bitte dich, Alyra!« Franceschini winkte Jean heran, der zur Garderobentür hereinschaute. »Es gibt keinen Grund, mir eine Szene zu machen ... das ist eine Überreaktion, wie immer ... also weißt du ... nein, das kann ich wirklich nicht ernst nehmen«, er wechselte das Handy an das andere Ohr und gab Jean zu verstehen, er sei gleich fertig. »Das ist eine infantile Drohung, du bist viel zu ehrgeizig, meine liebe Alyra ... sei jetzt vernünftig. Ich muß Schluß machen, ich habe gleich eine wichtige Pressekonferenz ... ja, jetzt noch ... gut, ich melde mich.«

»Ärger?« Jean reichte ihm die Partitur.

»Sie wird mir langsam lästig«, meinte Franceschini ungehalten. »Eine Szene jagt die nächste, dabei sollte man meinen, auf der Bühne könne sie sich genug austoben!«

»Das ist die orientalische Mentalität«, warf Jean ein. »Sie hat sich in den Kopf gesetzt, daß du sie heiratest, und ich nehme mal an, sie droht, sie würde sich einen Dolch in die Brust stoßen, wenn du es nicht tust.« Franceschini sah ihn amüsiert an.

»Gut getroffen, mein Junge ... ja, sie hat ... so etwas erwähnt«, antwortete er plötzlich betreten und suchte seine Autoschlüssel.

»Mach dir keine Sorgen, reine Taktik ... außerdem scheint sie vergessen zu haben, daß sie ebenfalls verheiratet ist.«

»Ich wünschte, ich hätte ihr meine Privatnummer nicht gegeben«, seufzte der Dirigent und zog sein Jackett über.

»Du wirst sie bei Laune halten müssen, bis Neapel

vorbei ist«, meinte Jean, »und bis zur Wiederaufnahme von ›Don Carlos‹ sind es noch gut acht Wochen.«

»Ach was, Mezzos gibt es wie Sand am Meer, und die Prinzessin Eboli ist Repertoire. Ich kann sie jederzeit aus der Produktion nehmen ... wenn ich wollte.«

»Sie hat einen Vertrag mit der Oper. Du müßtest schon einen triftigen Grund angeben«, gab Jean zu bedenken.

»Ach was ...«, murrte Franceschini.

Jean beobachtete ihn. »Also gleich im Anschluß an die Pressekonferenz fährst du in die Schweiz?« wechselte er das Thema.

Franceschinis Gesicht hellte sich auf. »Ja, ich habe morgen wieder einen Termin in der Klinik in Lausanne. Den letzten ...«, setzte er hinzu und lächelte unsicher.

»Gratuliere, du hast es geschafft!« Jeans Gesicht zeigte offene Freude.

»Ja«, sagte der Dirigent und atmete tief durch. »Die Therapie hat ausgezeichnet angeschlagen. Wie es aussieht, habe ich es überstanden. Ich kann es selbst kaum glauben, aber die Befunde sind eindeutig«, fügte er hinzu.

»Giulia wird sehr glücklich darüber sein«, sagte Jean.

»Ja«, antwortete Franceschini. »Ich habe ihr viel zu verdanken.«

Beide schwiegen einen Augenblick versonnen. Dann schien Jean plötzlich etwas einzufallen. »Ach, stimmt, bevor ich's vergesse ...«, sagte er, »hier ... ich habe noch was für dich«, er reichte ihm einen großen braunen Umschlag. Franceschini sah ihn an.

»Du hast herausgefunden, wo sie wohnt?« sagte er erfreut.

Jean nickte. »Ich habe eine Agentur beauftragt. Du wolltest ja ein wenig mehr wissen.«

Franceschini riß das Kuvert auf. Er nahm die großformatigen Schwarzweißaufnahmen heraus und blätterte sie rasch durch.

»Sie sieht aus wie immer, hm?« sagte er zu Jean und lächelte unsicher. »Irgendwas Besonderes? Braucht sie Geld?« fragte er und blickte kurz auf das Begleitschreiben.

»Soweit ich weiß, hat sie mehr Probleme seelischer Art. Warum fragst du eigentlich nicht Ludovica, sie sehen sich regelmäßig zum Lunch«, antwortete Jean und suchte ihm ein Photo heraus, auf dem Geraldine in der Via Canova auf die Sprechanlage drückte, einen Rosenstrauß unter dem Arm.

»Es ist mir unangenehm, mit Ludovica darüber zu sprechen«, sagte Franceschini. Zerstreut ging er die Fotos durch. Bei einem stutzte er.

»Wer ist der Mann da im Auto vor ihrem Haus?« fragte er und hielt Jean kurz ein Bild hin. »Ist das nicht ... Richard Fairshield?« fragte er scharf und drehte es um, um zu prüfen, ob auf der Rückseite etwas vermerkt war.

»Ja. Er scheint sich immer noch sehr für sie zu interessieren.«

»Und?« warf Franceschini ungeduldig ein. »Ist da wieder etwas ...?«

»Bisher noch nicht. Sonst würde er wohl kaum im Auto vor dem Haus sitzen, anstatt drinnen bei ihr, oder?« Jean lachte, aber Franceschinis Miene blieb düster.

»Was soll das? Er belauert sie?«

Bevor Jean etwas sagen konnte, klopfte es, und der Hilfsinspizient trat ein.

»Es ist alles vorbereitet. Wenn Signor Franceschini jetzt nach oben kommen würde, die Damen und Herren von der Presse sind versammelt.«

Franceschini griff unmutig nach seiner Mappe. »McFairshield singt in Neapel den König Philipp, das würde mir gerade noch fehlen, daß ...«, er sprach seine Befürchtungen nicht aus.

Als sie den Saal betraten, schlug ihnen ein Gewitter von Blitzlichtern entgegen. Würdevollen Schrittes ging Franceschini nach vorne, wo auf einem Podium ein Tisch mit einem Mikrofon aufgebaut war. Er nahm Platz, goß sich aus der bereitstehenden Perrierflasche ein Glas Wasser ein, nahm einen tiefen Schluck und ließ dann den Blick gemächlich über die Reihen der ungeduldig wartenden Journalisten gleiten. Plötzlich wurde sein Gesicht starr, und dann verzerrten sich seine Züge zu einer Grimasse des Abscheus.

»Er soll auf der Stelle den Saal verlassen!« Franceschini fuhr wutentbrannt hoch und deutete mit dem Finger auf einen Journalisten in der ersten Reihe. Seine Stimme überschlug sich beinah. »Wenn er im Raum ist, fehlt mir die Luft zum Atmen. Schaffen Sie ihn raus!«

»Aber Maestro ...«, sagte der Presseverantwortliche und blieb sitzen. »Ich verstehe nicht.«

»Raus, habe ich gesagt!«

Jean eilte nach vorne, erklomm das Podium und faßte Franceschini am Arm.

»David, ich bitte dich ... das Fernsehen ist da. Du machst dich lächerlich!« Franceschini stürmte vom Podium in den Zuschauerraum. Stronchetti war aufgestanden und zog seinen Mantel über. Franceschini stürzte sich auf ihn, packte seine Krawatte. »Gnade dir Gott, wenn du mir noch mal unter die Augen kommst, du miese Ratte!« Sicherheitskräfte drängten dazwischen. Stronchetti ließ sich widerwillig von zwei Herren im dunklen Anzug hinausbegleiten, verbot sich, angefaßt zu werden. Der Saal war in Aufruhr. Kaum einer saß noch an seinem Platz. Kameras und Mikrofone richteten sich auf Franceschini.

»Was haben Sie gegen den jungen Journalisten vom *Messaggero?*«

»Handelt es sich um berufliche Streitigkeiten? Betrifft es Ihr Privatleben?«

»Oder ... kommt demnächst ein neuer Bildband von ihm heraus?« rief eine Journalistin mit Lederjacke von hinten laut dazwischen und löste Heiterkeit unter ihren Kollegen aus. Der Pressereferent ergriff ein Mikro.

»Meine Damen und Herren, wir unterbrechen für eine halbe Stunde. Bitte gehen Sie ins Foyer. Es stehen Erfrischungen für Sie bereit. Ich bin sicher, Maestro Franceschini wird nachher alle Ihre Fragen beantworten. Bitte schalten Sie die Kameras aus.«

Franceschini ließ sich von Jean hinaus und in die Garderobe führen. Dort ließ er sich auf einen Stuhl sinken und lockerte seinen Kragen. Jean reichte ihm ein Glas Wasser und klopfte eine Tablette aus einem Röhrchen.

»Mußte das sein?« fragte er ruhig.

»Wenn ich das Schwein nur sehe, wird mir übel«, murmelte der Dirigent. Er nahm Jean das Glas aus der Hand und schluckte die Tablette. »Gib mir einen Whisky!« Er blickte in den Garderobenspiegel. »So ein Arschloch ruiniert ein Menschenleben und lebt weiter ... als wäre nichts gewesen. Ja, findet sogar Trost und Beistand im Kreis seiner Familie, Giulias Familie, der Familie meiner Frau!«

»David, bitte. Aufregung ist Gift für dich. Laß gut sein«, versuchte Jean auszugleichen. »Meinst du, es geht dann wieder?« hakte er nach.

»Hm?« antwortete Franceschini und schenkte sich noch einen Whisky ein.

»Die Pressekonferenz.«

»Ach, sag sie ab. Die können mich alle miteinander.«

»Das bauscht das Ganze doch nur auf. Geh raus, mache ein paar lockere Scherze, und die Sache ist vom Tisch. In den Nachrichten bringen Sie es als I-Tüpfelchen, stellen die Oper in den Vordergrund … und der Sache ist gedient.«

Franceschini atmete tief durch. »Na gut, du hast ja recht, mein Junge«, er stellte das Whiskyglas auf den Tisch. »Geh schon mal vor, ich bin in zehn Minuten draußen. Aber … Jean, da ist noch was …« Er stockte, Jean sah ihn wartend an. »Es wäre mir lieb, wenn du … Geraldine weiter im Auge behalten und dich … ein wenig um sie kümmern würdest.« Franceschini nahm das Whiskyglas und drehte es nervös zwischen den Händen. »Ihr beiden habt euch doch eigentlich immer recht gut verstanden.«

Er schaute auf, und Jean erwiderte seinen Blick lange, ohne etwas zu sagen.

Die dunkelhaarige junge Frau würdigte den Pförtner in seiner Glasloge keines Blickes und stöckelte auf hohen Absätzen eilig die Stufen zu den Künstlerzimmern des Konzertgebäudes hinauf. Sie ging den Korridor entlang und rauschte, ohne anzuklopfen, in Franceschinis Garderobe. Er war nicht da. Der Maestro war schon gegangen. Wütend warf sie die Tür hinter sich zu. Sie setzte sich auf einen Stuhl und rieb ihre schmerzenden Fußknöchel. Dann sah sie den Garderobespiegel und lächelte. Ja, sie würde ihm eine Nachricht hinterlassen. Sie öffnete ihre Handtasche und kramte nach ihrem blutroten Lippenstift. Als sie ihn nicht gleich fand, stellte sie ihre Tasche auf die Ablage, ihr Blick fiel auf einen geöffneten Umschlag. Die Ecke eines Photos lugte hervor. Ohne zu zögern, zog sie es heraus. Sie starrte das Bild an und setzte sich langsam auf den Stuhl. Dann kippte sie unkontrolliert den ganzen Inhalt des Kuverts auf den Tisch und strich Photos und Papiere mit den Händen auseinander. Sie sah sich die Bilder genau an. Und sie las einen Namen, den sie kannte: Geraldine Dvorsky. »So ist es also«, dachte sie außer sich. »Er will zu ihr zurück! Und mich ... mich will er loswerden!« Ihre dunklen Mandelaugen blitzten. Sie stand abrupt auf, steckte Photos und Papiere zurück in den Umschlag und verließ hastig die Garderobe.

15

Die letzten Müllwagen und Straßenkehrer waren noch unterwegs. Geraldine überquerte die Piazza del Popolo. Die kalte Wintersonne tauchte Obelisk und wasserspeiende Sphinxe in gleißendes Licht, die Morgenluft war frisch, Lorbeerkübel und schwere Messingketten umrahmten den Platz. Geraldine warf einen Blick auf ihre Uhr, sie war zum Mittagessen bei Ludovica eingeladen. Es war noch reichlich Zeit. Sie lief die Via del Babbuino hinauf und blickte in die Auslagen. Die Geschäfte hatten noch zu. Beim Sileno nahm sie die Via Vittoria, mied das Konservatorium und wählte eine schmale Seitengasse. Der kleine Obst- und Gemüsemarkt war schon in vollem Gange. Ein Fischhändler pries seine Ware an. Rote Scampi lagen auf Eis. Die Fontanella wässerte eine Kiste Tintenfische, Zitronen und Petersilie bildeten bunte Farbtupfer. Das »Diga ...!« der Verkäufer mischte sich mit den qualitätsbewußten Ordern der Römerinnen.

»Quattro carciofi, ma belli, eh ...!«

»Ma sono tutti belli, Signora mia … scelga … scelga lei …!«

Sie bog um die Ecke und gelangte auf die Via Condotti. Die Spanische Treppe lag im Sonnenschein. Geraldine drückte die Schwingtür ins Caffè Greco auf. Die Landschaftsbilder aus dem 18. Jahrhundert, die Plüschpolster, die Tische mit den runden dunkelgrünen Marmorplatten, alles war wie immer. Sie holte einen Bon und stellte sich im Entree an die Theke. Ein ausladender Spiegel mit schwarzen Zeitflecken und wuchtigem Goldrahmen spiegelte Scotchflaschen und Orangenpressen aus Chrom. Die Konturen verschwammen, Franceschinis Stimme drang aus der Erinnerung, und Geraldine sah ihn vor sich im Mantel, ein Glas Campari in der Hand, wie er mit ihr sprach, ohne zu bedenken, daß sie vielleicht nicht ertragen konnte, was er ihr sagte: »Ich bin sehr krank und werde nicht mehr lange leben. Du mußt mir helfen, ich komme mit dem Gedanken an den Tod nicht zurecht. Ich habe noch so vieles vor, ich will arbeiten, dirigieren … und ich liebe dich!«

Die Schwingtür drehte sich. Das »Arrivederci« des Barmanns blieb unerwidert, er pfiff durch die Zähne und säuberte die Orangenpresse.

Geraldine hastete atemlos die Via Condotti entlang, bog zweimal ab und gelangte schließlich in die Via del Gambero. Durch ihre Unreife, ihre Schwäche hatte sie sich um Davids Liebe gebracht. Sie war vor der Verantwortung, die seine Krankheit ihr auferlegte, zu Federico geflüchtet und hatte alles zerstört. Sie verlangsamte ihren Schritt und nahm den Ärmel ihres Mantels, um sich die Tränen abzuwischen. Sie mußte sich jetzt zusammenreißen, schließlich gab es noch Ludovica, die sie liebte, und an die sollte sie jetzt denken.

»Quanto costano …?«

Die grünbeschürzte Verkäuferin am Blumenstand in der Via del Gambero, Ecke Piazza San Silvestro, zeigte wenig Geschäftssinn. Rosenbunde zu zwanzig Stück, rot, rosa, gelb, lagen aufgetürmt auf wackeligen Metalltischen. »Quindicimila il mazzo, Signorì …«, antwortete sie, ohne von ihrer Zeitung aufzublicken. Geraldine wählte einen Strauß.

»Tenga …!« Keine Reaktion. »Senta, scusi …«, sie wedelte ungeduldig mit der Banknote.

»Geraldine …«, sagte eine Männerstimme. Sie drehte sich um und blickte in tiefbraune Augen.

»Oh, ciao …!« Sie spürte ihr Herz einen kleinen Hüpfer machen, vor Schrecken fiel ihr sein Name nicht mehr ein. Sie spürte, wie ihr das Blut in die Wangen schoß. Automatisch nahm sie von der Verkäuferin die eingewickelten Rosen in Empfang.

»Come sta …?«

»Ach …«, erwiderte Geraldine hilflos.

»Vergessen Sie Ihr Wechselgeld nicht. Die Rosen sind um diese Jahreszeit schon teuer genug, oder?«

Sie bemerkte die Hand der Verkäuferin, die sich ihr entgegenstreckte, nahm eilig das Geld an sich und sagte betont kühl: »Ja, da haben Sie recht.«

Sie musterten sich einen Augenblick schweigend, dann sagte er mit einem liebenswürdigen Lächeln: »Und wohin sind Sie unterwegs, wenn ich fragen darf?«

»Sie dürfen«, sagte Geraldine schnippischer, als sie beabsichtigt hatte. »Ich besuche eine alte Freundin in der Via Canova.«

»Ich würde Sie gerne ein Stück begleiten, wenn es Ihnen nichts ausmacht.«

»Na gut«, sagte sie knapp.

Schweigend gingen sie die Via del Gambero hinauf.

Die ersten Läden öffneten gerade, die Straßen belebten sich mit morgendlichem Treiben.

Kowalski hielt den *Messagero* unter dem Arm. Sie liefen eine Weile schweigend nebeneinander her. »Der Palazzo delle Esposizioni ist am Sonntag wiedereröffnet worden, mit einer Rubens-Ausstellung. Haben Sie Lust, sie sich mit mir anzusehen?« meinte er knapp und strich sich durch das dunkle Haar.

Geraldine überlegte. Ja, eigentlich wäre das eine gute Abwechslung. Sie würde dann erst abends in ihr Bergdorf und ihr einsames Domizil zurückkehren, vielleicht von den Eindrücken des Tages so müde, daß sie schnell einschlafen konnte.

»Ja, sehr gerne.«

Kowalski reichte ihr die Hand. »Gut. Wo hole ich Sie ab?«

»Um Viertel nach zwei in der Via Canova 22?«

»Ich komme hin!«

Sie sah ihm nach, wie er mit schnellen Schritten davonging, die Schöße seines Trench blähten sich hinter ihm in der Morgenbrise. Was für ein merkwürdiger Zufall, ihn so früh morgens in der Via del Gambero wiederzutreffen. Seit ihrer Begegnung im Wartezimmer Dr. Friedbaums war einige Zeit vergangen. Sie hatte sich dabei ertappt, wie sie sich besonders sorgfältig zurechtmachte, bevor sie zur Therapiestunde aufbrach und dann seltsam enttäuscht war, wenn sie im Wartezimmer allein war. Ein komischer Typ, dachte Geraldine mit einem Lächeln auf den Lippen.

Ein hohes Portal mit Messinggriffen, sie drückte auf Ludovicas Klingelknopf. Die Tür sprang auf. Geraldine zog das Eisengitter ins Schloß, und der Aufzug rumpelte nach oben. Ludovica erwartete sie auf der Türschwelle.

»Eccoti ... Stella, finalmente!« Sie küßte Geraldine auf beide Wangen. »Schön, dich zu sehen! Grazie!« sagte sie und schnupperte an den Rosen. »Hat dir dein Stadtbummel Spaß gemacht?« Geraldine nickte.

»Wie geht es dir?« fragte sie.

»Ach, ich gehe noch jeden Tag aus und kaufe die Repubblica. Isolina macht den Haushalt. Montag gehe ich mit Cici ins Kino, du weißt ja, montags bekommen wir Rentner 50 Prozent Rabatt ... ach, ich liebe diese Montage. Cici hat sich ihren Chauffeur aus den fünfziger Jahren herübergerettet, als wir alle noch glücklich waren und das Filmgeschäft boomte ... ach, jetzt ist alles anders, nun ja ... er wartet vor dem Kino, das ist sehr bequem. Es macht dir doch nichts aus, daß wir in der Küche frühstücken, oder? Das Eßzimmer liegt so weit von der Küche entfernt, und wenn Isolina nicht da ist und serviert, ist das umständlich.«

Ludovica hatte ihr Familiensilber und das kostbare Familienporzellan mit dem in Goldlettern verschlungenen Monogramm ihrer Mutter aufgelegt.

»Es gefällt dir also noch in deinem Bergdorf?« setzte sie an.

»Aber ja, es ist romantisch, und ich habe meine Ruhe«, antwortete Geraldine und goß Mineralwasser in ein Glas.

»Du weißt, ich war sehr skeptisch ... als Tonino mir von dieser Wohnung erzählte, es wäre vielleicht doch besser, du kämst mehr unter Leute.«

»Wie geht es ihm denn?« fragte Geraldine und trank einen Schluck.

»Wie immer, er putzt die Treppen ... ach, neulich hat er sich aufgeregt, weil im Cortile ... nun, Spritzen von Drogenabhängigen lagen. Der Zugang zum Hof wird jetzt vergittert.«

»Natürlich, wer faßt schon gern eine infizierte Spritze an, aber eigentlich ist er ja mehr anderweitig gefährdet«, erwiderte Geraldine.

»Du meinst, weil er homosexuell ist?« sagte Ludovica. »Du wirst da doch keine Vorurteile haben? Einige meiner besten Freunde in London haben diese Neigung und sind ganz exquisite Menschen! Gerade du müßtest toleranter sein als jeder andere«, Ludovicas Stimme wurde plötzlich schrill. »Ich habe immer noch Angst vor den Deutschen.«

Geraldine aß schweigend ihr Huhn. Sie wußte, daß Ludovicas gesamte Familie während des Krieges von den Nazis deportiert worden war.

»Weißt du noch, wie du damals zu mir kamst?« fragte die alte Dame unvermittelt.

»Aber ja«, antwortete Geraldine. »Es war Ostern, wir haben Tee getrunken und eine Colomba gegessen.«

»Wie lang ist das jetzt schon her?« fragte Ludovica.

»Zwei Jahre, ich habe vor zwei Jahren das Stipendium gewonnen«, sagte Geraldine. Ludovica ließ versonnen ihren Blick auf ihr ruhen.

»Ich weiß noch wie heute, wie David dich mitbrachte. Du standest vor der Tür mit einem riesigen Rosenstrauß, roséfarben ... so wie diese hier. Immer warst du müde, ordentlich warst du auch nicht, Isolina hat gesagt, dein Zimmer war ein Chaos, und du warst mir sofort sympathisch ... nein, nein, du bist keine richtige Deutsche.« Sie machte sich daran, die acht verschiedenen Pillen, die vor ihrem Teller aufgereiht lagen, nacheinander mit einem Schluck Mineralwasser einzunehmen.

»Du hast dir aber schon deutsche Eigenschaften bewahrt, Ludovica, deine eiserne Disziplin, zum Beispiel«, sagte Geraldine und faßte nach dem Brotkorb.

»Na ja, schließlich gehörte Triest 1906 noch zu Österreich!«

»Na bitte«, lächelte Geraldine. Ludovica sah sie pikiert an. Geraldine legte sacht die Hand auf Ludovicas Arm. »Ich weiß schon, was du meinst«, sagte sie. »Meine Generation hat keine Ahnung, was ein Weltkrieg bedeutet. Es sind so viele grauenvolle Dinge passiert.« Ludovica antwortete nicht. »Aber das ist lange her, und du liebst dein Italien«, versuchte Geraldine sie aufzumuntern. »Und ich bin froh, daß ich hierbleiben kann. Was für ein Glück, daß ich in die Wohnung ziehen konnte, die Tonino von seiner Tante geerbt hat.«

»Ja, aber mußtest du sie denn gleich kaufen?« meinte Ludovica ärgerlich. »Eine Reggia kann es ja wohl nicht gerade sein.«

»Nein, das kann man wirklich nicht sagen«, antwortete Geraldine und dachte an ihre Dusche. »Aber ich habe ein Dach über dem Kopf.«

»Nun, im Frühjahr, wenn die Mimosen blühen, komme ich dich vielleicht mal besuchen. Da ist es in der Campagna Romana immer wundervoll«, meinte Ludovica versöhnlich. Sie griff zum Wasserglas und nahm die letzte Tablette. »Aber sag, Stella«, fragte sie dann geradeheraus, »du gehst also wieder zu Dr. Friedbaum?«

Geraldine nickte und sägte an einem Hühnchenknochen. »Ja, ich wollte dich nicht enttäuschen. Aber ich brauche keine Therapie«, sagte sie, ohne aufzublicken. »Ich weiß schließlich, warum ich deprimiert bin, und ich kann mir denken, was so eine Sitzung kostet ...«

»Das will ich nicht gehört haben«, rief Ludovica autoritär und stellte ihr Glas abrupt ab, daß das Wasser nahe an den Rand schwappte. »Über Geld spricht man nicht. Sagtest du nicht, du hattest eine Gouvernante? Bringt man euch Kindern denn nichts mehr bei? Es zählt allein deine Gesundheit. Du gehst da hin, bis Heinz mich informiert, daß es dir besser geht. Basta!«

Geraldine nahm die Espressomaschine vom Herd.

»Was meint er denn so?« Ludovica inspizierte den Brotkorb.

»Neue Lebensabschnitte bergen neue Möglichkeiten.«

»Klingt einleuchtend«, sagte Ludovica und knabberte an einem Kräcker. Geraldine schenkte den Kaffee ein.

»Er hat gefragt, wann ich zuletzt Sex hatte.«

»Oh ...«, Ludovica strich sich einige Krümel von ihrem Rock. »Sein Großvater war da allerdings etwas diskreter, wenn ich mich recht erinnere.«

»Es war ein Mann in seinem Wartezimmer«, erzählte Geraldine und setzte sich wieder an den Tisch. »Ich glaube, das war ein Psychopath ... aber ein sympathischer.« Sie wußte nicht, warum sie das erwähnte. Daß sie nachher mit dem »Psychopathen« in den Palazzo delle Esposizioni gehen würde, verschwieg sie Ludovica lieber. Die alte Dame war immer so besorgt um sie. Zu ihrer Erleichterung überging Ludovica ihre Äußerung.

»Hat dich denn David inzwischen einmal angerufen, Liebes?« fragte sie. Geraldine verspürte einen Stich. Ludovica legte ihr besänftigend die Hand auf den Arm. »Weißt du, er war hier, vor ein paar Tagen. Ab und zu erinnert er sich an mich und kommt nachsehen, ob seine Stiefmutter noch am Leben ist.«

Geraldine raffte ihren ganzen Mut zusammen, doch ihre Stimme klang dünn: »Hat er nach mir gefragt?«

»Nicht direkt, aber ich habe von dir gesprochen. Er ist noch nicht soweit. Dieser Unfall war ein Schock.«

»Der Arme!« sagte Geraldine bitter. Ludovica sah sie beunruhigt an.

»Es ist entsetzlich für ihn, daß du nicht mehr spielen

kannst und dann ... nun ja, diese unschöne Sache mit Federico«, bemerkte sie. »Du weißt, ich billige Davids Verhalten dir gegenüber in keiner Weise, ich habe einige Male versucht, mit ihm zu reden, aber ... nun ja, und er ist auch noch sehr angeschlagen von der schweren Krankheit, die er überwunden hat.«

»Es ist wunderbar, daß er es geschafft hat«, sagte Geraldine verhalten.

»Ja, das ist es. Du kannst dir nicht vorstellen, welche Dankbarkeit ich Heinz gegenüber empfinde, daß er uns diese ausgezeichnete Klinik in der Schweiz empfohlen hat«, sagte Ludovica. Nach einer Pause fügte sie hinzu. »Es tut mir so leid für euch, Stella. Du mußt dich sehr allein fühlen.«

Geraldine schluckte. »Manchmal kümmern sich in solchen Situationen Leute um einen, von denen man es nie erwartet hätte.«

»Was meinst du?«

»Nun ....« Geraldine zupfte an ihrer Serviette herum. »Richard zum Beispiel. Oder Jean, Davids Assistent. Er hat mich letztens ins Kino eingeladen, und danach waren wir Pizza essen. Und nächste Woche wollen wir vielleicht einen kleinen Wald- und Wiesenspaziergang machen.«

Ludovica sah sie irritiert an. »Richard McFairshield?«

Geraldine wurde rot und wünschte sich, sie hätte den Mund gehalten. Sie faltete die Serviette sorgfältig auseinander und dann wieder zusammen. »Ja, er ist wieder aus der Versenkung aufgetaucht. Ich treffe mich nicht mit ihm, aber er ruft mich seit dem Unfall dauernd an.«

»Nun, das ist doch sehr nett von ihm, oder?«

Geraldine zögerte. Sie hatte noch niemandem davon erzählt, daß Richard sich wieder um sie bemühte, da sie sich selber bisher nicht allzu viele Gedanken darüber machen wollte. »Na ja«, meinte sie schließlich, »ich will nicht, daß er sich wieder Hoffnungen macht. Und das würde er sicherlich, wenn ich wieder anfangen würde, ihn zu sehen.«

Ludovica nickte verständnisvoll.

»Ja, schade. Ein Liebhaber, der eifersüchtig ist wie ein gehörnter Sizilianer, ist jetzt wirklich das letzte, was du brauchst.«

Sie lachten beide. Dann wurde Geraldine wieder ernst.

»Tja, er scheint zu wissen, daß ich moralischen Beistand gebrauchen kann. Wahrscheinlich hat es sich in Windeseile verbreitet, daß weder Federico noch David sich um mich kümmern.«

Ludovica streichelte tröstend über den Gips ihrer linken Hand. »Ach, Stella ...«

Geraldine hatte auf einmal einen Kloß im Hals und schob die Serviette von sich.

Ludovica begann die Teller zusammenzuräumen.

»Was machst du Schönes diese Woche? Klappt die Arbeit mit dem Kongreßbüro?«

»Ja, Elaine bemüht sich wirklich ... danke, daß du das arrangiert hast«, Geraldine ging dankbar auf den Themawechsel ein. Sie schob ihren Stuhl etwas zurück. »Ich werde mir heute übrigens die Rubens-Ausstellung im Palazzo delle Esposizioni ansehen«, erzählte sie. »Sie ist doch jetzt wiedereröffnet worden, nach der langen Renovierung«, sagte sie.

»Wundervoll, Kind ... das ist eine gute Idee«, meinte Ludovica. »Du wirst bestimmt viel Freude haben ... ich war schon drin, bei der Eröffnung.«

Dann legte sie Geraldine liebevoll die Hand auf den Arm. »So, Zeit für meine Mittagsruhe. In meinem Alter ist eiserne Disziplin alles! Du bleibst, solange du Lust hast, nicht wahr Stella?«

Geraldine blieb noch eine Weile, dann ging sie in den Salon und blickte durch die Fenster auf die Straße. Es war niemand zu sehen. Sie ließ die Tür leise ins Schloß klicken und lief die fünf Stockwerke hinunter. Sie zog das schwere Portal auf, Kowalski stand genau davor. Sie hätte ihn beinahe umgerannt.

»Ciao«, sagte sie außer Atem. Kowalski bot ihr galant den Arm.

16

Er betrachtete die Medusa. Vipern und Schlangen wanden sich durch Locken. Sein Trench war offen, etwas zu lang. Er hielt eine Papiertüte in der Hand. Sie stand hinter ihm, so nah, daß sein Eau de Toilette zu riechen war, blumig wie arabischer Jasmin.

»Die kleine grüne, oben rechts, ist besonders widerlich«, bemerkte sie.

»Halten Sie das für eine gelungene Ikonographie?« antwortete Kowalski schneidend, ohne sich umzudrehen. »Über die Gesamtkonzeption, den paradigmatisch-allegorischen Charakter der Figur, die Diachronie haben Sie nichts zu sagen?«

Sein Ton überraschte Geraldine. »Ja, also der goldene Schnitt ...«, bluffte sie.

»Aha, die Deutschen und ihr Dürer«, lachte er hämisch, » ... und wo wäre der bitte, hm? Da unten vielleicht, neben der abgebrochenen Aster?« Er sah auf seine Armbanduhr. »In einer Stunde in der Cafeteria. Und jetzt lassen Sie mich bitte allein, ich will mir die Bilder in Ruhe ansehen. Sie verstehen das doch, nicht wahr?«

Halb indigniert, halb amüsiert ging Geraldine davon. In der einen Minute noch vollendeter Gentleman, schien Kowalski es in der nächsten geradezu darauf anzulegen, als ein Ausbund an Unhöflichkeit zu erscheinen. Nun, schließlich hatte sie ihn in der Praxis eines Analytikers kennengelernt, und er war zumindest nicht langweilig.

Sie schlenderte noch ein wenig umher. Die dämmrig gediegene Museumsatmosphäre machte sie bald angenehm müde, und sie beschloß, sich den Ausstellungskatalog zu kaufen und sich damit in die Cafeteria zu setzen. Sie mochte die beschauliche und doch lebendige Stimmung dort. Sie saß vor einem Espresso und blätterte im Katalog, als Kowalski sich zu ihr an den Tisch setzte.

»Stehe ich schon in Ihrem Tagebuch?«

»Ich führe keins!« Sie würde sich nicht aus der Ruhe bringen lassen.

»Schreiben Sie nicht mal Ihre Träume auf?« Die Bedienung stand gerade in der Nähe, und er bestellte Pfefferminztee.

»Ach, den trinke ich auch oft«, sagte Geraldine.

»So ...? Und jetzt sind Sie wohl glücklich, daß Sie eine Gemeinsamkeit zwischen uns beiden entdeckt haben, ja? Wie niederschmetternd kindlich.« Kowalski legte die Papiertüte auf den Nebenstuhl und fixierte Geraldine penetrant. »Wir waren bei Ihren Träumen ...«

Geraldine beschloß, diese Provokation zu ignorieren.

»Ich hatte vor zwei Monaten einen Unfall ...«, setzte sie schüchtern an. Er hob die Hand.

»Behalten Sie Ihr persönliches Drama für sich. Es interessiert mich nicht. Sind wir nicht alle irgendwie kaputt? Aber wen juckt es? Ich könnte die Tiefe Ihrer Verletztheit gar nicht nachvollziehen, wollen Sie mir drei banale Sätze geheuchelten Mitgefühls herauspressen?«

»Aber nein.« Geraldine starrte ihn an. Kowalski hielt ihrem Blick stand, ohne zu zwinkern. Schließlich schlug sie die Augen nieder, nahm den Löffel und rührte langsam in ihrem Kaffee.

»Was Sie brauchen, ist ein Körper, der Sie davon abhält, die Nächte mit Alpträumen zu verbringen.«

Allmählich wurde es Geraldine zuviel. Dennoch schaffte sie es nicht, einfach aufzustehen und zu gehen. Etwas an ihm schlug sie in Bann.

»Da macht meine Libido nicht mit«, antwortete sie so gelassen wie möglich und führte ihre Tasse zum Mund.

»Das sieht man Ihnen an.« Sie hustete und kramte in ihrer Tasche.

»Was?« preßte sie heraus und schnappte nach Luft. Er warf ein Päckchen Taschentücher über den Tisch.

»Hier, das suchen Sie doch, nicht wahr?«

Geraldine holte sich ein Tempo aus der Packung. Die Bedienung brachte den Tee. Kowalski holte einen Schein aus seiner Manteltasche und wartete, bis das Mädchen kassiert hatte.

»Es ist doch eindeutig, sehen Sie sich an, warum versuchen Sie, es abzustreiten«, sagte er.

»Was soll ich denn da sehen?« fragte sie und schneuzte sich. Er legte seinen Arm über den Nebenstuhl, seine Hand fiel ungekünstelt in eine klassische Pose.

»Sie sind Mitte Zwanzig und sehen unberührt aus wie Venus, die der Muschel entsteigt.«

»Sozusagen eine alte Jungfer?« Geraldine räusperte sich und steckte das zerknüllte Taschentuch in ihre Jeans.

»Sind Sie das nicht?«

»Wie?« Sie starrte ihn an.

»Sie haben ein verklemmtes Verhältnis zum Sex, deshalb suchen Sie sich immer wieder die falschen Männer aus.«

Den Bruchteil einer Sekunde verharrte er in einem selbstzufriedenen Lächeln, dann fügte er sachlich hinzu: »Tja, deshalb klappt es bei Ihnen nicht, was sich wiederum negativ auf Hypophyse, Physis und Superego auswirkt. Ein Endloskreis, und was dabei herauskommt, sieht man ja.«

»Was denn?«

»Sie sind unbefriedigt und rennen zum Analytiker«, schloß Kowalski. »Gehen wir«, sagte er unvermittelt.

»Ja, ciao!« Geraldine stieß ihren Stuhl zurück und nahm hastig ihre Tasche.

»Geraldine!« Sie wehrte ihn ab, ihre Maskara zeigte Spuren auf seinem Trench.

»Lassen Sie mich in Ruhe!« Ihre Stimme war tränenerstickt.

»Es tut mir leid«, sagte Kowalski.

»Lassen Sie mich bloß in Ruhe!« Geraldine rannte die Stufen der steilen marmornen Treppe hinunter, eilte zum Taxistand. Sie zog das fremde Papiertaschentuch aus ihrer Jeans und wischte die Tränen weg. Bevor sie in das Taxi stieg, wandte sie sich um. Hinter dorischen Säulen verschwammen ein Trench und dunkelgewellte Haare.

17

»Das ist doch absurd, McFairshield. Sie wollen mir drohen?«

Franceschini stand in seiner Garderobe, die Hände in den Hosentaschen. Er trug einen dunkelgrauen Rollkragenpullover und sah den vor Wut zitternden Richard McFairshield spöttisch an. »Man stelle sich das vor, er versucht mir zu drohen ...!« sagte er zu der Luft über McFairshields Kopf. Müde vergrub er das Gesicht in den Händen, drehte sich um und ging zum Garderobentisch. »Früher oder später mußte es wohl so kommen, stimmt's?« Er stützte sich auf die Stuhllehne und starrte sein Spiegelbild düster an. »Im schlimmsten Fall steht Aussage gegen Aussage«, murmelte er. »Sie können mir nicht das geringste anhaben.«

»Und wenn schon, die Presse interessiert es allemal, daß der Stardirigent Franceschini zig Millionen Lire seines mit Steuergeldern gesponserten Cachets in Kokain und Morphin investiert hat«, antwortete McFairshield.

»Ich war krank ... hatte Schmerzen, ich war körperlich sehr angegriffen, trotzdem habe ich alle Konzerte gegeben, fast alle ...«, korrigierte er sich. »Mein Publikum wird es mir nicht übel nehmen, daß ich ... zugegeben, zu etwas ungewöhnlichen Mitteln gegriffen habe, greifen mußte, um die Sache durchzustehen.«

»Ich fürchte, der Staatsanwalt sieht das anders«, sagte McFairshield. »Also, sehen Sie sich vor, Franceschini – ich weiß, daß Sie Geraldine beschatten lassen. Sie warten doch nur auf den richtigen Augenblick, um wieder Ihre schmierigen Finger an sie zu legen!« Franceschini drehte sich erstaunt zu ihm um. Er zog die Augenbrauen hoch und zeigte mit dem Finger auf McFairshield.

»Hören Sie genau zu, McFairshield ... ich habe nicht die Absicht, mich von Ihnen in die Enge treiben oder mir auch nur irgend etwas von Ihnen vorschreiben zu lassen ... tun Sie, was Sie nicht lassen können.« Er umfaßte wieder mit beiden Händen die Stuhllehne. »Aber ich warne Sie – wem, glauben Sie wohl, haben Sie es zu verdanken, daß Sie in dieser Saison noch den Scarpia singen dürfen? Doch nicht Ihrem immer verwascheneren Belcanto?«

Richard McFairshield wurde blaß und machte einen Schritt auf Franceschini zu. »Lassen Sie mein Belcanto aus dem Spiel, Sie wollen doch nur ablenken! Geraldine wäre fast gestorben! So kommen Sie mir nicht davon!«

»Lassen Sie diese absurden Drohungen, McFairshield!« rief der Dirigent erbost. »Sie sind doch total durchgedreht. Sie wissen ganz genau, daß ich mit Geraldines Unfall nicht das geringste zu tun habe.« Er packte Richard McFairshield am Arm.

»Sie und Stronchetti, Sie sind doch ein Kaliber!« McFairshield machte sich wütend los. »Sie haben sich alle beide bei ihr wie Halunken benommen! Sie ist völlig am Ende. Aber wissen Sie, was?« In den Tiefen der ansonsten so sanft melodiösen Stimme des Basses vibrierte es gefährlich. »Etwas Gutes hat es ja! Hören Sie, jetzt wo Geraldine weiß, was für ein *asshole* Sie sind, will sie nichts mehr mit Ihnen zu schaffen haben! Sie braucht jemanden, der sie wirklich liebt! Mich braucht sie jetzt! Das hätten Sie nicht gedacht, was?«

»Ach, halten Sie doch den Mund. Sie haben doch keinen blassen Schimmer, was Geraldine braucht. Sie haben sie doch noch nie verstanden. Was glauben Sie, warum sie damals zu mir gekommen ist? Und was glauben Sie, wie lange sie diesmal bei Ihnen bleiben würde?«

»Ich werde Sie fertigmachen, wenn Sie nicht ein für allemal die Finger von ihr lassen, Franceschini. Das schwöre ich!« schrie McFairshield, stürmte hinaus und schlug die Tür hinter sich zu.

18

Geraldine und Jean hatten die Fauteuils nahe an den Kamin herangeschoben, Eichenscheite knackten im Feuer. Neben ihrem Sessel stand ein Tablettisch mit einer Schale Granatäpfel, einer Flasche Vino novello und zwei Gläsern.

»... und dann schrie er: ›Ich werde Sie fertigmachen, wenn Sie die Finger nicht von ihr lassen!‹« Jean fuchtelte dramatisch mit den Armen in der Luft herum und imitierte McFairshields dröhnende Baßstimme.

Geraldine lachte gezwungen. »O Gott«, sagte sie, »das ist ja schrecklich.«

Sie mußte sich jedoch eingestehen, daß sie sich geschmeichelt fühlte und sich sogar ein wenig über Richards Furor freute. Dann wurde sie wieder ernst. »Ach, Jean, ich weiß nicht ... ich habe überhaupt keine Lust, am Samstag in die *Tosca* zu gehen«, sagte sie und umfaßte ihr bleiches, schmales Handgelenk, »schon gar nicht, wenn Richard den Scarpia singt.« Er saß ihr gegenüber. Geraldine stand auf, holte ein Messer aus der Küche und gab Jean den Korkenzieher.

»Machst du sie bitte auf?« fragte sie und lächelte. Jean entfernte den Plastikverschluß über dem Korken. Sie stützte die Beine gegen den Kaminsims, nahm einen Granatapfel aus der Schale und schnitt ihn mittendurch. Er war reif, die äußere Schale trocken, ockergelb mit karmesinroten Stellen, die durch weiße, feste Zwischenhäutchen säuberlich getrennten Kernreihen leuchteten wie kleine Rubine. Geraldine bemerkte, daß ihre Stiefel dicke Erdklumpen auf dem Kamin hinterließen, Reste vom Spaziergang über die Felder. Jean schenkte die Gläser voll und stellte die Flasche auf den Tisch.

»Wäre besser, wenn du die Stiefel ausziehst, warte, ich helfe dir«, sagte er und winkte sie zu sich heran. Geraldine rutschte etwas tiefer. Er faßte das Leder an der Ferse und zog ihr mit einem Ruck den Stiefel vom Fuß.

»Danke, daß du mich von der Klinik abgeholt hast«, begann Geraldine. »Ich kann gar nicht fassen, daß du dir gemerkt hast, wann der Gips abkommt!«

»Hm«, antwortete Jean.

»Also nochmals danke, das war nett von dir, aber ich möchte nicht in die Oper«, beharrte sie.

»Du hast ja eiskalte Füße, die Wiesen waren viel zu feucht«, unterbrach sie Jean und sah sie unverwandt an. »Du siehst immer gut aus, ob im Abendkleid im Konzertsaal oder mit Lehmstiefeln in der Campagna Romana.« Geraldine beugte sich nach vorn und zog den zweiten Stiefel aus.

»Mir ist nicht danach, verstehst du? Ich kann keine Musik ertragen, jetzt wo ...«, sie umfaßte instinktiv das bleiche, schmale Gelenk. Eigentlich sah die Hand ganz normal aus. Auch die letzte Operation war erfolgreich verlaufen. Mehr konnten die Ärzte nicht tun. Der schiefe Knick war weg, nur an der einen Stelle, da fehlte ein Stück Knorpel. Sie würde die Hand leidlich bewegen können, aber die Fingerfertigkeit war verloren, die Präzision der Töne, die Schnelligkeit der Läufe, die Kraft für Doppelgriffarpeggien, die Leichtigkeit des Vibrato zur Modulation der Klangfarben, alles unmöglich. Für ein armseliges Ave Maria in der Kirche würde es noch reichen, für ein Paganini-Capriccio, für die Violinkonzerte von Brahms, Elgar oder Mozart nicht mehr.

»Hast du keine wärmeren Socken, die hier sind doch nichts für diese Jahreszeit«, Jean rieb ihre Füße warm.

»In der Kommode, erste Schublade, sie klemmt etwas«, antwortete Geraldine und blickte starr ins Feuer.

Jean reichte ihr ein Paar Wollsocken. Sie schenkte ihm ein Lächeln und zog sie rasch an.

Der angeschnittene Granatapfel lag auf dem Teller, Jeans Zigaretten daneben. Das Feuerzeug war einfach, wahrscheinlich hatte er es bei einem Marocchino an einer Ampel in Rom gekauft, zusammen mit den Blumen, bevor er sie von der Klinik »Villa Claudia« abholen gekommen war.

»Ach, die Anemonen!« Geraldine stand auf. »Ich habe gar keine Vase«, fiel ihr ein.

»Eine Plastikflasche tut's auch. Wir schneiden einfach den oberen Teil ab.« Jean begleitete sie in die Küche. »Mein Gott, weißt du noch, deine Garderobe nach dem Konzert? Ein richtiges Blumenmeer!«

»Hmhm«, Geraldine goß Wasser in Gläser. Jean faßte nach ihrer Hand, Geraldine zog sie weg, verbarg sie hinter ihrem Rücken.

»Vielleicht wird es ja noch, hm? Ein bißchen Physiotherapie, und wenn du viel übst .... kann man nicht noch mal operieren?« fragte Jean. Geraldine schüttelte den Kopf.

»Es ist vorbei, Jean ... vorbei.«

Auf dem Tablettisch standen zwei leere Flaschen Rotwein. Das Feuer knisterte und warf gedämpftes Licht in den Raum. Sonst brannten nur eine kleine Lampe neben dem Fax auf der Konsole und eine Kerze in einem Gesteck aus Tannenzweigen. Sie hatten sich lange über die neue Opernsaison unterhalten, die mit vielbeachteten Aufführungen begonnen hatte, und steckten nun tief in einer angeregten Plauderei über ihre gemeinsame Leidenschaft, die Arbeit mit dem Orchester.

»Also, am besten haben es die ersten Geigen. Die haben immer die Melodie ... wenn nicht gerade die Celli dran sind. Die Cellisten sind alle arrogant. Weißt du, daß ich noch nie einen Cellisten näher kannte? Immer von einer sphärischen Aura umwallt ... halten sich für das Nonplusultra unter den Musikern, weil sie so ein riesen Gerät zwischen den Beinen haben. Rollkragenpulli, wallende Haare und dieses Brettchen da ... für den Stachel ... wenn einer schon zehn Geräte mitschleppen muß, damit er überhaupt anfangen kann«, sagte Geraldine, das Weinglas in der Hand, tief in den Sessel gerutscht, die Beine von sich gestreckt.

»Die Bläser sind unheimlich wichtig, finde ich, immer wenn was passiert, der Feind naht, ein Jagdtroß vorbeieilt, die Natur gemeint ist oder auf was hingewiesen werden soll, sind die Bläser dran, nicht? Stimmt doch! Tiere sind immer die Fagotte.«

»Also ...«, Jean ruckte unruhig auf seinem Sessel hin und her.

»Na ja ..., manchmal auch die Flöte ... natürlich, zugegeben ... und die Hörner. Kannst du dir Strauß ohne Hörner vorstellen? Undenkbar, oder die Tuben bei Wagner, einfach unersetzlich. Das einzige, was mich stört, ist, daß die immer ihr Spuckwasser ablassen müssen. Wo schütten die das eigentlich hin? Haben die da einen Becher, oder was? Ich habe das nie mitbekommen.« Jean drehte sein Weinglas in der Hand. »Ich finde, die haben eine waaahhhnsinnige ... Verantwortung, die Bläser ... das ist schwierig, weißt du ... eine Viertelstunde haben sie immer nur ein paar Töne zur Untermalung, Tärätätäää ... oder Dodeldildeldo ... oder Taradadadadidam, und dann plötzlich, paff ... kommt eine ganz schwierige Solopassage. Das ist Streß, sage ich dir ... immer auf den richtigen Einsatz warten ... ich glaube, ich könnte das gar nicht. Ich spiele ja ständig ... also, habe ich .... meine ich. Als Solist bist du ja dauernd dran. Es hat mich schon genervt, wenn ein langes Orchestervorspiel war, da kann die Nervosität durchschlagen ... na ja ... also ... auf jeden Fall, die haben meine Hochachtung, die Bläser, wirklich.«

»Ja, ja, sicher«, murmelte Jean. »Ich habe einem Bekannten versprochen, daß ich gegen zehn wieder in Rom bin. Ich muß dann langsam fahren.«

»Weißt du eigentlich, daß fast alle Perkussionisten Deutsche sind? Echt, wo du auch hinkommst, sitzt ein Hans, Helmut oder Walter ganz hinten oben und wacht über die Kesselpauken, wie Fafner über das Rheingold.« Geraldine lachte kurz auf, weil sie den Vergleich gelungen fand. »Wenn alle schon kräftig loslegen, sitzt er reglos wie eine Sphinx. Muckst sich nicht ... ich glaube, das steht sogar in ihrem Vertrag. ›Geordnetes Verhalten bei Nichteinsatz‹ oder so, irgendwann steht er dann plötzlich auf, gemessen ... klar, er kann ja nicht ruckartig hochfahren, auf seine Trommel hauen und sich sofort wieder setzen, da muß ein würdevoller Ablauf dabei sein ... alle Augen im Publikum richten sich auf ihn, aha, jetzt tut sich was ... Einsatz. Da haut er mit seinem Klöppel tatsächlich nur einmal kurz auf die Pauke und setzt sich wieder ... gemessen, natürlich.«

»Klöppel«, Jean schüttelte den Kopf.

»Na ja, Schlegel ... ich weiß schon. Bei gut vierzig Perkussionsinstrumenten muß der wissen, wie man richtig draufhaut ... Triangel, Gong, Xylophon, Kasta... Kastagn...«, irgendwie wollte ihr das Wort nicht über die Lippen.

»Kastagnetten«, half Jean entnervt.

»Äh ... ja, die muß er alle beherrschen, ein Beruf ist das ... und Nerven muß der haben, wie Drahtseile ... drum nehmen sie ja die Deutschen.« Sie nahm einen Schluck Wein und sagte nichts mehr.

»Ja, und ...«, schaltete sich Jean ein, »über die Bratscher hast du keinen Kommentar abzugeben?«

»Hmm ...«, sagte Geraldine und unterdrückte einen Schluckauf, indem sie ihr Glas auf einen Zug austrank. Sie starrte vor sich hin. »Weißt du noch, Vismara, der arme Kerl? ›Definition eines Bratschers: Zum Geiger hat es nicht gereicht und zum Cellisten fehlt das Format‹, hat er immer gewitzelt.«

»Ja, Humor hatte er, das mußte man ihm lassen«, sagte Jean.

»Hast du ihn näher gekannt?« Geraldine war Vismara nur durch seine seltenen sarkastischen Kommentare aufgefallen.

»Die Frage hat dieser merkwürdige Commissario sämtlichen Leuten im Orchester gestellt«, sagte Jean nachdenklich, und einen Augenblick erschien vor Geraldine das Bild des mittelgroßen, schlanken Mannes in der grünen Huskyjacke mit braunem Kordkragen, der sich an jenem Abend nach dem Mendelssohn-Konzert mit ausgesuchter Höflichkeit an die verwirrten Musiker gewandt hatte, »ich denke, Vismara war nicht gerade der Geselligste.«

»Aber ein toller Bratscher.«

»Ja, zweifellos.«

»Hmm ...«, der Schluckauf setzte sich durch. »Es gibt doch wunderschöne Bratschenstellen. In *Harold in Italien* von Berlioz, im *Freischütz* ... Hindemith hat tolle Sachen für Bratsche geschrieben.«

»Päh ... Hindemith ...«, ließ Jean aus der Küche hören. Er holte sich ein Glas Wasser. »Das Doppelkonzert von Mozart ...«, rief Geraldine Richtung Küche.

»Der Klang der Bratsche ist in tiefen Lagen dunkel und sonor, in der Höhe neigt sie zum Näseln ...«, zitierte er. »Hast du nichts zum Essen da?« Geraldine hörte, wie er den Kühlschrank aufmachte. Gleich darauf klappte er ihn wieder zu. »Na, ich muß sowieso gleich los. Lebst von Joghurt und Karotte, was?« sagte er, als er aus der Küche kam. »Soll ja gesund sein. Also, was ist jetzt ... kommst du mit übermorgen?« Jean ließ sich in den Sessel fallen. »Du mußt unter Leute, du brauchst Abwechslung ...«, beharrte er und trank sein Wasserglas leer. Er stand auf. »Ich muß jetzt wirklich los.«

»Ja, ich weiß«, sagte Geraldine ernüchtert. Er zog seine Jacke über, und sie gingen zur Tür. Es war schon dunkel, vom Tal war Nebel heraufgezogen.

»Geraldine«, seine Stimme war eindringlich und sanft. »Glaub mir, du mußt raus, unter Leute. Es wird dir guttun. Eine Dosis *Tosca* ist jetzt genau das richtige für dich.« Sie lachte. Er gab sich wirklich redlich Mühe, sie zu überzeugen. »Und nachher gehen wir essen, in ein nettes Lokal in Trastevere.«

»Ach, ich weiß nicht«, maulte Geraldine.

»Also, ich erwarte dich übermorgen«, entschied er kurzum.

»Ich rufe dich morgen an, ja?« wich Geraldine aus.

»Nein, morgen bin ich nicht zu Hause, ich muß nach Venedig. Bitte, sag, daß du mitkommst, es ist mir wichtig.«

»Na gut«, sagte Geraldine schließlich. Sie schloß die Tür, und Jean lief durch den Nebel zu seinem Wagen.

19

Als Geraldine die Stufen der Oper heraufkam, stand Jean schon im Foyer und wartete. Sie ging auf ihn zu und nahm schmunzelnd wahr, daß bei ihrem Anblick ein

Leuchten über sein Gesicht ging. Sie trug zum erstenmal den enganliegenden schwarzen Hosenanzug, den sie damals von ihrer Tournee aus Paris mitgebracht hatte.

»Ciao, Jean!« sagte Geraldine und küßte ihn flüchtig auf beide Wangen. Sie gingen die Treppe hinauf. Geraldine suchte in ihrer Handtasche nach ein paar Geldscheinen, um sich das Programmheft zu kaufen.

»Gehen wir schon hinein?«

»Laß uns erst was trinken. Da drüben gibt's Champagner«, sagte Jean und schob sie Richtung Büfettbar.

Als es zum drittenmal klingelte, gingen sie in die Loge. Geraldine hatte das Gefühl, es sei unklug gewesen, zwei Gläser Champagner auf die Pillen zu trinken, noch dazu auf leeren Magen. Sie hatte vor der Abfahrt zwei der Tabletten geschluckt, die Dr. Friedbaum ihr gegeben hatte und bisher unangetastet in ihrem Bad gelegen hatten. Die Puccini-Klänge und Geigen-Arpeggien im ersten Akt setzten ihr zu. Sie fühlte sich zunehmend schlechter und müder.

In der ersten Pause trank sie ein Glas Aspirinwasser, und allmählich ging es ihr besser. Mit wachsender Faszination verfolgte sie, wie Richard im zweiten Akt als Scarpia mit mächtiger Stimme seine finsteren Pläne mit Cavaradossi und Tosca besang, deren Schicksal in seinen Händen lag. Ihr schauderte, als er die blutjunge Tosca über die Bühne jagte, bis sie sich mit einem angewiderten Nicken geschlagen gab. Richard schritt zum wuchtigen Schreibtisch im Palazzo Farnese und griff zur Feder, um den vermeintlichen Freibrief für Cavaradossi zu schreiben.

Sie saßen zu zweit in der Hosteria »Fabrizio« in Trastevere, Öllampen und weihnachtliche Tannenzweigdekoration verbreiteten in der Trattoria eine heimelige Stimmung. Geraldine ließ entspannt das milde Licht und die leise Musik auf sich wirken.

»Nett ist es hier«, sagte sie.

»Ja, ich habe dir nicht zuviel versprochen, nicht?« Jean schenkte den Pinot Grigio in ihre Gläser. »Der Koch ist berühmt für seine Fischgerichte. Die Tagliolini mit Steinpilzen und Crevetten kann ich dir nur empfehlen.« Er stellte die Flasche ab, legte Daumen und Mittelfinger zu einem Ring zusammen und schmatzte mit entzücktem Gesichtsausdruck.

In diesem Moment trat Richard, eine dunkelhaarige Schönheit am Arm, durch die Tür, gefolgt von der halben Truppe. Der Tenor war dabei, mit Frau und Tochter, die Sopranistin und der Studienleiter mit Freund. Alle waren gut gelaunt, redeten laut und lachten. Jean war aufgestanden.

Geraldine drehte sich um, sie sah Richard McFairshields intensiven Blick auf sich gerichtet, ihre Augen schienen für einen Augenblick ineinander zu versinken, und in ihrem Kopf erklang kraftvoll ein fis-Moll-Akkord – rätselhaft fluoreszierende Orchesterklänge, verminderte Septen, Dissonanzen, die sich niemals in Harmonien auflösen ... das Sehnsuchtsmotiv aus dem *Tristan* übertönte das Filterausklopfen der Espressomaschine, das Stimmengewirr der Gäste und die düstere Traurigkeit ihrer Seele. Jean bemerkte Geraldines Blick und taxierte McFairshield.

»Weißt du, Richard, wir sind alle sehr müde ... wir machen nicht lange, ja?« sagte die Dunkelhaarige zu McFairshield, und der nickte abwesend. Dann entdeckte sie Jean und stürzte freudestrahlend auf ihn zu.

»Jean, mein Schatz, wie schön!« Sie küßte ihn überschwenglich auf beide Wangen, was Jean hinter seinem geduldigen Lächeln nicht sehr erfreulich zu finden schien. Es war offensichtlich, daß er – anders als Geraldine, die die exotische Schöne mit kaum verhohlener Faszination anstarrte – nichts Außergewöhnliches an ihr finden konnte. McFairshields Begleiterin war mittelgroß, langes schwarzes Haar umrahmte orientalische Gesichtszüge. Sie trug ein enganliegendes smaragdgrünes Seidenkleid mit tiefem Rückenausschnitt und hochhackige Satinpumps.

Jean folgte erstaunt Geraldines Blick und räusperte sich. »Darf ich vorstellen: Alyra Ali-Zade ... Geraldine Dvorsky.«

»Wie schön, daß wir uns kennenlernen«, raunte sie mit silberner Altstimme und beugte sich vor, um Geraldine auf die Wangen zu küssen. Ihre Parfumwolke umnebelte alle beide. Jean hüstelte, Geraldine dachte an Paläste aus Tausendundeiner Nacht und fand, dort könne es kaum herrlicher nach Jasmin, Vanille und Amber geduftet haben. Dann wandte sich die Sängerin wieder an Jean. »Wir haben uns schon so lange nicht mehr getroffen, mein Liebling«, säuselte sie mit verführerischem Augenaufschlag, »wir müssen unbedingt zusammensitzen!« Mit Einsatz aller weiblichen Waffen erreichte Alyra, daß der Oberkellner drei Tische zusammenrücken ließ.

Inzwischen hatte McFairshield Jean die Hand geschüttelt und trat jetzt zu Geraldine. Sie blickte zu ihm auf.

»Du warst wundervoll, Richard!« sagte sie mit aufrichtiger Bewunderung und reichte ihm die Hand.

»Merkwürdig, mir kam gerade ein Leitmotiv in den Sinn, als ich dich plötzlich da sitzen sah«, sagte er. Geraldine lächelte und summte leise.

»Woher wußtest Du?« fragte McFairshield. Seine Augen blitzten. Die Truppe ließ sich nun mit lautstarkem

Stühlerücken nieder, und er deutete auf den freien Platz neben ihr.

»Darf ich?«

»Natürlich.«

Während er sich setzte und vom Kellner, der aufgeregt herangeeilt kam, die Karte entgegennahm, betrachtete Geraldine ihn verstohlen. Er sah gut aus – gereifter als noch vor zwei Jahren. Sie fand, daß er nun noch interessanter wirkte als vorhin auf der Bühne als Scarpia ... etwas melancholisch, aber sehr gesammelt und männlich. Ob er etwas mit dieser Alyra hatte? Sie erinnerte sich daran, wie sehr er sie immer verwöhnt hatte. Richard hatte sie noch nie enttäuscht. Eine Welle der Zuneigung durchfuhr sie, in die sich Schuld mischte. Richard McFairshield sah von der Karte auf und bemerkte ihren Blick. Sein ernstes Gesicht hellte sich in einem warmen Lächeln auf, und als er die Hand leicht auf ihre legte, zog sie sie nicht weg.

20

Geraldine erwachte von einem Klopfen an der Zimmertür. »Das Frühstück, Signor McFairshield!«

»Bringen Sie es nur herein!« hörte sie Richards Stimme gutgelaunt antworten. Sie erinnerte sich, daß sie am frühen Morgen einmal kurz aufgewacht war. Als sie für einen Augenblick die Augen öffnete, sah sie Richards Blick auf sich gerichtet. Anscheinend hatte er sie beim Schlafen beobachtet, sie mit dieser seltsamen Mischung aus Liebe, Besitzerstolz und kühler Ruhe betrachtet.

»Stellen Sie das Tablett bitte auf den Tisch. Vielen Dank.«

Richard war jetzt aufgestanden, hatte die Tür hinter dem Zimmerkellner geschlossen und den blauen Brokatvorhang zur Seite geschoben. Es war ein herrlicher Tag, die Piazza della Trinità lag in hellem Licht.

»Guten Morgen, Liebe, hast du gut geschlafen?«

Das plötzliche Sonnenlicht kitzelte ihr in den Augen. Geraldine strich sich eine Haarsträhne aus ihrem Gesicht und zog die Decke etwas verlegen zu sich heran.

»Oh, sehr gut ... gibst du mir bitte einen Morgenmantel?«

»Ist dir kalt, Liebling?«

Sie war erst sehr spät eingeschlafen und hatte sich unruhig neben dem tief und fest schlafenden Richard hin und her gewälzt. Er war ein guter Liebhaber, das mußte man ihm lassen. Und sie hatten gestern nacht in der lauschigen Trattoria viel getrunken. Jean und Alyra hatten sich irgendwann diskret verabschiedet – und Geraldine hatte sich kurz darauf in einem Taxi wiedergefunden, eng an Richard geschmiegt, durch das halb geöffnete Fenster strich die Nachtluft kühl über ihr erhitztes Gesicht. Geraldine hatte sich der fröhlichen Stimmung einfach hingegeben. Die Gedanken würden früh genug wieder über sie hereinbrechen, das wußte sie. Übermütig lachend waren die beiden ins Hotel gekommen, schon im Fahrstuhl hatte er leidenschaftlich ihren Hals geküßt.

»Schau nur, was für ein göttlicher Tag draußen ist! Möchtest du Tee, Geraldine, mit Honig, etwas French Toast, Marmelade, ein Ei?«

»Nein, danke, ich habe keinen großen Appetit, nur eine Tasse Tee.«

»Sie haben hier diese köstliche Waldfruchthonig-Crema, die mußt du probieren.«

Richard war wieder zu ihr ins Bett gekommen und hatte das Tablett mit dem opulenten Frühstück sorgsam vor ihnen plaziert. Er hielt ihr ein kleines Porzellangefäß hin und bedeutete ihr zu probieren. Sie stippte ihren Zeigefinger hinein und lutschte die süße Honigcrema prüfend, mit Blick auf Richard, ab.

Er lächelte. »Ich liebe dich. Ich bin so froh, daß wir jetzt wieder zusammen sind.«

Geraldine starrte auf seine kräftige Hand, in der er eine Brötchenhälfte hielt, und beobachtete, wie er sorgfältig die Waldfruchthonig-Crema darauf verteilte. Sie hatte eine kurze Vision von Davids Hand, die sich auf ihre legte. Rasch lehnte sie ihren Kopf an Richards Schulter und blickte zum Fenster hinüber. Richard war ein Mann, auf den man sich verlassen konnte, es tat gut, von ihm umsorgt zu werden. »Die Crema ist wirklich köstlich, ich glaube, ich esse doch ein halbes Brötchen damit.«

Er reichte ihr das Brötchen. »Ich bin so froh, da du wieder bei mir bist, Geraldine. Ich habe es immer gewußt, daß wir wieder zusammenkommen.« Er streichelte ihr zärtlich über die Wange. »Ich lasse dich nie mehr gehen, das verspreche ich dir. Du gehörst zu mir, das weißt du, und ich wußte, daß du es weißt!«

Sie kuschelte sich in seine Arme und fühlte eine Geborgenheit, die sie in der Zeit mit Franceschini vermißt hatte, oder besser: von der sie vergessen hatte, daß es sie gab.

21

»So, das hätten wir«, der Zahnarzt lächelte zufrieden. »Signorina, den Spiegel!«

Caselli nahm den Handspiegel entgegen und öffnete den Mund.

»Na, paßt doch prima, nicht?«

»Ja, sehr schön«, artikulierte Caselli undeutlich und betrachtete die glänzende Goldkrone.

»Tja, unten sind wir fertig, jetzt kommt der Oberkiefer dran«, sagte der Arzt. »Loben kann ich den Kollegen in Catania nicht«, fügte er hinzu und kontrollierte das Röntgenbild. »Die Wurzelbehandlungen sind alle vermurkst, sehen Sie, nicht tief genug«, erläuterte er und hielt die Aufnahme leicht schräg, damit Caselli einen Blick darauf werfen konnte. »Da muß ich wahrscheinlich noch mal ran«, er machte ein skeptisches Gesicht. »Notfalls muß ich von außen aufmeißeln.«

»Was?« lallte Caselli.

»Sie können den Mund jetzt wieder zumachen«, lächelte der Zahnarzt nachsichtig. »Na, ich schau mal, vielleicht geht es ja auch so«, setzte er hinzu, und Caselli atmete durch. »Also, lassen Sie sich am besten gleich einen Termin geben, es ist im Moment nämlich wie verhext«, lachte er. »Jetzt, wo sich alle mit den guten Vorsätzen fürs neue Jahr gestärkt haben, haben wir einen Ansturm von Leuten hier, die sich sonst das ganze Jahr über nicht zum Zahnarzt trauen«, er wartete neben der Tür, bis sich Caselli sich aus dem Behandlungsstuhl erhoben hatte. Die Assistentin nahm ihm den Spiegel ab.

»Danke«, sagte Caselli und gab dem Arzt hastig die Hand.

Als er die Praxis verließ, schlug er den Kragen seines

Mantels hoch und wickelte sich den flauschigen Kaschmirschal um den Mund. Es war kalt, die Römer schlugen sich fröstelnd die Arme um den Körper, und ihr Atem stieg als Hauch in die Luft. Die Luft war glasklar, der Himmel strahlend blau. Das Eingangsportal der Kirche San Lorenzo in Lucina stand weit offen. Eine Hochzeitsgesellschaft wartete vor dem Eingang, er sah den weißen Schleier der Braut, drei kleine Mädchen mit Mänteln über den langen Rüschenkleidern und ein Junge spielten Versteck hinter den Säulen des Portikus, sie schwenkten die geflochtenen Henkelkörbchen und verstreuten ausgelassen rote und rosa Rosenblätter auf das römische Pflaster. Der Sakristan kam heraus und schalt. Die Kinder rannten weg.

»Ma sono bambini!« riefen die umstehenden Frauen. Ein kleines Mädchen fiel hin, schlug sich das Knie auf. Es weinte, lief zu seiner Mutter und vergrub ihr blondes Lockenköpfchen in ihrem Schoß.

»Da, schaut, was er angerichtet hat, das arme Kind!« zeterte die hübsche Italienerin und zeigte temperamentvoll auf den Küster. Der rang die Hände und zog sich in die Kirche zurück. Caselli dachte an blühende Mandelbäume, den furchtsamen Blick aus schwarzen Augen, an weiche Hüften neben dem Stamm eines knorrigen Maulbeerbaumes und den Flug einer Elster am wolkenlos blauen Himmel. Er setzte sich in seinen Wagen und schloß die Tür. Er spürte einen Anflug von Wehmut, doch Caselli unterdrückte die Erinnerung an Sizilien sofort. Er hatte Weihnachten und Silvester mit Tiberio und Giovanni und ihren Familien verbracht. Es waren laute und fröhliche Feste gewesen, und Caselli hatte sich in der herzlichen Runde wohl gefühlt. Aber in seine Freude an dem ungezwungenen Zusammensein hatte sich doch auch ein wenig Traurigkeit gemischt, als er seine Freunde so im Kreis ihrer Lieben beobachtete. Caselli riß sich aus seinen Gedanken und steckte den Schlüssel ins Zündschloß. Es gab Grund zum Feiern, sein Dienstcomputer war bewilligt. Caselli prüfte mit der Zunge das blanke Metall in seinem Mund und ließ den Motor an. Es war Viertel nach drei. Er hatte vorgeschlagen, Scurzi in der Pförtnerloge in der Via Paisiello abzuholen, um gemeinsam einen Computerladen im Zentrum aufzusuchen.

Der Commissario nahm den Lungotevere, der mit seinen hohen Platanen einer breiten Allee glich, fuhr am Marineministerium vorbei und bog am Piazzale delle Belle Arti rechts ab Richtung Quartiere Parioli. Er parkte unter den Oleanderbäumchen in der Via Mercadante und lief die paar Schritte bis zu dem Palazzo in der Via Paisiello, in dem Scurzis Frau ihren Dienst als Hausmeisterin tat. Als er die Halle betrat, sah er die beiden hinter der Glasfront der Pförtnerloge.

»Buona sera, Commissario«, rief Scurzi und stand sofort auf. Seine Frau stellte das Dampfbügeleisen ab und kam hinter dem Bügelbrett hervor.

»Buona sera, Signora, wie geht es Ihnen?« grüßte Caselli und drückte die vom Treppenputzen rissige Hand der jungen Frau.

»Na, Sie sehen es ja«, lachte sie glücklich und schob stolz ihr Bäuchlein vor.

»Wir waren heute beim Ultraschall«, erklärte Scurzi. »Da, schauen Sie«, sagte er und nahm eine Aufnahme vom Tisch. »Ist das nicht herzig?« Caselli betrachtete ein Punkteraster. »Und?«

»Ja, sehr schön«, sagte er und gab Scurzi das Bild zurück.

»Stellen Sie sich vor, Commissario, es ist etwas ganz Wunderbares passiert bei der Untersuchung«, erzählte

Marcella. »Wollen wir es ihm sagen?« fragte sie ihren Mann.

»Ja«, sagte Scurzi und übernahm das gleich: »Als die Gynäkologin mit dem Gerät über Marcellas Bauch fuhr, hat der Kleine ... gegähnt, man konnte es ganz deutlich sehen.«

»So?« sagte Caselli höflich.

»Wir waren so aufgeregt!« sagte die junge Frau. »Es war ein richtig bewegender Moment, nicht wahr, Raffaele?« Scurzi nickte, und sein Blick schimmerte feucht. Casellis Augen ruhten auf Marcella, der strahlenden Frische ihrer römischen Gesichtszüge, der Kunstseidenchrysantheme am Plastikzwicker, mit dem sie ihr Haar hochgesteckt hatte und der ihre kräftigen braunen Strähnen in keiner Weise zu bändigen vermochte, seine Augen glitten über das knappe Shirt, die Jogginghose, die über dem deutlich konturierten Bäuchlein spannte, das schwarze Wäscheteil, das hervorblitzte und Marcellas weibliche Rundungen leicht anhob und sanft zusammendrückte, so daß das goldene Kettchen mit dem Medaillon der Heiligen Jungfrau Maria am Busen der jungen Mutter mehr auflag als baumelte.

Marcella strich eine Haarsträhne hinter ihr Ohr und schlug die Augen nieder.

»Wir haben dem Commissario gar nichts angeboten«, sagte sie und nahm ihre Strickjacke von der Couch. »Hol doch den Sambuca aus dem Büfett«, sagte sie zu ihrem Mann. »Beim Bügeln wird mir immer so heiß, der Dampf ... oder möchten Sie lieber einen Grappa?«

»Machen Sie sich bitte keine Umstände, Signora«, antwortete Caselli. »Ja, wollen wir dann?« fragte er freundlich, und Scurzi holte seinen Mantel.

»Also, wir brauchen zwei Gigabyte Festplattenspeicher«, begann er und legte den fünften Gang ein, da der Verkehr an der Hauptstraße Muro Torto, wider Erwarten, zügig dahinfloß.

»Ja, mindestens«, antwortete Scurzi. »Beim letzenmal, da war der Kleine ja nicht mal zentimetergroß, da konnte man gar nichts erkennen. Aber diesmal, da sah man sogar die Fingerchen, süße kleine Fingerchen, und als er dann gegähnt hat ...«, Scurzi schüttelte den Kopf.

»Und ein TFT-Farbdisplay, natürlich strahlungsarm, aber das sind ja die neuen sowieso, nicht?« der Commissario schaltete herunter.

»Eigentlich wollte ich schon letztesmal bei der Geburt dabeisein«, sagte Scurzi und klemmte sein Knie gegen das Handschuhfach des Fiat Punto.

»Eingebautes CD-ROM-Laufwerk, Diskettenlaufwerk extern, hm?« schlug Caselli vor und blickte nach hinten, bevor er die Fahrbahn wechselte.

»Aber dann bin ich bei einer Fahndung angeschossen worden, glatter Schulterdurchschuß ... und Marcella hat sich so darüber aufgeregt, daß Amelina viel zu früh auf die Welt kam.« Caselli sah den Bruchteil einer Sekunde die maskierten Männer auf dem Motorrad in Catania, er hörte das Knattern der Maschinengewehrsalve, die seinem damaligen Chef die Beine zerschoß. Eine Vespa scherte ohne zu blinken ein, und Caselli trat abrupt auf die Bremse. »Imbecille!« rief Scurzi, beugte sich aufgebracht aus dem Seitenfenster und klappte die Sonnenblende hoch, an der er sich den Kopf gestoßen hatte.

»Sie können den Sitz etwas nach hinten schieben, dann haben Sie mehr Beinfreiheit«, riet Caselli. Scurzi tastete nach dem Hebel. »Wann war denn das?« fragte Caselli.

»Vor drei Jahren, noch vor Ihrer Zeit ... ich war noch

bei der Drogenfahndung, aber Marcella wollte, daß ich da aufhöre, es war zu gefährlich.«

»Ja, da hatte sie wohl recht«, meinte Caselli und drehte das Seitenfenster hoch, damit sie die Abgase des Touristenbusses, der vor ihnen im Stau stand, nicht einatmen mußten. »Sind dort eigentlich noch mehr Todesfälle durch verschnittenes Heroin bekanntgeworden, wie im Fall Riccardo Vismara?«

Scurzi zuckte die Achseln. »Nicht, daß ich wüßte. Nur die Briefchen tauchen immer noch hier und da auf. Aber keine Spur, wo sie herkommen. Wenn sich im Fall Vismara etwas tut, werden sie uns auf alle Fälle sofort informieren, Commissario, denn das könnte uns ja bei der Aufklärung des Mordes an seinem Bruder helfen.«

Caselli dachte lieber nicht daran, daß er nahe davor stand, den Fall Angelo Vismara ad acta zu legen. »Also, wichtig ist, daß der Arbeitsspeicher groß genug ist, wir brauchen auf jeden Fall 120 SDRAM ...«, begann er erneut.

»Das wird teuer«, meinte Scurzi. »Ich mache auch extra diesen Kurs mit, wissen Sie, zur Vorbereitung«, setzte er nach.

»Wann ist es denn soweit?« Caselli gab sich geschlagen. Er betrachtete angestrengt die Engelsburg, an der sie gerade vorbeifuhren, und die angestrahlte Kuppel des Petersdoms weiter vorn, am Ende der Via della Conciliazione.

»In drei Monaten«, sagte Scurzi und sah aus dem Seitenfenster. »Daß wir im Fall Angelo Vismara einfach nicht weiterkommen«, seufzte er. »Gräßlich, wie die Leute zu Tode kommen, wer denkt sich so was bloß aus«, sinnierte er.

»Manchmal ergibt sich ein neuer Anhaltspunkt, wenn man am wenigsten damit rechnet«, sagte Caselli mit fester Stimme und hielt, weil die nächste Ampel auf Rot sprang.

»Die sind ja eigentlich ganz gut, die Kurse«, sagte Scurzi und klappte seine Rückenlehne ein Stück zurück, er hatte jetzt alle Hebel durch. »Nur sind da so viele schwangere Frauen auf einmal, und man muß sich hinknien und Übungen machen ... laut atmen zum Beispiel, als Mann kommt man sich da irgendwie ... heute ist wieder Kurs.« Caselli fuhr gerade über die Ponte Vittorio Emanuele II.

»Wir sind gleich da«, sagte er. »Das Geschäft liegt direkt am Corso. Ich würde sagen, wir brauchen etwa eine halbe Stunde, zur ersten Information ... dann können Sie gern ...«

»Hm«, hörte er Scurzi sagen. Caselli sah kurz zu seinem Assistenten hinüber.

»Mir wäre sehr recht, wenn wir nachher noch die Softwarefrage durchsprechen könnten ... dienstlich, bei einem Bier oder einer Pizza, Sie haben ja auch noch nichts im Magen ...«

»Ach ja?« Scurzi ließ von den Hebeln ab.

»Es sei denn ...«, meinte Caselli.

»Aber sicher, Commissario, Dienst ist Dienst! Der geht schließlich vor, Marcella hat dafür immer Verständnis!« rief Scurzi und drückte schon das Handy an sein Ohr.

Um den Bernini-Brunnen gruppierten sich Ramschbuden, Luftballonverkäufer und Stände mit Zuckerwatte und Popcorn. Lärmende Jungen jagten Taubenschwärmen nach. Vor den Cafés standen keine Tische. Es war der Tag vor Epiphanie, Weihnachtsmusik lief, die Hexe Befana saß in ihrem Schlitten, läutete mit einer Glocke und verteilte Geschenke an die Kinder.

»Geraldine!« Ein brauner Lockenkopf in einem dunkelblauen Samtmäntelchen, weißen Strümpfen und Lackschuhen rannte aus einer Traube Kinder auf sie zu.

»Hallo! Jacopa!« Sie stand vor ihr, und Geraldine ging in die Hocke. »Hallo! Daß du mich noch kennst?« sagte sie.

Jacopa schaute zu Boden und nickte.

»Bist du hier mit deinen Schulfreunden«, fragte Geraldine und deutete mit dem Kopf zur Kinderschar neben dem Karussell.

»Ja, mit meiner Klasse. Es ist doch Befana.«

»Hat dir die Hexe etwas gebracht?«

»Hm.«

»Das, was du wolltest?« Jacopa nickte. Damit hatten sich Geraldines Fragen erschöpft. Sie wußte nicht, wie sie sich einem Kind gegenüber verhalten sollte. »Was machen deine Schlümpfe?« erkundigte sie sich und stand auf. »Hast du jetzt Quattrocchi?«

»Nee«, meinte Jacopa und blickte Geraldine mit großen, braunen Augen an. Geraldines Herz pochte zum Zerspringen.

»Ist Federico auch hier?« fragte sie und strich sich eine Haarsträhne aus dem Gesicht. »Um halb fünf Uhr holt Mamà mich ab«, sagte Jacopa und blickte auf. »Ihr magt euch gar nicht mehr. Sandra ist gar nicht so nett wie du«.

»Darüber will ich nicht sprechen, Jacopa.«

Sie atmete tief durch.

»Sag mal, Jacopa, ist die Signora dort deine Lehrerin?« Jacopa nickte. »Komm, wir fragen, ob wir in das Spielwarengeschäft da drüben gehen dürfen, hm?« sagte Geraldine und nahm sie an der Hand.

»Warum denn?« fragte Jacopa arglos.

»Dem Schlumpf mit der Brille wird's da langsam langweilig ohne dich.«

Als sie aus dem Geschäft kamen, gingen die Farben des Himmels in Mittelblau über, das Abendrot färbte die Wolkenbahnen Michelangelo-rosa. Über der halbmondförmigen Sichel auf der Spitze des Obelisken blinkte der Stern Venus.

»Oh, Mamma ist schon da ...«, Jacopa machte sich von Geraldines Hand los. Im Laufen machte sie kehrt und kam noch einmal zurück. »Grazie, Geraldine«, sagte sie mit ihrer hohen Kinderstimme, zog sie am Arm zu sich herunter und küßte sie auf die Backe.

»Ciao, tesoro, mach's gut!«

Geraldine betrachtete gedankenversunken die Fontänen des Brunnens, Wasser und Stein erstrahlten hell im Licht der Beckenscheinwerfer. Dann warf sie einen Blick auf ihre Armbanduhr, bog in eine Seitenstraße ab und ließ die Piazza Navona hinter sich.

In der engen Gasse schloß ein Mann gerade seine Autotür ab. Er sah sich unruhig um, als verfolge ihn jemand. Geraldine sah ihm ins Gesicht. Er trat aus der Toreinfahrt und versuchte, so zu tun, als erkenne er sie nicht, aber dann merkte er, daß er sich lächerlich machte.

»Du?« Es klang beleidigend, als habe er sie bereits in der Gosse oder unter der Erde geglaubt.

»Du hast mich nach dem Unfall kein einziges Mal angerufen«, fuhr sie ihn an. Er zuckte nur mit den Schultern.

»Ich werde nicht mehr spielen können«, rief Geraldine, und ihr Herz raste vor Wut und Aufregung.

»Was für ein Verlust für die Musikwelt. Ich war ebenfalls schwer verletzt. Ich hatte einen Milzriß!«

Er kontrollierte noch mal, ob er die Wagentür auch wirklich abgeschlossen hatte, und wandte sich zum Gehen.

»Entschuldige mich, meine Mutter und Jacopa warten. Ich mußte nur noch einen Parkplatz finden.«

»Hast du nachher Zeit? Können wir reden?« platzte Geraldine heraus.

»Nein, nachher gehen wir alle zusammen chinesisch essen«, antwortete er abweisend.

»Und danach?« Sie wollte ihn nicht einfach gehen lassen.

»Ich muß noch einen Artikel fertigschreiben und dann werde ich mir die Nacht vor der Philharmonie um die Ohren schlagen. Papà bat mich um eine zusätzliche Karte für das Abbadokonzert«.

»Du willst nicht mal mit mir sprechen!« rief Geraldine.

»Ich wüßte nicht, worüber«, er ließ sie stehen und lief mit tänzelndem Schritt die Gasse hinunter.

Sie ging benommen weiter. Bei der verwitterten Statue des Pasquino bog sie in die Via Pantaleo, überquerte den Corso Vittorio Emanuele und drängelte sich durch Reihen an der Ampel wartender, hupender Autos. Am Teatro di Pompei vorbei gelangte sie auf die Piazza Campo di Fiori. Die Blumenstände unter großen grünen Marktschirmen hatten schon die Lampen angeschaltet, obwohl die Dämmerung gerade erst einsetzte. Geraldine blieb stehen. In Zinkkübeln wurden trotz der Kälte, Rosen, Iris und Chrysanthemen, Lilien und Nelken angeboten. An den Seiten hielten improvisierte Plastikfolienwände den ärgsten Wind ab. Die Blumenverkäuferin in Wollmütze und dicker Strickjacke kam schniefend heran.

»Signorì, e prenda dei fiori ... sono belli ...!«

Geraldine deutete stumm auf die roten Rosen.

»Le vuole? Sono bellissime! Quante?« fragte die Blumenfrau und griff mit ihren halben Fingerhandschuhen in die Blätter.

»Venti.«

»Venti, benissimo«, die Signora freute sich. »Eine kostet 3000 Lire, Signorì«, hakte sie sicherheitshalber nach. Geraldine nickte, kramte in ihrer Jackettasche und reichte ihr das Geld.

»Ecco ... le incarto?«

»Nein, geben Sie nur her«, sagte Geraldine und nahm den Strauß. »Sera.«

»Arrivederci, Signorì.«

Sie ging bis zur Piazza Farnese. Zahllose Scheinwerfer strahlten den Palazzo an. Die Fackelhalter früherer Jahrhunderte, links und rechts der hohen Fenster, schimmerten matt, die Gesichter der Fresken schienen auf sie herabzublicken. Die französische Fahne wehte leise im Wind. Im Sarkophagbrunnen an der Ecke zur Via Giglio plätscherte Wasser aus fratzenhaften Wasserspeiern. Das Wasser leuchtete hell, dank starker quadratischer Strahler auf dem Brunnenboden. Geraldine setzte sich auf eine Steinbank zwischen parkenden Autos und überdimensionalen Lorbeerkübel und legte die Rosen neben sich. Weiter vorn spielten Jungen Fußball. Auf den Steinnischen vor dem Palazzo Farnese saßen vereinzelte Touristen und verliebte Teenager.

Sie spürte, daß jemand hinter ihr stand. Sie drehte sich rasch um und sah Kowalski. Diesmal durchfuhr sie kein freudiger Schrecken wie damals, als er sie am Blumenstand in der Via Gambero angesprochen hatte. Sie war zu leer, um irgend etwas zu fühlen.

»Wie war Ihr Konzert?«

»Das Publikum jubelt jetzt noch«, sagte sie.

»Sind die Rosen von Franceschini?« Geraldine stand auf und hüllte sich enger in ihren Pelzmantel.

»Auch wenn es Sie enttäuscht, Kowalski, ich bin noch nicht verrückt!«

»Warum sitzen Sie dann theatralisch mit einem Arm Rosen neben sich, bei minus zwei Grad, seit 35 Minuten auf einer römischen Piazza?«

Geraldine sah reflexartig auf die Uhr.

»Woher wissen Sie, wie lange ich hier schon sitze?«

»Ich habe gesehen, wie Sie in somnambulistischer Zeichensprache die Blumen gekauft haben.«

»Und warum kommen Sie dann jetzt erst?«

»Ich hatte noch zu tun.« Geraldine schluckte.

»Ich habe Sie zufällig auf der Piazza Navona gesehen«, fuhr Kowalski fort, »als ich Sie ansprechen wollte, kam mir ein kleines Mädchen zuvor, und dann ... ich nehme an, es war dieser Kritiker, Federico Stronchetti. Ich habe alles gehört, ich stand genau hinter Ihnen.«

Kowalski trat einen Schritt auf sie zu und faßte sie leicht am Arm.

»Geraldine, es tut mir leid.«

»Ach, verschwinden Sie doch«, murmelte sie. »Mir steht nicht der Sinn nach Ihrer Psychotour.« Sie schüttelte seine Hand jedoch nicht ab.

»Ich kann mir vorstellen, was in Ihnen vorgeht«, sagte Kowalski. »Sie wurden extrem verletzt, und jetzt fordern Sie sich eine extreme Reaktion ab.«

»Ich fordere mir gar nichts ab«, murmelte Geraldine und zerlegte eine Rose. Er zog seinen Schal zurecht.

»Es ist kalt, gehen wir in die Trattoria da vorn in der Via dei Pettinari.« Sie rührte sich nicht. »Na, kommen Sie schon«, sagte Kowalski. »Nachher bringe ich Sie in ein Hotel. Sie sollten heute nicht mehr in ihr Bergdorf zurückfahren.«

Er nahm die Rosen und reichte ihr seine Hand. Sie ignorierte sie und lief ein paar Schritte voraus.

Das Restaurant war voll. Auf den Tischen lagen rotkarierte Tischtücher und Papierservietten. Im Holzofen flackerte ein Feuer, Giovanni stand mit weißer Schürze hinter der Steinanrichte und knetete Pizzateig. Die Bedienung brachte Bruschetta.

Rodolfo Kowalski goß Rotwein in ihr Glas.

»Ich weiß sehr wohl, daß der Unfall ihr Leben verändert hat«, sagte er.

Geraldine blickte ihn mißtrauisch an. Dann beschloß sie, daß in seinen Augen diesmal keine Ironie lag, und atmete tief durch. »Mein Leben ist gar nicht mehr richtig existent«, sagte sie leise. »Wie lange kann ich Geraldine Dvorsky bleiben, wenn ich keine Geigerin mehr bin? Bis die Erinnerung verblaßt? Bis ich in diesem Bergdorf verblöde? Ich habe Angst, meine Identität zu verlieren.«

»Ja, ich verstehe, was Sie meinen«, sagte Kowalski und nahm einen Schluck Wein. »Und dann die Liebe ...«, fuhr Geraldine fort. »Auch so ein Thema. Ich werde Ihnen jetzt etwas beichten ... Kowalski.«

»Wie schön«, sagte er und lächelte. Geraldine holte tief Luft.

»Manchmal identifiziere ich mich mit den tragischen Frauengestalten aus dem 19. Jahrhundert. Ich habe Angst, daß ich die Fähigkeit verliere, klar zu denken ... und ich in der Zwangsjacke ende, wie dieser Tänzer da, der aus Djagilevs Truppe ... na, Sie wissen schon, der von *Le sacre du printemps* ...«

»Nijinksij.«

»Ja. War er nicht ein grauenhaftes Beispiel für Wahnsinn und jahrelanges Siechtum? Oder nehmen Sie Camille Claudel und Adele Hugo! Eine zertrümmert ihre

Skulpturen, weil Sie sich zwanghaft Rodins Überkunst beugt, die andere sieht sich ihrer einzigen Chance zur Liebe beraubt, kann das nicht akzeptieren und verfaßt den Rest ihres Lebens, irrsinnig in einer Anstalt eingesperrt, Bände rückwärtsgeschriebener Tagebücher.«

Geraldine überlegte einen Moment. »Nicht die Katastrophe an sich ist die Falle, sondern die Unfähigkeit, zu akzeptieren, daß sie nicht mehr rückgängig zu machen ist ... verstehen Sie?« sagte sie schließlich. »Die Flucht in den Wahnsinn ... davor habe ich Angst, und außerdem muß ich mich darum kümmern, wovon ich leben soll.«

Kowalski musterte sie eingehend. »Essen Sie doch erst mal Ihre Bruschetta«, meinte er. »Sie machen einen vollkommen stabilen Eindruck. Das sind nichts als Hirngespinste. Wir leben nicht mehr im letzten Jahrhundert. Haben Sie mit Dr. Friedbaum darüber gesprochen?«

»Ach, Dr. Friedbaum ...«, antwortete Geraldine ungehalten. Sie fragte sich, warum sie eigentlich immer wieder auf diesen komischen Analytiker zu sprechen kamen. Vergebens versuchte sie, ihre Bruschetta zu zerteilen. Schließlich nahm sie das Brot in die Hand und biß hinein. »Ich werde das Gefühl nicht los, daß er selber ein Psychopath ist.«

Kowalski zog unmerklich eine Augenbraue hoch. Sie war froh, als er dazu nichts weiter sagte. »Was haben Sie eigentlich bisher gemacht?« fragte er statt dessen beiläufig. »Ihr Unfall ist ja nun schon eine Weile her.« Geraldine rückte den Bruschettateller von sich weg und preßte die Lippen aufeinander. Ihr Magen krampfte sich zusammen, wahrscheinlich war das schwere Olivenöl zuviel für ihn, sie hatte die letzten Wochen wenig gegessen.

»Elaine, Ludovicas Schwiegertochter, hat eine leitende Position bei einem Kongreßveranstalter, hier in Rom.

Ludovica, also Davids Stiefmutter, hat sie gebeten, mir weiterzuhelfen. Ich meine, irgend etwas muß ich ja jetzt tun, ich übersetze … Prospekte, Tagungsprogramme und so. Ich habe mich letzten Monat bei ihr vorgestellt.«

Er warf ihr einen kurzen prüfenden Blick zu und legte dann säuberlich seine Serviette neben den Teller. Giovanni brachte die Pizzas. An einem Tisch im hinteren Ende des Raums spielte eine Gruppe Männer Karten, und es wurde laut gelacht.

»Möchten Sie noch Wein?« fragte Kowalski.

Geraldine bekämpfte eine aufsteigende Übelkeit.

»Nein, danke. Entschuldigen Sie mich einen Moment, ich muß mal verschwinden.«

Sie versuchte, das Olivenöl an ihren Händen mit der Serviette abzuwischen. Kowalski schob das letzte, perfekt mit Messer und Gabel zerteilte Stück Bruschetta in den Mund.

»Ist Ihnen nicht gut, Sie sind so blaß …«, fragte Kowalski und schob seinen Stuhl zurück.

»Bestellen Sie mir einen Espresso, ja?« sagte Geraldine und drängelte sich zwischen den Tischen durch. Kowalski blickte ihr nach.

In den Waschräumen spritzte sie sich kaltes Wasser ins Gesicht und kühlte sich mit einem Papiertaschentuch den Nacken. Sie erschrak, als sie im Spiegel ihr bleiches Gesicht sah, ihre Augen hatten einen fiebrigen, gequälten Glanz. Sie ging in eine Kabine und lehnte einen Moment die Stirn gegen die Tür. Es tat gut, ein paar Minuten ganz allein zu sein. Sie fragte sich, was sie hier eigentlich mit Kowalski tat. Nach der Begegnung mit Stronchetti war sie froh über seine Gesellschaft. Obwohl seine Arroganz sie reizte. Sie sehnte sich nach einer zärtlichen Geste von ihm, sie wollte die Verletzlichkeit und Sanftheit zum Vorschein bringen, die sie hinter dieser zynischen Fassade vermutete. Einen Augenblick lang drängte sich Richards Gesicht vor ihre Träumerei, sie schob es beiseite. Etwas unbehaglich dachte sie daran, daß sie ihr Handy gleich ausgeschaltet hatte, als sie in die Trattoria gekommen waren. Sicher hatte er schon versucht, sie zu erreichen.

»Und? Geht es?« Caselli sah besorgt zu Scurzi hinüber. Die Trillerpfeifen des Demonstrationszuges der Metaller, die mit roten Manifesten und Spruchbändern auf dem Corso Vittorio Emanuele II. marschierten, verebbten. Piazza Navona wirkte wie eine friedliche Oase.

»Kein Problem, Commissario«, sagte Scurzi und schleppte gutgelaunt die sperrige PC-Kiste.

»Daß die auch ausgerechnet heute demonstrieren müssen«, nörgelte Caselli.

»Ist doch egal«, meinte sein Assistent. »Wo steht Ihr Wagen?«

»Ecke Via dei Coronari.«

»Da ist doch auch striktes Halteverbot«, erinnerte sich Scurzi.

»Der Vigile hatte ein Einsehen«, erklärte Caselli. »Tut mir leid, daß Sie warten mußten. Der Lungotevere war vollkommen blockiert.«

»Macht nichts, ich habe mich in dem Geschäft umgesehen. Francesco, mein Ältester, wird nächsten Monat acht, ständig liegt er mir in den Ohren mit diesen Computerspielen«, erzählte Scurzi und blieb stehen. »Ach, halten Sie doch bitte mal«, sagte er zu Caselli. »Ich muß eben die Pistole woanders hinstecken«, er übergab die Kiste, und Caselli wankte. Scurzi nahm die Waffe aus dem Halfter und überlegte, wo er sie sicher unterbringen konnte. Auf Casellis Stirn bildeten sich Schweißperlen. »In die Hosentasche ist schlecht, oder?« fragte Scurzi.

»Sie können sie mir geben, solange ...«, Casellis Stimme klang gequetscht.

»Ja? Also, dann ... Moment, wie machen wir das denn ... am besten so rum ... Sie nehmen die Pistole und ich den PC ... nee, Moment, die Kiste darüber ... so, ja.«

Caselli machte einen Schritt nach vorn und rammte Scurzis Kinn.

»Können Sie jetzt die ... mein Gott, ist die Verpakkung unhandlich«, sagte Scurzi und rieb sich die Bakke.

»Stecken Sie Ihre Dienstwaffe in meine Jackettasche, und nehmen Sie dann die Kiste! Na bitte.« Er atmete angestrengt durch. »Geht's?« fragte er und strich sich mit dem Handrücken über die Stirn. Caselli hatte die Ecke zur Via del Rinascimento erreicht und wollte gerade die Straße überqueren.

»Ach, Bambi!« Scurzi stand vor dem Spielwarenladen. Caselli machte kehrt und stellte sich auch vor die Auslage. Ein gigantischer Plüschhirsch mit weißen Punkten und Geweih blickte aus starren Augen mit langen Wimpern.

»Och!« rief Caselli, und dann entdeckte er den schwarzen Panther, fast so groß wie ein Pony. Er stieß Scurzi mit dem Ellenbogen an.

»Öh!« Scurzi nickte. »So große Stofftiere gibt es nur in diesem Geschäft an der Piazza Navona. Was meinen Sie, wie oft ich als kleiner Junge hier gestanden bin! Aber so was bekommt man natürlich nie zu Weihnachten, der paßt ja gar nicht in eine normale Wohnung. Da müssen Sie schon ein Kinderzimmer haben wie im Palazzo der Doria-Pamphili.«

»Doria, wie Andrea Doria?« fragte Caselli, römische Patrizierfamilien waren ihm nicht geläufig.

»Ja«, sagte Scurzi. »Wir waren neulich mal wieder

dort, mit den Kindern, wir machen jeden Sonntag einen Ausflug. Die Gemäldegalerie ist wirklich sehenswert, und die Räume der Familie erst … was machen Sie eigentlich immer sonntags?« fragte Scurzi über den Rand der Kiste.

»Abends treffe ich mich mit Freunden in einer Trattoria in der Via dei Pettinari«, antwortete Caselli. »Sie interessieren sich für Kunst?« fragte er, während sie weiterliefen.

»Ja, sehr«, antwortete Scurzi. »Nach der Schule hatte ich mich in der Akademie eingeschrieben, in der Via Ripetta …«, Scurzis Stimme sackte ab. »Eigentlich wollte ich ja …«, er sagte nichts mehr.

»Malen?« hakte Caselli nach. »Ich wollte Bildhauer werden …«, antwortete Scurzi leise, »aber davon kann man ja nicht leben."

»Die Trattoria ist nicht weit von hier, wenn Sie wollen, können wir gleich dorthin gehen, es ist ja nur ein paar Straßen weiter.

»Gute Idee, ich könnte wirklich was vertragen, Commissario.«

Sie waren endlich an seinem kleinen Fiat Punto angekommen und verstauten die Kisten mit Seufzern der Erleichterung im Kofferraum.

»Ecco fatto!« Caselli schlug den Kofferraum zu und klopfte sich die Hände ab. Sie machten sich auf den Weg in die Via dei Pettinari.

Als sie die kleine, gemütliche Trattoria betraten, begrüßte Giovanni sie freudig, Caselli stellte ihm seinen Assistenten vor. Es war früher Abend und noch nicht viel los, nur an einem kleinen Tisch in der Ecke saß ein junger Mann mit dunklem welligen Haar und starrte aus dem Fenster. Caselli studierte auf der Karte gerade die

Gnocchi-Variationen, als aus der Damentoilette jemand trat, der seine Aufmerksamkeit sofort fesselte. Es war diese kleine Violinistin, Signorina Dvorsky. Er beobachtete, wie sie zu dem Tisch in der Ecke ging, wo der junge Mann ihr entgegenschaute. Caselli rückte seinen Stuhl so, daß er die beiden unauffällig im Blick hatte.

Als Kowalski sie kommen sah, stand er auf und schob ihren Stuhl zurecht.

»Alles in Ordnung?« Geraldine nickte und trank hastig einen Schluck. Sie verzog das Gesicht und griff nach der Zuckerdose. »Welches Hotel haben Sie eigentlich für mich ausgesucht?«

»Eins ganz hier in der Nähe.«

»Wie heißt es denn?«

»Luna.«

»Was? Sind Sie verrückt geworden?« rief Geraldine empört.

»Das ist doch eine Absteige!«

»Woher wollen Sie das denn wissen?«

»Das weiß man eben. Hier im Viertel findet man fast nur Stundenhotels.«

»Ich kenne mich da nicht so aus. Es wirkte wie ein normales Hotel.«

»Sie kennen sich nicht aus! Sie wohnen doch in der Via Giulia.«

»Das haben Sie sich aber gut gemerkt.«

»Genau.«

»Es ist ja nur für eine Nacht.«

»Ich gehe da nicht hin.«

»Dann werden Sie Ludovica aus dem Schlaf klingeln müssen.«

»Sie haben wohl eine Privacyphobie, keiner darf über Ihre Schwelle?«

»Was soll denn das ... wollen Sie etwa mit zu mir nach Hause?«

»Warum nicht?«

»Welche Arie wird Ihr Operntenor anstimmen, wenn Sie ihm das erzählen?«

Geraldine verschüttete den Espresso und stellte die Tasse energisch ab. »Was zwischen mir und Richard ist, geht Sie überhaupt nichts an.« Sie versuchte mit einer Serviette den Kaffee aufzutrocknen. Kowalski beobachtete sie ruhig.

»Soll ich Ihnen noch einen bringen lassen?« fragte er.

»Nein, danke.«

»Wirklich nicht?«

»Ich würde einfach gern Ihre Wohnung sehen.« Sie war fast erschrocken über ihre eigene Verve.

»Dazu wird sich irgendwann einmal die Gelegenheit bieten.«

»Auf einen Espresso, und dann bringen Sie mich in die Absteige.«

»Also ...«, zögerte Kowalski.

Geraldine nahm einen letzten Anlauf. »Wollen Sie nicht wissen, welch umfassende Problemlösung mir ihr Dr. Friedbaum dank seines profunden, psychoanalytischen Sachverstands bereits nach drei Sitzungen mit untrüglichem Gespür für die Konstellation der Begebenheiten angeraten hat?«

Kowalski gab sich geschlagen. Geraldine sah es mit Erleichterung. Sie wollte nur eins: diese Nacht mit ihm verbringen, seine Arme um sich spüren, und diese Sehnsucht war so stark, daß ihr in diesem Moment alles andere egal war.

22

Die schwere Wohnungstür fiel hinter ihnen ins Schloß. Kowalski blieb im Dunkeln stehen.

»Machen Sie kein Licht an?«

»Ich hatte heute nachmittag einen Kurzschluß. Morgen kommt ein Elektriker.«

»Haben Sie keine Kerze im Haus?«

»Nein.«

Sie erkannte eine Fensterfront mit mehreren Nischen und deckenhohen, sechsfach unterteilten Renaissancefenstern. Kowalski zog seinen Mantel aus.

»Wollen Sie nicht ablegen?« Er warf ihre Lederjacke auf einen Sessel. Durch ein Fenster schien ein breiter Mondstrahl. »Leider sind die Straßenlaternen schon ausgeschaltet, sonst wäre es heller. Ich weiß nicht, ob Sie darauf geachtet haben, wir haben hier noch alte Gaslampen aus dem vorigen Jahrhundert.« Es war frostig.

»Geht die Heizung auch nicht?« fragte Geraldine und legte die Hand auf den kalten Heizkörper unter dem Fenster.

»Ich kann Sie immer noch ins Luna bringen«, meinte Kowalski.

»Ein Hotel wie das Luna verfügt nicht über so etwas wie eine Heizung.«

»Meinen Sie? Es ist in jedem Fall eine riskante Sache, daß Sie hier sind.«

»Wieso denn?«

»Na, ich denke da zum Beispiel an Ihren britischen Othello.« Geraldines Gesicht verfinsterte sich, aber er hielt ihrem Blick stand. »Und ich möchte auch kein Adele-Hugo-Opfer werden. Hat sie den armen Kerl nicht bis nach Westindien verfolgt?«

»Ach, da brauchen Sie keine Sorge zu haben.«

»Nein? Und warum nicht?«

»Sie sind nicht mein Typ. Sie gehören zur anderen Kategorie.«

»Wie viele Kategorien kennt Ihr System denn?«

»Zwei.«

»Aha, und worauf bezieht sich die Einteilung?«

»Auf den männlichen Körper.«

»Offenbar ist es derart trivial, daß Sie sich genieren, es auszusprechen.«

»Ja.«

»Nun ... sagen Sie schon.«

»Also, in die eine Kategorie gehören Männer mit einem Torso wie Michelangelos David, also glatt. Und dann eben die andere, na ja, Sie wissen schon ...«

»Und welche ist Ihnen lieber?«

»Die ... die andere.«

»Artikulieren Sie sich immer so gehemmt?«

»Entschuldigen Sie, ich glaube, ich habe ein wenig zuviel Rotwein getrunken«, sagte Geraldine und versuchte das Thema zu wechseln.

»Ist das empirisch fundiert? Wozu gehöre ich?« hakte Kowalski nach.

»Ich nehme an, zur ersten.«

Er lehnte sich mit dem Rücken an die Nischenwand. Ein Mondstrahl erhellte sein weißes Hemd. Er öffnete die obersten Knöpfe. »Kommen Sie näher.«

»Was soll denn das?« fragte sie unsicher.

»Jetzt kommen Sie schon her!« Sie machte einen Schritt auf ihn zu. Er faßte sie am Arm und zog sie mit einem Ruck an sich heran. »Prüfen Sie es nach! Lassen Sie Ihre Hand da ... und sagen Sie mir, was Sie spüren.« Er bog seinen Kopf gegen die Mauer. Geraldine zögerte, dann knöpfte sie das Hemd auf. Als ihre Lippen ihn berührten, zuckte er zusammen. Sein Kinn streifte flüchtig ihr Haar. Er faßte sie an den Schultern.

»Ich mache uns Tee und ... hole ein paar Decken«, sagte er, bereits auf dem Weg in die Küche. »Sie können auf der Ottomane schlafen ... Malve, Pfefferminz, grünen Tee?« rief er im Hinausgehen. »Na, ich weiß schon ... Pfefferminz.«

Das Sofa war mit schwerem Brokat bezogen, eines dieser Exklusivmodelle, in denen man einsank und beim Aufstehen eine Mulde hinterließ. Der Mond schien durch die Glasscheiben. Geraldine setzte sich und hauchte ihre kalten Finger an. Nach ein paar Minuten kam Kowalski mit zwei Bechern wieder. Er warf ihr einen weichen Pullover zu.

»Hier, ziehen Sie den an.« Dann schob er einen großen quadratischen Puff vor das Sofa, legte die Füße hoch und breitete eine Decke aus. Geraldine hatte die Pulliärmel bis über die Fingerspitzen gezogen und wärmte ihre Hände an der Tasse. »Schon besser, nicht?« fragte er.

»Sie haben ja unglaublich hohe und große Räume«, sagte sie. »Ich konnte überhaupt noch nicht feststellen, wo der Raum hier endet. Es ist ja eigentlich mehr ein Saal.«

»Ja, schwer zu heizen, auch wenn die Heizung nicht defekt ist«, sagte Kowalski unerwartet locker. »Jetzt kommen Sie schon ein bißchen näher, ich beiße nicht, wie es so schön heißt.« Er hielt seinen Arm ausgebreitet und schob mit dem Knie die Decke hoch. »Oder wollen Sie sich eine Erkältung holen?« Geraldine stellte ihre Tasse auf die Ablage hinter dem Sofa. »Geht es mit der Hand?«

»Sprechen wir von etwas anderem.«

Der Mond strahlte hell durch die Fenster. Kowalskis weißes Hemd war noch offen.

»Wie schön Sie sind«, flüsterte sie und wünschte gleich darauf, sie hätte nichts gesagt.

»Ich sehe schon, unser Gespräch wird heute abend keine intellektuell vertretbare Ebene mehr erreichen«, bemerkte Kowalski und trank einen Schluck aus seinem Becher.

»Sie müssen viel Sport getrieben haben«, sagte Geraldine, bemüht, die Konversation in geregelte Bahnen zu lenken.

»Ich war bei der Armee, ich hatte mich auf einige Jahre verpflichtet.«

»Ich kann Sie mir gar nicht vorstellen, wie Sie durch den Schlamm robben ...«

»In der Wüste gibt es keinen Schlamm.«

»Wo waren Sie stationiert?«

»In Marokko.«

»Ach? Arabien, Alchimie, Algebra, Astronomie, Medina, Mekka und die Fremdenlegion«, assoziierte Geraldine. »Stellen Sie Gold her? Stehen in Ihren Gemächern verstaubte Phiolen, in denen bunte Flüssigkeiten blubbern? Studieren Sie um Mitternacht die Kabbala und die finsteren, enigmatischen Geheimwissenschaften der Templer und Rosenkreuzer?«

»Na, haben Sie jetzt alle Gemeinplätze beieinander? Die Ottomane steht da drüben, versuchen Sie zu schlafen ...«, sagte Kowalski abrupt.

Geraldine lag auf den Ellenbogen gestützt und schwieg. »Frieren Sie noch?«

»Geht schon.«

»Hier«, sagte er und gab ihr noch eine Decke.

»Ich gehe mal kurz ins Bad.«

»Ja, ja ...«, antwortete er abwesend. »Links, den Korridor entlang ... na, Sie werden es schon finden.«

Eine Wolke verdunkelte den Mond. Irgendwo tickten Standuhren. Ein Wagen hielt vor dem Haus, Leute lachten, und Autotüren schlugen zu. Geraldine erwachte aus dem Halbschlaf, die Leuchtziffern ihrer Uhr zeigten kurz nach halb drei. Der Mond war ein Fenster weiter gewandert und tauchte Kowalski in fahles Licht. Er schlief, den Kopf zur Seite geneigt, die Schultern an das Polster gelehnt, das Hemd noch offen. Ein Arm lag malerisch über der Lehne. Sie erkannte den Dreitagebart, das dunkle Haar. Sein Oberkörper reflektierte das Mondlicht, als wäre er aus Marmor. Er würde sich eine Lungenentzündung holen. Sie stand auf. Das Plaid lag am Boden, neben seinem Arm. Sie ging in die Hocke, es aufzuheben. Doch dann blieb sie, wie gebannt von seiner Nähe, am Boden knien, den Kopf gegen das Seitenteil gestützt.

Seine Hand griff in ihr Haar, strich sanft über ihren Hals ... das erste Mal, daß er sie bewußt berührte, die erste Zärtlichkeit, die sie seit langem erfuhr. Sie hielt ihre Wange gegen seine Hand und weinte. Er zog langsam ihr Kinn hoch. Sie blickte ihn an. Der Mond erhellte nur einen Teil seines Gesichts. Eine leichte, gebieterische Kopfbewegung.

Sie spuckte ins Waschbecken. Als sie ins Zimmer zurückkam, war der Mondstrahl ein Fenster weiter gewandert, schien auf eine lange Konsole vor zwei Fensternischen. Verschieden hohe Obelisken und nach Durchmesser auf Holzständern geordnete Marmorsphären schimmerten im fahlen Licht. Kowalski lag im Dunkeln. Sie ging an eines der Fenster und schaute auf die Straße. Der Wind wehte welke Platanenblätter über das Pflaster. Ein gelbes Taxi fuhr vor und hupte.

»Es ist für Sie ...«, hörte sie Kowalskis Stimme hinter sich.

Geraldine starrte hinunter. Es war kurz nach drei Uhr morgens. Der Bahnhof Flaminia war zu, die Bars geschlossen. Nobeldiskotheken würden sie nicht hineinlassen. Außer Pennern, Prostituierten und Vergewaltigern war um diese Zeit niemand auf der Straße. Der erste Frühzug ging um halb sechs. Den Bruchteil einer Sekunde überlegte sie, ob sie Kowalski bitten sollte, bleiben zu dürfen.

»Sie haben mich sicher verstanden«, setzte er nach. In diesem Moment kam ihr ein Gedanke. Sie drehte sich abrupt um, packte ihre Lederjacke, durchquerte den Salon und öffnete mit einem Ruck die schwere Wohnungstür. Die Treppenhausbeleuchtung warf Licht auf die portugiesische Konsole neben dem Eingang. Ihre Handtasche lehnte an einem Konsolbein aus dunklem Holz, das mit geschnitzten Löwenpranken und messingfarbenen Beschlägen verziert war. Geraldine hob sie auf und blickte flüchtig in den venezianischen Spiegel. Der Lichtstrahl traf einen Dolch, der an einem geflochtenen, roten Lederriemen neben dem Spiegel hing. Das blanke Metall der zum Halbmond gebogenen Klinge reflektierte winzige sternförmige Blitze.

Sie hastete in das Taxi, streifte erst auf dem Rücksitz ihre Lederjacke über, den Schal noch in der Hand.

»Ma che ha fretta ...?« meinte der römische Taxifahrer in einer Mischung aus lakonischem Zynismus und Anteilnahme. »Wohin, Signorina?«

»Via della Conciliazione ...!«

Geraldine zahlte und stieg aus. Sie warteten in Autos, standen im Freien in Grüppchen zusammen, reichten Thermosflaschen herum und hielten weiße Plastikbecher in der Hand.

»Da vorne, Carlos ... der im roten Parka«, rief ihr einer zu. Sie nickte und ging weiter.

»94, sorry, bist spät dran«, sagte der junge Mann und gab ihr einen Zettel.

»Paßt schon«, sagte sie.

»Willste 'nen Kaffee?« fragte eine Rothaarige mit Pudelmütze.

»Ja gern«, nickte Geraldine.

»Welche Nummer?«

»94.«

»Na, vielleicht hast du Glück, es sollen noch 100 Plätze frei sein. Bei Abbado hat man fast nie eine Chance.«

»Kommt ganz darauf an«, murmelte Geraldine halblaut und hielt ihre Umhängetasche krampfhaft umklammert. Ihre Einsamkeit umgab sie wie eine Rüstung, die ihr die Luft abschnürte, die sie umklammert hielt wie eine Hand, die sich immer enger um sie schloß.

23

Es roch streng nach Desinfektionsmittel. Der Pathologe zog das Leintuch zurück, und der elegante, ältere Herr blickte reglos auf die Leiche, dann nickte er. »Ja«, sagte er. »Es ist Federico, es ist mein Sohn.« Dann nahm er seine Brille ab und wischte sich mit einem Taschentuch über die Augen. Caselli trat zu ihm. »Es tut mir leid, Fulvio, aber es mußte sein.«

Sein Freund faßte kurz seinen Arm.

»Ich weiß … Alessandro, ich weiß«, sagte er gefaßt. »Weiß man schon etwas?« fragte er und steckte das mit seinem Monogramm versehene Taschentuch wieder ein.

»Nur, daß er erstochen wurde. Die Mordwaffe hat man noch nicht aufgefunden. Die Befunde der Gerichtsmedizin und der Spurensicherung werden am späten Nachmittag vorliegen«, antwortete Caselli. »Es ist unweit der Philharmonie passiert, am Fuß der Engelsburg.«

»Ja«, sagte Fulvio. »Ich hatte Federico gebeten, mir Karten für das Abbado-Konzert zu besorgen. Eine ... Bekannte aus dem Golfclub hatte den Wunsch geäußert, das Konzert zu besuchen. Pressekarten gab es keine mehr. Aber Federico meinte, er wüßte, wie er an Karten käme ... es gibt da Musikfans, die die ganze Nacht vor der Philharmonie warten. Er wollte sich darum kümmern.

Caselli schaute seinen Freund eindringlich an.

»Fulvio ... könnte irgend jemand ein Interesse an Federicos Tod gehabt haben? Jemand, dem er mit seinen Kritiken zugesetzt hat, eine alte Erzfeindschaft, ein Konkurrent in der Feuilletonredaktion?« fragte er, während der Pathologe die Leiche Federico Stronchettis in den dunklen Schacht des Kühlfachs schob und die Klappe verriegelte. Caselli nickte dem Pathologen zu und ging mit Fulvio Richtung Ausgang. Fulvio holte noch einmal das Taschentuch hervor, um sich zu schneuzen.

»Dieser englische Baßbariton aus Tosca hat einmal angerufen. Ich war am Apparat, und er hielt mich zuerst für Federico. Er tobte vor Wut und sagte immer wieder, was mein Sohn da betreibe, sei Rufmord. Aber ich würde das nicht überbewerten, Alessandro. Das ist harmlos, so etwas kommt ab und an mal vor.«

Caselli sah ihn aufmerksam an.

»Viel schlimmer ist: Federico erwähnte mit gegenüber, er fühle sich verfolgt. Ich habe es seinen angespannten Nerven zugeschrieben und nicht weiter ernst genommen, leider. Das mache ich mir jetzt bitter zum Vorwurf.«

»Wann war das?« hakte Caselli nach.

»Vor ein paar Tagen, genau kann ich das nicht mehr sagen«, antwortete Fulvio.

Caselli kam die Erinnerung an die unschöne Szene, die er kürzlich in den Nachrichten gesehen hatte.

»Was ist mit diesem Dirigenten, der ihn öffentlich beschimpft hat?«

»David Franceschini?«

»Ist das denn so weit hergeholt?«

»Im Gegenteil, es ist einfach zu ...«, Fulvio Stronchetti suchte nach dem richtigen Ausdruck, »zu naheliegend. Nach Davids Aufführung vor laufenden Kameras weiß doch das ganze Land von seinem Haß auf Federico. Hältst du ihn wirklich für so dumm, an diese Publicity jetzt auch noch einen Mord dranzuhängen?«

»Nein«, gab Caselli zu. Fulvio hatte recht, kein Mensch mit auch nur ein wenig gesundem Menschenverstand würde so was tun, wenn er nicht gerade darauf versessen wäre, sofort geschnappt und eingesperrt zu werden.

»Außerdem ...«, Fulvio runzelte die Stirn, »kann ich mir David einfach nicht als Mörder vorstellen. Er ist viel zu sehr mit sich selber beschäftigt, um aus edlen Rachegefühlen für einen anderen Menschen so etwas zu tun.«

Caselli horchte auf. »Worum ging es eigentlich noch mal bei diesem Vorfall auf der Pressekonferenz? Die Gerüchte treiben ja wilde Blüten.«

»David konnte Federico diesen Unfall nicht verzeihen. Du erinnerst dich, er war mit Geraldine Dvorsky unterwegs – ihm ist so gut wie nichts passiert, aber ihr Handgelenk wurde zertrümmert. Sie wird nie wieder richtig spielen können ...«

Caselli erinnerte sich. Wieder sah er Geraldine Dvorsky vor sich, wie sie auf diesen hageren jungen Mann im Dal Galletto eingeredet hatte und dann mit ihm weggegangen war.

»Sie hat Franceschini wegen Federico verlassen?«

Fulvio nickte. »Ja, ich hatte Federico deswegen gleich gewarnt – aber nein, was Frauen angeht, ist er ein großer Kindskopf. Was er sieht, das muß er haben. Und wenn er damit Franceschini noch eins auswischen konnte – um so besser.« Fulvio machte ein bekümmertes Gesicht, während Caselli sich insgeheim fragte, ob da nicht vielleicht eine gewisse Erbanlage im Spiel war. Er wartete, bis Fulvio weitersprach: »Nach dem Unfall machte er sich große Vorwürfe und kam damit zu mir. Er wollte meinen Rat. Er wußte nicht, was er tun sollte.«

»Und was hast du ihm geraten?« fragte ihn Caselli, während sie die kahlen Gänge der Gerichtsmedizin entlangliefen. Fulvio blieb stehen und wartete, bis Caselli auf den Aufzugknopf gedrückt hatte.

»Ich habe ihm geraten, sich zu trennen. Es hätte sein ganzes Leben zerstört. Ich sagte ihm, er habe sich nichts vorzuwerfen. Es war ein bedauernswerter Unglücksfall, aber deshalb brauche er nicht seine ganze Existenz dem Unfallopfer zu widmen. Wahrscheinlich hätte sie auch Geldforderungen gestellt, und er hätte sein ganzes Leben lang zahlen dürfen. Ich riet ihm, sie nicht mehr wiederzusehen. Und soweit ich weiß, hat Federico sich an meinen Rat gehalten.«

Der Aufzug öffnete sich vor dem Hauptportal. Sie gingen hinaus in die kühle Abendluft, und Caselli zog seinen Schal enger.

»Du meinst, sie hat sich gerächt?« fragte er und blieb einen Augenblick auf der obersten Stufe der breiten Treppe stehen.

»Im Grunde kann ich es mir nicht vorstellen, sie wirkte jung, zerbrechlich ... andererseits ... das Mädchen könnte jemanden beauftragt haben, oder ein fanatischer Fan wollte sie rächen, was weiß man. Auf jeden Fall solltest du mit ihr sprechen. Ich weiß allerdings nicht, wo sie sich jetzt aufhält. Aber du kannst David fragen. Vielleicht kann er dir weiterhelfen.«

»Das werde ich tun«, antwortete Caselli. »Meinst du, er liebt sie noch?«

Fulvio überlegte, dann schüttelte er den Kopf. »David will vergöttert werden. Ich glaube nicht, daß er diesem Mädchen jemals verziehen hat, daß es einen anderen vorzog.«

Caselli nickte versonnen. Dann blickte er auf und deutete auf einen Polizeiwagen, der hinter seinem Fahrzeug stand. »Soll ich dich nach Hause bringen lassen?« fragte er. »Du bist sicher nicht in der Lage zu fahren.«

»Nein, laß nur, ich werde abgeholt«, antwortete Fulvio und drückte Caselli die Hand. Caselli warf einen kurzen Blick in den Spider, der auf dem Gehsteig wartete. Hinter dem Steuer leuchteten rote Locken. Bevor er den Verschlag öffnete, wandte sich Fulvio noch einmal um. »Ich sehe dir an, daß du meinen Ratschlag nicht billigst, Alessandro ... aber glaub mir, ich wollte nur das Beste für meinen Sohn.« Caselli lächelte mühsam und hob die Hand zum Gruß. Fulvio stieg ein, und die Rothaarige lenkte den Wagen in den dichten Verkehr des Lungotevere.

24

Als Caselli ins Büro zurückkehrte, fand er es leer vor. Scurzi wurde wohl wieder einmal von den Tücken seines Alltags als Großfamilienvater aufgehalten.

Er nahm sich ein paar der Akten vor, die sich auf seinem Schreibtisch stapelten, und machte sich daran, sie durchzuarbeiten. Immer wieder schaute er dabei ungeduldig auf die Uhr. Schließlich griff er zum Hörer und wählte die Nummer der Gerichtsmedizin.

»Paolo? Caselli hier, liegen die Befunde im Fall Federico Stronchetti inzwischen vor?«

Er hörte ein vielsagendes Räuspern und sah vor sich, wie Paolo sich angelegentlich auf seinem Holzdrehstuhl zurücklehnte und einen konzentrierten Blick aufsetzte.

»Federico Stronchetti ist mit einer etwa zwanzig Zentimeter langen Stichwaffe getötet worden, die in seinen Rücken gestoßen wurde und sein Herz durchbohrt hat. Die Tatwaffe ist, obwohl eine Polizeimannschaft jeden Zentimeter um die Engelsburg und Umgebung abgegrast hat, nicht aufgefunden worden. Die Todeszeit liegt zwischen drei und vier Uhr morgens.«

»Danke, Paolo. Irgend etwas Außergewöhnliches?«

An der wohlgesetzten Pause, die nun folgte, erkannte er sofort, daß Paolo auf diese Frage sehnsüchtig gewartet hatte. »Nun, Kollege Caselli, es gibt da tatsächlich was Außergewöhnliches ...«, er machte noch eine bedeutungsschwere Pause, und Caselli seufzte still in sich hinein, »... es kann sich nicht um ein gewöhnliches Messer gehandelt haben, dafür sind die Verletzungen zu untypisch. Vermutlich handelt es sich bei der Tatwaffe ...«, er räusperte sich abermals genüßlich, bevor er weitersprach, »... um eine Art Dolch.«

Caselli schüttelte den Kopf, ein Dolch. Auch die Morde wurden heutzutage immer theatralischer. Was sich die Leute wohl noch alles einfallen lassen würden, um sich möglichst effektvoll gegenseitig umzubringen?

»Hätte es eine Frau tun können«, er zögerte, »... mit einer Hand?«

»Wenn die Klinge scharf genug war, brauchte es keine besondere Kraftanstrengung, um den Streich zu führen. Ja, es hätte auch eine Frau tun können, sogar mit einer Hand vermutlich.«

Nachdem er aufgelegt hatte, starrte Caselli lange blicklos auf die Platte seines Schreibtischs. Er schrak auf, als sich die Tür öffnete und ein erhitzter Scurzi hereinstürzte. »Mi scusi, Commissario, zu Hause geht mal wieder alles drunter und drüber ...« Caselli winkte duldsam ab, er legte keinen großen Wert darauf, sich jetzt Scurzis häusliche Geschichten anzuhören.

»Schon gut, Scurzi. Ich habe eine Bitte an Sie: Machen Sie die Nummer von Geraldine Dvorsky ausfindig.«

»Die Violinistin, mit der Stronchetti ein Tête-à-tête hatte?«

»Genau. Sie können bei David Franceschini ansetzen, dem Dirigenten. Er kann Ihnen sicher weiterhelfen.«

»Pronto?«

»Signorina Dvorsky?«

»Ja.«

»Hier spricht Commissario Caselli von der römischen Questura. Ich hätte ein paar Fragen an Sie.«

Geraldine brauchte ein paar Momente, bis sie antworten konnte.

»Worum geht es?«

»Das würde ich Ihnen gern persönlich sagen. Wäre es Ihnen möglich, in der Questura vorbeizukommen?«

»Ich sehe dazu keine Veranlassung«, antwortete sie kühl. »Sagen Sie mir, worum es geht.«

»Sie kannten Federico Stronchetti, nicht wahr?«

»Ja.«

»Sie waren mit ihm liiert ... bis zu dem tragischen Unfall.«

»Sie wissen gut Bescheid, Commissario.«

»Er wurde am Dienstag ermordet. Man hat ihn mit einer Art Dolch getötet, leider weiß man noch nicht, wo er herstammen könnte, da man die Tatwaffe noch nicht aufgefunden hat.«

Geraldine wurde einen Moment schwindlig. Wie von einem Blitzschlag angeleuchtet, sah sie den Kumiat auf der Garderobe in Kowalskis Wohnung vor sich. Unwillkürlich hielt sie die Hand vor die Sprechmuschel. Dann atmete sie tief durch und sagte knapp zu Caselli, sie werde nach Rom fahren.

»Es freut mich, daß Sie sich doch entschlossen haben, mich aufzusuchen«, lächelte der Commissario und bot Geraldine einen Stuhl an. »Bitte, nehmen Sie doch Platz!« Er bemerkte, daß sie nervös war und dunkle Schatten unter den Augen hatte. Sie setzte sich. »Hier, sehen Sie, das sind die Bilder von der Leiche.« Er reichte Geraldine einige Polizeiphotos über den Tisch.

»Ich weiß nicht, ob ich die sehen möchte«, antwortete Geraldine.

»Gibt es dafür einen besonderen Grund?« fragte Caselli.

»Ich kann mir vorstellen, daß ein Mordopfer ein grauenvolles Bild abgibt. Warum soll ich mich damit belasten?«

»Bitte sehen Sie sich die Photos an«, insistierte Caselli.

Geraldine nahm die Fotos und starrte lange mit unbewegter Miene darauf. Caselli beobachtete sie genau, aber in ihrem Gesicht war nicht die kleinste Emotion zu erkennen. Als sie aufsah, war ihr Blick verhangen.

»Sie denken, ich war es?«

»Waren Sie es?«

»Nein!«

»Wo hielten Sie sich gestern gegen drei Uhr morgens auf? Ich nehme an, Sie haben fest geschlafen und irgend jemand kann das bezeugen, nicht wahr?« Geraldine preßte die Lippen aufeinander und schüttelte den Kopf. »Also, wo waren Sie?«

»In Rom.«

»Genau ... und zwar in der Via della Conciliazione vor dem Auditorium. Einige der jungen Leute aus der Warteschlange vor der Philharmonie haben Sie wiedererkannt bzw. eine Beschreibung abgegeben, die genau auf Sie zutrifft. Also geben Sie zu, daß Sie dort waren?«

»Ja.«

»So ein Zufall! Sehen Sie sich das Photo doch mal genauer an, da im Hintergrund, was sehen Sie da? Hier, nehmen Sie dieses Photo hier. Das ist die Engelsburg ... Sie können die abgerundeten Mauern erkennen und die Statue ganz oben ... sogar angestrahlt. Federico Stronchetti wurde unterhalb der Engelsburg ermordet, hundert Meter vom Auditorium entfernt. Sie befanden sich zur Tatzeit am Tatort, Sie haben ein Motiv ... ein starkes Motiv, nämlich Rache ... Ihre Hand wurde bei dem Unfall, den Stronchetti verursachte, zertrümmert ...«

»Ich war es aber nicht«, rief Geraldine außer sich. Sie schlug mit der Hand auf den Tisch. Caselli bemerkte, daß ihr der dunkelblaue Kaschmirpullover, den sie anhatte, viel zu groß war – es war ein Männerpulli.

»Na gut«, lenkte er ein. »Warten wir die weiteren Ergebnisse der Spurensicherung ab.«

Er sah, daß ihr Schweißtropfen auf der Stirn standen.

»Fühlen Sie sich nicht wohl, Signorina?« fragte er besorgt.

»Entschuldigen Sie mich einen Moment, ich habe heute morgen eine Tablette genommen, und ...« Sie erhob sich schwankend und lief hinaus. Caselli sah ihr bestürzt nach. Als sie wieder ins Zimmer trat, war sie leichenblaß. Sie hatte anscheinend den Kopf unter den Kaltwasserhahn gehalten, eine feuchte Strähne hing ihr ins Gesicht, die Maskara war verlaufen.

»Geht es Ihnen besser?«

Sie nickte, Caselli erhob sich und öffnete das Fenster. »Noch eine Frage zum Abschluß, Signorina ...«, sie blickte ihn alarmiert an. »Halten Sie es für möglich, daß Maestro Franceschini den Kritiker umgebracht hat?«

»Aber nein, ganz und gar nicht.« Sie schien erleichtert, und Caselli fragte sich, welche Frage sie befürchtet hatte. »David konnte Federico nicht ausstehen, es gab da einige unbedeutende Reibereien wegen dieser Buchgeschichte und ... überhaupt«, sagte Geraldine.

»Das stellt sich mir aber anders dar, denken sie nur an die Pressekonferenz neulich in den Nachrichten, das sah mir mehr nach Eifersucht und Haß aus!« rief Caselli.

»Wie?« fragte Geraldine.

»Haben Sie den Ausschnitt nicht gesehen? Er wurde vor etwa einer Woche in den Nachrichten gesendet!«

»Ich weiß nicht, was Sie meinen«, sagte Geraldine gereizt. »Ich habe David schon lange nicht mehr im Fernsehen gesehen.«

»Na gut, lassen wir das. Es ist nicht weiter wichtig«, brach Caselli ab.

»Die beiden mochten sich einfach nicht, aber David

nahm Federico nicht für voll, er nahm ihn nicht ernst. Er hätte ihn niemals umgebracht, schon gar nicht aus Eifersucht, Davids Gefühle sind egozentrisch. Er hat mich schnell vergessen«, sagte sie ohne Bitterkeit. »Kann ich jetzt gehen?«

»Ja«, antwortete Caselli und schob seinen Stuhl zurück. »Verreisen Sie in der nächsten Zeit nicht. Wir werden Sie natürlich nach Hause bringen, und Sie sind dann sicher so freundlich ... und lassen die Herren einen Blick in Ihre Wohnung werfen. Nein, ein Untersuchungsbefehl liegt nicht vor, aber ich komme Ihnen ja auch entgegen, nicht wahr, Signorina Dvorsky? Von Rechts wegen könnte ich Sie hier festhalten.«

Als sie mit kühlem Gruß hinausging, fixierte Caselli noch einmal ihren Pulli, der um ihren mageren Körper schlotterte. Unter dem langen Mantel fiel das jedoch kaum auf. Der Pullover war schlicht und von einem strengen Blauschwarz, und Caselli hätte zu gerne gewußt, von wem sie ihn ausgeliehen hatte – wahrscheinlich von dem jungen Mann mit dem melancholischen Gesicht aus der Trattoria. Die beiden gaben ein ausgesprochen schönes Paar ab.

Wieder allein in seinem Büro, trommelte er unzufrieden mit den Fingerkuppen auf die Tischplatte. Wenn er es recht bedachte, fand er, er habe sich zu ruppig verhalten und sich im Ton vergriffen mit dieser jungen Musikerin. Er hatte sie härter angefaßt, als es nötig gewesen wäre. Das tat ihm leid. Es entsprach so gar nicht seiner Art. Doch am Vormittag war Vice-Questore Ruggiero di Verdacchiano, braungebrannt und um einige Kilo schlanker aus der Rekonvaleszenz zurückgekehrt und hatte seine Sekretärin angewiesen, Caselli sofort zu ihm zu schikken. Ausgerechnet an diesem Morgen war Caselli nicht pünktlich um acht Uhr an seinem Platz gewesen. Er hatte im Mordfall Stronchetti die halbe Nacht vor der Engelsburg verbracht und um acht Uhr morgens tapfer den vereinbarten Zahnarzttermin wahrgenommen. Als er dann um elf Uhr, nicht in bester Verfassung, in der Questura erschien, bedachte ihn Signorina Flavia mit einem herablassenden Lächeln, schwang ihren Minirock, der wahrscheinlich aufgrund des besonderen Anlasses noch kürzer war als sonst, lässig durch das Büro und öffnete, ohne anzuklopfen, Verdacchianos Tür.

»Commissario Caselli ist jetzt endlich da!« rief sie und ließ Caselli ins offene Messer laufen. Es war ihm klar, daß die Aufklärungsrate der Fälle, die er bearbeitete, in letzter Zeit zu wünschen übrigließ, doch Verdacchianos Kommentar dazu entbehrte jeglichen Verständnisses für die Sachlage und glich einer schulmeisterlichen Abkanzelung. Am schlimmsten hatte Caselli der Satz getroffen: Der Schlendrian, wie man ihn bei ihnen da unten im Süden kenne, habe nun ein Ende. Caselli sah rot, wenn jemand vage Andeutungen über seine sizilianische Abstammung machte. Er hatte seine Versetzung seinen außerordentlichen Verdiensten im Dienste der Italienischen Republik zu verdanken. In den eineinhalb Jahren, die er nun in Rom lebte, hatte er seine Entscheidung, Sizilien zu verlassen, schon einige Male überdacht. Er hatte es nur seiner Mutter zuliebe getan. Sie war Deutsche und hatte, nachdem sie sich von seinem Vater getrennt und Sizilien verlassen hatte, lange in Rom gelebt. Caselli hatte sich gewünscht, ihr, zumindest in ihrem Alter, beizustehen. Doch dann hatte sich alles anders ergeben, und seine Mutter war nach Deutschland zurückgegangen. Zu allem Überfluß stand er nun ohne Assistenten da. Jetzt, wo Scurzis Frau hochschwanger war, wußte der arme Junge vor lauter Sonderschichten in der Pförtnerloge in der Via Paisiello überhaupt nicht mehr, wie er es anstellen sollte, wenigstens gelegentlich noch zum Dienst zu erscheinen. Casellis Aussichten auf baldige Beförderung waren mit Verdacchianos Rückkehr ebenfalls vom Tisch. An diesem Tag hätte er am liebsten alles hingeworfen.

25

Geraldine drehte ungeduldig an der Kordel des Telefonhörers. Das Gespräch mit Richard zog sich in die Länge. Eigentlich war schon alles gesagt. Sie würde morgen mit dem Zug zu seiner »Boris Godunow«-Premiere nach Florenz fahren und freute sich auch darauf, aber jetzt wollte sie ihre Ruhe und die CD zu Ende hören, die sie eingeschoben hatte, bevor Richards Anruf kam, und die im Hintergrund leise weiterspielte. Richard war wie immer rührend um sie besorgt.

»Schatz, geht es dir wieder besser? Du weißt ja, es tut mir alles sehr leid für dich.«

»Ja, doch, danke Richard«, Geraldine trat von einem Fuß auf dem anderen und blickte zur Decke.

»Ich rufe dich morgen nach der Generalprobe noch mal an, wegen der Karte.«

»Fein, bis morgen, Richard«, sie atmete auf.

»Geraldine?«

»Hm ...?«

Richards Feingefühl sagte ihm, daß jetzt nicht der richtige Zeitpunkt war. Sie schien müde und abwesend. Er entschloß sich, das zu respektieren. Morgen würde er sie sehen, dann konnte er ihr von Angesicht zu Angesicht sagen, was er auf dem Herzen hatte. Er mußte sich nur noch ein klein wenig gedulden.

»Ach, nichts, Liebste. Ich küsse dich«, sagte er sanft und zwang sich, nicht enttäuscht zu sein, als sie ihm nur mit einem knappen Gruß antwortete. Wie gern hätte er ein liebes Wort von ihr gehört.

Geraldine legte auf und stellte die Musik wieder lauter. Plötzlich fühlte sie sich bleischwer. Jago war beim Trinklied ... *innaffia ugola trinca tincanna ... beva con me ...* Sie stand unschlüssig vor dem Kamin herum. Dann ging sie ins Schlafzimmer und öffnete die Schranktür. Ganz hinten, im trüben Plastikschoner, hing ein Abendkleid. Geraldine nahm es heraus und warf es auf das Bett. Sie zog den Reißverschluß auf und strich mit der Hand über den glänzenden Stoff. Franceschinis Stimme hallte aus der Erinnerung: *»Sie werden dir zu Füßen liegen ...«*, und sie sah sein Lächeln. Schwarze Maskara tropfte auf meerblaue Seide. Sie rannte in die Küche und riß Tissuepapier von der Rolle. Dann ging sie in den Wohnraum zurück. Das Telefon schrillte. Wer das sein mochte? Sie hatte keine Lust, jetzt mit jemandem zu reden. *Il mondo palpita quando il son brillo ... non temo il ver ...* der Chor setzte ein. Geraldine schob den Lautstärkeregler noch etwas weiter nach oben. Cassio war bald besoffen. Jago hatte es geschafft. *Bevi, bevi ...! Andiamo ai baluardi ... rido d'un ebbro ....* Jago hetzte Cassio auf Montano ... Das Telefon läutete, schriller und schriller ... *Allarmi! Abbassa le spade!* Othello schaffte Ordnung. *Onesto, Jago, per quel amor che tu mi porti, parla ...* Othello war erbost, weil Montano verletzt war ... *Cassio non sei più Capitano!* Jago hatte gewonnen. Einsatz Celli. *Ah, nella notte densa, estinge ogni clamor ...* Jetzt erzählten sie sich, wie sie sich getroffen hatten. Othello sprach vom Krieg, Desdemona von der Liebe. *Ingentilia di lacrime ...* ›Du liebtest mich um meiner Leiden willen, ich liebte dich, weil du barmherzig warst‹ … Nun wußte Othello, daß alles bald zu Ende sein würde … ›Die dunkle Zukunft meines Schicksals vergönnt mir nie mehr eine Stunde so heilig wie diese …‹ Die Plejaden versinken im Meer … *Venere splende …!* Es war Federicos Lieblingsarie. Bei Jagos Credo schrillte es wieder. Geraldine riß den Hörer von der Gabel.

»Schluß jetzt! Ich will mein Ruhe haben!«

»Geraldine!« Kowalskis Stimme ließ etwas in ihrem Bauch sich schmerzhaft zusammenkrampfen. Sie hatte seit jener Nacht letzte Woche nichts mehr von ihm gehört und Stunden neben dem Telefon verbracht, zu stolz, den Hörer selbst aufzunehmen und seine Nummer zu wählen. Einmal hatte das Telefon geklingelt, es war Alyra gewesen, die sich mit ihr zum Mittagessen verabreden wollte. Geraldine hatte sich zusammenreißen müssen, ihrer Stimme die Enttäuschung nicht so anzuhören zu lassen.

»Lassen Sie mich in Ruhe!« Jago wetterte, die Hörner setzten ein.

»Stellen Sie doch die Musik leiser, man versteht ja kein Wort!«

»Ich will auch nichts hören! Gehen Sie aus der Leitung!«

Pianissimo im Orchester. Jago sinnierte, was nach dem Tode kommt, alles schwoll zum tosenden Crescendo. *Ecco* … ›Der Tod ist Nichts und das Jenseits ist Betrug!‹

»Sie stellen jetzt die Musik leiser!«

»Sie haben mir überhaupt nichts zu sagen!«

»Nur zwei Minuten, Geraldine.«

»Ich will nicht!«

»Nur bis zum *dammi la dolce parola del perdono* … bitte, Geraldine.«

»Was?«

»Wenn ich mich jemals gegen dich vergangen, sag mir ein Wort der Vergebung.«

»Sie kennen das Libretto?«

»Ja.«

»Moment.« Sie schob den Regler nach unten.

»Wie geht es Ihnen?«

»Wie soll es mir schon gehen.«

»Das ist keine Antwort. Haben Sie irgendwas genommen?«

»Was soll ich denn genommen haben?«

»Na ja, Sie sind im Moment sehr ... labil.«

»Ich kann Sie beruhigen, ich habe keine Schlaftabletten mit Alkohol geschluckt. Ich habe so etwas gar nicht im Haus. Eigentlich habe ich nicht mal eine Karotte im Kühlschrank.«

»Also, Selbstmordgedanken hegen Sie keine, aber Sie vernachlässigen sich.«

»Wenn Sie meinen.«

»Ich habe es in der Zeitung gelesen. Wie kommen Sie damit zurecht?«

»Ich weiß nicht.«

»Othello war wohl Stronchettis Lieblingsoper?«

»Ich hasse es, wenn Sie mich als banal und kakulierbar hinstellen.«

»Ich habe nicht angerufen, um mich zu streiten. Brauchen Sie Hilfe? Was fühlen Sie?«

»Ich bin durcheinander ... und die Polizei glaubt ... ich war's ... Sie haben doch das Photo gesehen ... in der Zeitung ... der Commissario meint, es ist ein Racheakt ... das macht mir angst. Vielleicht sollte ich mir einen Anwalt nehmen, solange ich noch auf freiem Fuß bin.«

Kowalski lachte. »Aber, Geraldine! Sie werden auch auf freiem Fuß bleiben. Kein Polizeibeamter kann ernsthaft glauben, Sie seien in der Lage, einem erwachsenen Mann kaltblütig ein Messer in den Rücken zu stoßen.«

Geraldine faßte sich ein Herz. Sie hörte, daß ihre Stimme zitterte, aber es gelang ihr nicht, ihren wilden Herzschlag zu bändigen.

»Rodolfo ... er ist nicht mit einem gewöhnlichen Messer ermordet worden. Es war eine Art Dolch ...«, sie zögerte und entschloß sich dann, aufs Ganze zu gehen, »... vielleicht ein Kameltreiberdolch.«

Kowalski schien das nicht aus der Fassung zu bringen, und sie war erleichtert darüber. »Ein Kumiat?« Seine Stimme verriet nichts als Neugier. »Interessant, ich hatte selbst oft eins in der Hand in Marokko ... es ist ein Dolch aus getriebenem Metall. Ich besitze sogar noch ein paar schöne Exemplare. Der Verdacht ihres Kommissars ist genauso abwegig, als würde er behaupten, ich sei es gewesen, weil ich zufällig ein paar Jahre im Magreb gelebt habe.«

»Ja«, antwortete Geraldine schwach und ihrem Ton fehlte die richtige Überzeugung.

»Es wundert mich, daß Ihr Commissario noch nicht bei mir aufgetaucht ist«, fuhr Kowalski fort.

»Ich habe ihm nicht gesagt, daß ich bei Ihnen war«, erläuterte sie.

»Sie trauen mir einen Mord zu?«

»Ich wollte Sie da einfach herauslassen. Außerdem waren Sie ja wirklich in Marokko. Ach, übrigens ... ich habe Ihren Pullover mitgehen lassen.«

»Das macht nichts.«

»Geht Ihre Heizung wieder?«

»Nein ... der Elektriker will aber heute vorbeikommen.«

»Ich ...«, setzte Kowalski an und brach ab. Beide sagten eine Weile nichts, dann ergriff Kowalski das Wort. »Sie kamen gar nicht dazu, mir die Sache mit Dr. Friedbaum zu erzählen – was er Ihnen geraten hat, um Ihr Problem in den Griff zu kriegen.«

»Das muß Sie ja wirklich brennend interessieren, wenn Sie mich extra deshalb anrufen ... apropos Dr. Friedbaum ... wo liegt eigentlich Ihr Problem? Bei Ihnen funktioniert doch alles.«

»Lag Ihnen daran, das herauszufinden?« Sie antwortete nicht. »Hören Sie, Geraldine, ich habe ... es tut mir leid.«

»Oder funktioniert es nur, solange man Ihnen nicht mit der guten alten römisch-katholischen Nummer kommt?« sprach sie weiter. »Warum frequentieren Sie Dr. Friedbaum?«

»Ich stelle fest, daß Sie sich ziemlich viel mit mir beschäftigen.«

»Es hält sich in Grenzen. Ich stelle nur fest, daß Sie meine Nähe nicht ertragen konnten. Ich war Ihnen lästig, und da haben Sie mich fortgeschickt. Aber das ist Ihr Problem, nicht meins.«

»Sie sind ganz schön verkorkst ..., wie Sie das wegstecken ... im Grunde sind Sie direkt gefühlskalt«, sagte er.

Geraldine lachte nervös auf.

»Es gab einen Moment, da haben Sie etwas empfunden, nicht?« fragte er.

Sie wich aus. »Hören Sie, Kowalski, ich habe Sie im Mondlicht liegen sehen, als Sie schliefen. Sie glichen ... na, wie soll ich sagen ... ja ... einer von Thorvaldsens Statuen ...«

»Ich habe Ihnen also relativ gefallen im Mondschein?«

»Ich müßte lügen.«

»Wann holen Sie Ihre Rosen ab?«

»Die werden längst verblüht sein, bis wir uns wiedersehen.«

»Um Gottes willen, das klingt ja, als müßte ich, das Eheglück meiner provenzialischen Schwester kompromittierend, darauf pochen, Ihre Gesundheit bessere sich in Paris, während ich regendurchnäßt in einer Gasse darauf warte, daß rote Kamelien welken und Sie im Karneval husten.« Er hörte, wie sie lachte. »Machen Sie es mir etwas einfacher.«

»Lassen Sie mich in Ruhe, Kowalski«, sagte sie kalt und hängte ein.

Kaum hatte sie aufgelegt, schrillte das Telefon wieder. Empört riß sie den Hörer von der Gabel: »Was fällt Ihnen ein! Haben Sie nicht gehört, was ich gesagt habe, oder kapieren Sie es nicht?«

»Geraldine?«

Ungläubig erkannte sie die Stimme und brachte kein Wort heraus.

26

»Da oben, die Scheinwerfer mehr zur Mitte! So, Richard, und du kommst jetzt von rechts, die Rampe runter und bis vor zur weißen Markierung ...! Genau ... Schuiskij gibt ihm die Reichsinsignien ... nein, warte mal ... das Zepter zuerst ... Gut so!«

Der Regisseur saß am improvisierten Regiepult in der Mitte des abgedunkelten Zuschauerraums. Eine Metalllampe mit Schwenkarm warf einen unregelmäßigen Lichtkegel auf Unterlagen und Partitur. Seine Assistentin saß neben ihm und machte sich Notizen.

»Franco, mehr Licht! Schließlich ist das die Krönungsszene, da muß es gleißen und glitzern, wir lassen das Kostüm nicht umsonst von Salzburg kommen! Ach, Catrin, geh doch mal rauf, der kapiert das nicht ...«, wandte er sich an seine Assistentin. »Er soll alle verdammten Lampen einschalten, die er hat ... vielleicht müssen wir im dritten Rang noch ein paar zusätzliche Strahler anbringen. So wird das doch nichts! Das russisch-orthodoxe Kreuzzeichen ... Herrgott noch mal, McFairshield ... das hatten wir doch schon .... erst nach rechts ... Stirn, Brust, rechts, links, wir sind hier nicht bei Puccini! Umdenken, Richard, umdenken! Zehn Minuten Pause, bis das Licht paßt!«

»Ranconi hat schlechte Laune!« sagte der Dresser, als Richard mit finsterer Miene in seine Garderobe trat. Der Sänger schraubte eine Colaflasche auf und nahm einen kräftigen Schluck. Seit Wochen probte das Ensemble für diesen Abend, aber bei der Generalprobe mußte natürlich wieder einmal so viel schieflaufen, daß die Nervosität nun fast zum Schneiden dick in der Luft lag. »Die arbeiten noch immer an der Kulisse, wie soll das nur klappen bis heute abend«, sagte er und stellte seine Notentasche auf dem Frisiertisch ab. Dann hob er sein Pepsiglas. Was kümmerte es ihn – er war mit seinen Gedanken ganz woanders. Geraldine war in letzter Zeit so abwesend, und er hatte sie mehr als einmal nicht über ihr Handy erreichen können.

»*Amor per me non ha ...!*« prostete er seinem Spiegelbild theatralisch zu. »Sie ist zu jung für mich!«

»Aber nicht doch ... die paar Jahrzehnte«, lächelte sein Dresser, der nicht erst fragen mußte, wer gemeint war. »Warum gleich den spanischen König bemühen, dem liegt doch eh mehr am Marchese di Posa, meiner Meinung nach«, fügte er hinzu.

»Eher, deiner Neigung nach ...«, witzelte McFairshield. Silvio schien es überhört zu haben.

»Singen Sie den Philipp nicht bald in Neapel ... mit Maestro Franceschini?« Richard fuhr ein wenig zusammen, als er den Namen hörte, er nickte.

»Ja, eine ›Don Carlos‹-Wiederaufnahme, Ende Februar. *Dormirò sol, sotto la volta nera* ...«, markierte er. »Etwas mehr nach links, bitte.«

Silvio stichelte an einer aufgeplatzen Naht. »Sie sind doch prima in Form, Signor McFairshield!« nuschelte er, den Zwirn zwischen den Zähnen, und lächelte in den Spiegel.

»1. Rang, zweite Loge rechts?« Das war ein ausgezeichneter Platz. Sie würde Richard wunderbar vor sich haben in seinem prachtvollen Kostüm, als Zar in Mussorgskijs Oper »Boris Godunow«.

»Danke, Richard ... ich hole die Karte dann beim Pförtner ab, und nach der Vorstellung komme ich zu dir in die Garderobe, ja?«

»That's nice ...«, sagte Richard.

»In bocca al lupo!« wünschte ihm Geraldine, und ihre Stimme klang endlich wieder ein wenig froh und unternehmungslustig.

»Crepi!« antwortete Richard McFairshield und lächelte.

»Und sag auch Alyra ein dickes Toi, toi, toi von mir«, fügte Geraldine hinzu.

Während Richards Proben in Florenz, in denen Geraldine viel Zeit im Zuschauerraum und hinter der Bühne verbracht hatte, hatten die beiden Frauen oft miteinander geplaudert und waren ein paarmal zusammen Mittagessen gegangen. Alyra mochte als launisch und unberechenbar gelten, aber sie war von einer überwältigenden Herzlichkeit, und sie schien Geraldine zu mögen.

»Ja, das mache ich.«

Sie spürte sein Zögern am anderen Ende der Leitung.

»Und wir bleiben nicht lange auf der Premierenfeier, ja?«

»Gut.« Geraldine war das nur zu recht. Premierenfeiern ließen schmerzhafte Erinnerungen an Zeiten in ihr auftauchen, auf denen sie der strahlende Mittelpunkt gewesen war ... sie und David.

»Ich möchte mit dir allein sein. Ich muß dir etwas sagen«, hörte sie Richard hinzufügen. In seiner Stimme lag etwas, das sie tief berührte und zugleich erschreckte.

»Was denn?« fragte Geraldine nervös.

Richard wollte seiner Erklärung nicht vorgreifen, doch er konnte sich nicht zurückzuhalten.

»Ich möchte, daß wir mehr Zeit miteinander verbringen, Geraldine. Ich werde mich von nun an mehr um dich kümmern.«

»Aber warum denn das, Richard?« Es klang beinahe schrill.

»Weil ich dich liebe, Geraldine ...«, sagte er ruhig, aber seine Stimme vibrierte. »Und weil ich will, daß du glücklich bist. Du hast soviel gelitten, ich möchte das wiedergutmachen.« Er zögerte. »Und jetzt auch noch diese unglückselige Geschichte mit Stronchetti. Schatz, sag mir ...«, sie konnte seinen eindringlichen Blick förmlich spüren. »Sein Tod geht dir doch nicht wirklich nah?«

Geraldine schüttelte den Kopf. »Nein, Richard, da kannst du ganz beruhigt sein. Das letzte Gefühl für ihn ist spätestens abgestorben, als er mich damals auf offener Straße so abgefertigt hat.«

Richard schien erleichtert. Aber etwas schien er noch

auf dem Herzen zu haben. Sie hörte, wie er tief einatmete. »Geraldine, etwas muß ich noch wissen, und ich flehe dich an, aufrichtig zu mir zu sein.« Geraldine fühlte eine leise Panik in sich aufsteigen. »Liebst du einen anderen?« Sie zwang sich, ruhig zu atmen. Meinte er etwa Kowalski? Oder wußte er, daß gestern David angerufen hatte? Aber nein, das war unmöglich. Sie hatte niemandem davon erzählt.

»Richard ... ich nehme an, du meinst David. Ich habe ihn seit dem letzten Herbst nicht mehr gesehen, ich schwöre es dir! Warum bist du nur so mißtrauisch.«

In Richards Stimme klang Traurigkeit durch. »Weil ich weiß, daß dein Herz nicht ganz mir gehört, Geraldine.« Sie schwieg betreten und war erleichtert, als er weitersprach. »Ich will dich nicht drängen. Dafür habe ich viel zuviel Respekt vor deinen Gefühlen. Aber ...«, er schien einen Moment nicht weiterreden zu können, »irgendwann ... irgendwann werde ich dich fragen, ob du meine Frau werden willst, und ich werde der glücklichste Mann auf der ganzen Welt sein, wenn du dann bereit bist.«

Geraldine konnte vor Ergriffenheit kaum sprechen. »Ich danke dir, Richard«, brachte sie schließlich leise heraus. Doch sie konnte nicht verhindern, daß sich das Bild eines anderen vor Richards liebevolles Gesicht schob, und sie haßte sich dafür.

Ein paar Stunden später stand Richard vor dem Spiegel und betrachtete das Werk des Maskenbildners. Die Augen leuchteten, die Brauen waren durch Kohlbalken überzogen, die Nasenflügel dunkel verschmälert, der Haaransatz nachgefärbt. Für den ersten Akt trug er einen mit Nutriaplüsch ausgeschlagenen bodenlangen Mantel aus grünem Brokat.

»Hopp, die Stiefel!« rief er autoritär und schlechtgelaunt. Wenn er sich gut hielt, hätte er noch ein paar Jahre Karriere vor sich. Bässe blieben länger dabei als Tenöre ... und seine Stimme war noch perfekt. ›Verwaschenes Belcanto‹ ... bevor die Wut wieder in ihm hochstieg, griff er rasch nach dem Paar schwarzen Lederstiefeln, die Silvio ihm reichte. Alyra streckte den Kopf herein. Sie war im Kimono und hatte die Haare mit einem breiten Gummiband hochgebunden. Vom Gang drangen die Geräusche fiebriger Geschäftigkeit herein, aufgeregtes Lachen, letzte »Toi, toi, toi«-Rufe. Das ganze Opernhaus schien wie vom Gesumm eines Bienenschwarms erfüllt, eine fast greifbare Spannung lag in der Luft.

»Toi, toi, toi ... Richard«, rief sie und blickte sich um.

»Toi, toi, toi, sweetheart! Komm her, laß dich umarmen ...«, McFairshield stemmte den Fuß an die Wand und winkte Silvio ungeduldig heran, ihm zu helfen.

»Ist Geraldine schon da?«

»Nein, aber wenn sie kommt in mein Garderobe, ich werde gleich schicken zu dir, ja?«

Richard lächelte und nickte ihr zu. Sie warf ihm mit verschwörerischem Augenzwinkern eine Kußhand zu und verschwand. Silvio machte sich am Lederschaft zu schaffen. Der zweite Stiefel saß.

Richard McFairshield stand auf und warf einen letzten kritischen Blick in den Spiegel. Er hatte noch kein Engagement für die nächste Spielzeit, die Angebote wurden immer weniger. Er faßte nach einer Metallbox, in der er seine Medikamente aufbewahrte, und steckte sie in seine Notentasche. Die Metallbox enthielt außer Medikamenten noch etwas, seine Altersvorsorge, wie er es nannte. Es war eine Kapsel. Entweder mit einem schnellen Sportwagen an einen Baum rasen, sofern er dann noch einen schnellen Sportwagen besaß, oder die Kapsel. Er würde kein alternder Opernstar werden. Er würde nicht einsam und mittellos in einem englischen Provinznest auf den Tod warten. Er hatte nie etwas zurückgelegt, immer alles auf eine Karte gesetzt und meistens gewonnen. Aber langsam begann das Glück ihn im Stich zu lassen. Auch Geraldine schien sich von ihm abzuwenden. Unglücklich dachte Richard an das Telefonat, das er am frühen Nachmittag mit ihr geführt hatte. Sein Antrag hatte sie kaltgelassen. Es schien fast, als seien seine Bemühungen ihr schon wieder lästig. Wenn er nur wüßte, was in ihrem Kopf vorging. Er hoffte, Geraldine würde ihn nicht verlassen, jetzt noch nicht. Er könnte es nicht ertragen. An ihrem plötzlichen Sinneswandel war vermutlich wieder einmal Franceschini schuld, aber diesmal würde er sich nicht beleidigt zurückziehen, diesmal würde er um Geraldine kämpfen.

27

»Ich kann heute abend nicht, Kowalski, ich wollte gerade zum Zug. Ich fahre nach Florenz ... in die Oper. Nein, ich glaube nicht, daß ich das absagen möchte.« Sie hörte eine Weile zu, neben ihr stand eine gepackte Reisetasche. Plötzlich durchfuhr eine Spannung ihren Körper, sie richtete sich schnell auf. »Was? Sie haben etwas über den Mord an Federico herausgefunden? Gut, ich komme. Wohin? Santa Maria Maggiore? Natürlich weiß ich, wo das ist. Bis später also.«

Um Santa Maria Maggiore toste der Verkehr. Passanten überquerten den sicheren Vorplatz der Basilika, der

Schatten des Obelisken ragte aus dem Lichtermeer der Fahrzeugscheinwerfer und orangefarbenen Straßenbeleuchtung. Am nachtblauen Himmel über San Giovanni am Ende der schnurgerade gezogenen Via Merulana standen letzte azurfarbene Streifen im Abendrot. Strahler erhellten glanzvoll das byzantinisch anmutende Mosaik auf dem Säulenbalkon der Vorderfont. Geraldine trat durch das geöffnete Schmiedeeisengitter in den Portikus der Kirche. Die Kirche war bereits voller Menschen. Das sonst leere Mittelschiff barg zahllose Bankreihen. Sie tauchte die Hand in das mächtige Marmorwasserbecken in Form einer Muschel und bekreuzigte sich. Am Eingang lagen dünne Wachskerzen, daneben stand ein Opferstock. Geraldine nahm eine Kerze und warf drei Münzen in den Schlitz. Sie befand sich unter dem riesigen Gewölbe des rechten Seitenschiffs. Ein Beichtstuhl reihte sich an den nächsten. Die Sprache, in der die Beichte abgenommen wurde, stand auf einem Emailleschild. Zugeständnis an die Neuzeit war ein rotes Elektrolämpchen, das der Geistliche einschaltete, sobald der Beichtstuhl besetzt war. War er frei, leuchtete es grün. Geraldine schritt die Reihe ab, Spanisch, Niederländisch, Deutsch, Italienisch, Englisch, Französisch, im Vorbeigehen blickte sie in die Seitenkapellen. Eine Andacht ging zu Ende, der Priester spendete den Segen. Die Altäre waren blumengeschmückt. Hohe Kerzen brannten auf Kandelabern. Weihrauchschwaden durchzogen die Luft. Auf der Büßerseite der Beichtstühle gab es meist nur eine Kniebank ohne Polster, auf der sich der Beichtende mit schmerzenden Kniescheiben krümmte. Die Arme auf das Brett gestützt, die verschränkten Hände verkrampft, gestand er, den Mund nur einen Hauch vom blankgewetzten rechteckigen Messinggitter mit Rhomben entfernt, seine Sünden. Nur wenige hatten eine Tür, die vor den neugierigen Blicken schützte. Die Luft war erfüllt vom gedämpften Stimmengewirr der Menschen, die die Basilika aufgesucht hatten, unzählige Kerzen und rote Öllichter brannten auf schwarzeisernen Kerzenständern. Hohe Gitterlanzen schützten die Seitenkapellen. Geraldines Blick schweifte über die gigantischen Statuen, die Grabsarkophage, die Inschriften, das atemberaubend hohe Deckengewölbe, in das sich eine Taube verirrt hatte, die immer wieder flügelschlagend gegen die geschlossenen Lichtlunetten flatterte.

Als sie in das Dunkel des Seitenschiffs blickte, schaltete das Lämpchen des übernächsten Beichtstuhls auf Rot, der Gang lag im Dämmerdunkel der Kerzen, vielleicht hatte sie sich getäuscht, als sie einen Trench und dunkle, wellige Haare dahin verschwinden sah. Geraldine ging ein paar Schritte weiter und las die schwarzen gotischen Schriftzüge: Portoghese. Sie sah auf die Beichtstuhltür. In der unteren Ecke blitzte ein eingeklemmtes Stück Trenchcoat. Geraldine verbarg sich hinter einem meterdicken Pfeiler und beschloß zu warten. Warum, um alles in der Welt, sollte Kowalski beichten, und dann noch ausgerechnet auf portugiesisch? Der Zeiger ihrer Armbanduhr rückte vor. Kurz vor sieben leuchtete das rote Lämpchen immer noch. Vielleicht war es gar nicht Kowalski, und sie verpaßte ihre Verabredung beim Obelisken. Sie beschloß aufzugeben und lief Richtung Ausgang. Vor dem Portal herrschte ein Menschenauflauf. Immer mehr Gläubige drängten in die Kirche. Es schien unmöglich hinauszukommen. Geraldine wartete an der Mauer neben dem Weihwasserbecken und überlegte, was sie tun sollte. Jemand faßte sie am Arm und zog sie fort.

»Da sind Sie ja schon …«, sagte sie verlegen.

»Ja … Sie ja auch«, meinte Kowalski und sah sich

um. »Kommen Sie da weg, sonst trampeln uns diese Pilgerscharen noch nieder«, sagte er und zog Geraldine Richtung Mittelschiff. »Wir müssen zusehen, daß wir einen Platz bekommen, ich habe keine Lust, mir das ganze Hochamt die Beine in den Bauch zu stehen.«

Sie fanden Platz auf einer der schmalen Holzbänke, die in Voraussicht auf den Volksansturm dazugestellt worden waren.

»Hier, setzen Sie sich da hin«, meinte Kowalski und setzte sich neben sie. »Haben Sie eine Kerze?«

»Ja, Sie auch?«

»Nein, es reicht ja, wenn Sie eine haben«, sagte er und klopfte mit der flachen Hand Spuren von Staub und Schmutz von seiner dunklen Hose.

»Der Portugiesische war wohl schon etwas eingestaubt«, bemerkte Geraldine beiläufig und griff nach dem Meßfaltblatt, das neben ihr auslag. Kowalski schwieg. »Sie können wohl nur auf portugiesisch ... Ihre unaussprechlichen Laster über die Zunge bringen«, stichelte Geraldine und blätterte das Faltblatt durch.

»Der Weg zum Himmel führt durch die Sünde, Augustinus«, sagte Kowalski. Geraldine konnte seinen Gesichtsausdruck nicht enträtseln. Was ging nur hinter dieser Stirn vor sich? War Kowalski ein Mystiker oder ein Verrückter – vielleicht sogar doch ein Mörder? Drei Glockenschläge erklangen und rissen sie aus ihren Gedanken.

»Neues von der Questura?« fragte er rasch.

»Ich dachte, Sie wüßten Neues«, flüsterte Geraldine. »Weshalb haben Sie mich herbestellt? Was wollen Sie mir sagen?«

»Später«, sagte Kowalski. »Wir gehen dann noch in eine Trattoria. Ich habe für uns einen Tisch reservieren lassen.«

Die gewaltige Klangwoge der Orgel ging durch Mark und Bein. Geführt von einem Dominikanermönch, der ein Kreuz mit einer Christusfigur aus Silber hochhielt, zog die Prozession der höchsten Prälaten und kirchlichen Würdenträger Roms durch das rechte Seitenschiff zum Chorraum hinter dem Hochaltar. Die Kardinäle trugen karmesinrote Gewänder mit Kapuze, die Bischöfe den Talar mit violetter Schärpe und Käppchen. Es folgten Priester in schlichten Meßgewändern mit Spitzensäumen. Die Geistlichen nahmen im schnitzereiverzierten Chorgestühl Platz, die Orgel verstummte.

Der Generalvikar der Stadt Rom spendete den Blasiussegen. Kerzen wurden geweiht, das Lichtmeßfeuer entzündet und an die Gemeinde weitergegeben. Bankreihe um Bankreihe wurde Kerze um Kerze angezündet. Geraldine übernahm die Flamme von ihrer Banknachbarin und gab sie an einen alten Herrn weiter.

Beim feierlichen Auszug spielte die Orgel aus den tiefsten Registern, der gewaltige Klang hallte in den hohen Gewölben. Die Menschen waren von ihren Bänken aufgestanden und wichen gleich den Wellen des Meeres im Alten Testament vor den Prälaten zurück, die segnender Hand wohlwollend nickend durch das Hauptschiff schritten. Sie bekreuzigten sich, sanken in die Knie und küßten ehrfürchtig den Ring an der Hand des Segnenden. Junge Priester schwenkten ziselierte Weihrauchgefäße. Geraldine fühlte sich durch das Szenarium kirchlicher Insignien, die stickige Weihrauchluft und den milden Kerzenschein in ein anderes Jahrhundert versetzt. Die Macht der römisch-katholischen Kirche in ihrem seit Jahrhunderten aufrechterhaltenen Pomp und Prunk wurde deutlich. Geraldine sah, wie die Leute hinsanken und den Segen entgegennahmen von diesem allmächtigen Kardinal mit der roten Kapuze, der gerade die Hand auf den Kopf des alten Herrn legte, der vor ihm kniete, den Hut in der Hand.

Dann waren sie fort, die Orgel verstummte, und man fühlte sich zurückgeworfen in sein ödes Dasein. Alleingelassen, fern vom Glanz der Vertreter Gottes auf Erden und doch noch eingebunden in die Gemeinde derer, die sich mühselig wieder hochrappelten, den Rock glätteten, die Kerze ausbliesen und heimgingen zum Streit mit der Schwiegermutter, zu den Geldnöten, dem kranken Kind. Ob tatsächlich einer darauf vertraute, daß alles besser werde im Himmelreich, im Leben, das danach komme, in der ewigen Seligkeit? Ob tatsächlich jemand daran glaubte, daß er dann zur Rechten Gottes säße, und diese Vorstellung es war, die ihm die Kraft gab für das Heute?

Geraldine drängte sich durch den zähen Menschenstrom und ließ Kowalski zurück. Sie hatte noch ein Telefonat zu erledigen, das er nicht unbedingt mit anhören mußte.

Sie mußte Richard verständigen, daß sie nicht zur Premiere kam. Er würde verletzt sein, aber daran mochte sie im Moment nicht denken. In letzter Zeit wurden seine Eifersucht und seine Besitzansprüche immer lästiger, er schien zu spüren, daß sie mit ihren Gedanken nicht immer ganz bei ihm war. Vor der Premiere durfte er es aber auf keinen Fall erfahren. Aufregung war Gift für die Stimme, andererseits sollte der Abend ihr und Kowalski gehören, sie wollte den Anruf nicht aufschieben. Geraldine beschloß, Alyra anzurufen und sie zu bitten, Richard nach der Vorstellung auszurichten, daß sie am Bahnhof umgekehrt sei, weil es ihr plötzlich nicht gutging. Eine fadenscheinige Ausrede, die ihr unangenehm war, aber es ließ sich nun mal nicht ändern. Als sie aus der Basilika ins Freie trat, nahm sie ihr Handy aus der Tasche und wählte eine gespeicherte Nummer. Das Handy der Mezzosopranistin tutete lange ins Leere. Alyra hatte ihr Telefon wahrscheinlich in ihrer Tasche in der Garderobe und saß bereits in der Maske. Geraldine beobachtete, wie Kowalski mit der herausströmenden Menge aus dem Portikus geschwemmt wurde, sich suchend umsah und sich in ihre Richtung durchkämpfte. Sie unterbrach die Verbindung und wählte durch Tastendruck eine andere Nummer. »Jean, Gott sei Dank ... hör zu. Du mußt mir einen Gefallen tun!« Jean hörte aufmerksam zu. »Ich rufe dich später noch mal kurz an, ob es geklappt hat und du Alyra erreichen konntest. Bitte, sag ihr, es täte mir leid ... aber es gehe mir nicht gut, ja? Danke, du bist ein Engel!«

»Na, alle Telefonate erledigt?« sagte Kowalski, der zu ihr trat. Geraldine nickte nur und ließ das Handy in ihre Tasche gleiten.

»Da kann ihr Luther nicht mithalten, was?« fuhr Kowalski fort.

»Wieso mein Luther? Ich bin katholisch, vor dem Schlafengehen tauchte meine Mutter ihre Finger in das Weihwassergefäß und machte mir das Kreuzzeichen auf die Stirn. Für die Fronleichnamsprozession im Juni durfte ich eines der Florentiner Kleidchen anziehen, die mir mein Vater von seinen Konzertreisen mitbrachte, bekam ein Kränzchen aus Seidenrosen aufgesetzt und trug ein bänderdurchwirktes Körbchen, in das meine Großmutter Pfingstrosen tat und was sonst so blühte um diese Jahreszeit.«

»Wie reizend. Hat sich Ihre Beziehung zu ekklesiastischen Dingen seither evolviert?«

»Sie wollen wissen, ob ich an Gott glaube?« fragte Geraldine. »Ich schwanke zwischen der Philosophie von

Epikur, Schopenhauer und Pico della Mirandola«, sagte sie.

»Das wage ich zu bezweifeln«, sagte Kowalski.

»Sie trauen mir nicht zu, daß ich Schopenhauer verstehe?«

»Nein.«

»Na, wenigstens sind Sie ehrlich.«

»Ich dachte da eher an Epikur«, Kowalski lächelte.

»Wieso? Die Atomlehre ist ausgesprochen tröstlich«, antwortete Geraldine. »Solange wir sind, ist der Tod nicht da, und sobald er da ist, sind wir nicht mehr. Grauenhaft die Vorstellung, nach dem Tod weiterleben zu müssen ... und der Ausspruch, entweder will Gott die Übel in der Welt abschaffen und kann es nicht, dann ist er schwach; oder er kann es und will es nicht, dann ist er schlecht; oder er kann es nicht und will es nicht, dann ist er schwach und schlecht und in jedem Fall kein Gott, oder er kann es und will es, woher kommen dann die Übel? Und warum beseitigt er sie nicht? Leuchtet doch ein, oder?« sagte sie.

»Erstaunlich für eine Katholikin«, bemerkte Kowalski. »Ich habe mich eine Zeitlang mit dem Islam und Christentum befaßt, unter anderem mit der Enzyklika Divino Afflante Spiritu ...«, sagte er und umrundete eine Touristengruppe. »Danach war ich genauso schlau wie vorher.«

»Ich finde Pico della Mirandola gut«, fuhr Geraldine fort. »Jeder Mensch kann das sein, was er will. Das Sein des Menschen folgt aus seinem Tun.«

»Aha, daher Ihre Angst, Ihre Identität zu verlieren, da Ihr zukünftiges Tun nicht ihrem bisherigen Sein entsprechen wird. Sie werden nicht mehr spielen, deshalb können Sie unweigerlich nicht mehr sein, was Sie waren«, faßte Kowalski zusammen und nahm Geraldines Arm.

Sie drängten sich im dichten Abendverkehr durch die hupende Autoschlange auf der Via Nazionale.

»Genau«, sagte sie und blickte in die blendenden Scheinwerfer einer Limousine, deren Besitzer partout keinen handbreiten Spalt zwischen dem Vordermann zulassen wollte. »Wo gehen wir eigentlich hin?«

»Wir essen bei Mario, ich habe einen Tisch bestellt.«

»Sehr aufschlußreich.«

»Es wird Ihnen gefallen.«

»Ist es noch weit ...?« fragte Geraldine angesichts der sich verdichtenden Abgaswolken.

»Beim Palazzo del Marchese del Grillo, Blick aufs Forum, Sternenhimmel unter Efeuranken."

»Wieso Sternenhimmel?«

»Das sehen Sie dann schon.«

Sie bogen bei den Traian-Märkten links ab und liefen die steile Gasse hinunter bis zum Torbogen des Palazzo und den Resten des Livius-Forums. Es standen noch drei dorische Säulen mit Kapitel, andere lagen im Gras niedergestreckt, von den römischen Katzen in Beschlag genommen. Das Lokal lag direkt an der Gasse, überwucherte Efeugitter bargen schützend einen dem Straßenpflaster abgetrotzten Vorplatz. In der hinteren Ecke stand ein Tisch mit weißem Tischtuch, er war mit geschliffenen Kristallgläsern, gestärkten Stoffservietten und hohen Windlichtern gedeckt. Der Kellner war soeben damit fertig, das Besteck aufzulegen, hielt noch ein schweres Silbermesser in der Hand. Kowalski grüßte ihn kurz und sagte, er könne Signor Mario Bescheid geben, dann schob er Geraldine galant den etwas klapperigen, braunlackierten Holzstuhl zurecht. Sie bemerkte, daß unter dem Tisch an der Hauswand ein kleiner Elektroradiator stand. Ein Modell aus den fünfziger Jahren. Das Silber schimmerte matt im Kerzenschein, in den aufwendig ziselierten Griffen war ein Monogramm eingraviert.

»Ich bin beeindruckt«, sagte Geraldine und betrachtete die mit satinierten Blumengirlanden und Goldrand verzierten Gläser. »Wie schön das alles ist ... daß die hier so etwas haben ...«, sagte sie schwärmerisch und warf, während sie ihre Handtasche über die Stuhllehne hängte, einen zerstreuten Blick auf den altersschwachen Radiator, den Kowalski gerade in Gang setzte.

»Ja ... freut mich, daß es Ihnen gefällt. Ich bin sehr gern hier, auch wenn es im Sommer etwas streng nach Kater riecht. Die streichen hier dauernd herum. Sie haben ja gesehen, wie viele da drüben auf dem Forum lungern. Mario kocht nämlich ausgezeichnete Spaghetti al Cartoccio. Aber da kann man nichts machen. Meinen Sie, es geht?« fügte er hinzu. »Er heizt doch ganz gut, nicht?« »Ja, prima.«

»Na, Gott sei Dank, ich dachte schon, Sie wären ungehalten, wir haben ja erst Februar.«

»Nein, ich finde es sehr schön hier«, sagte Geraldine und brachte ihre Füße vor dem glutheißen Luftstrahl in Sicherheit. »Sagen Sie mal, kann man den auch etwas herunterschalten«, fragte sie.

»Aber sicher«, Kowalski bückte sich und drehte sachkundig an einem Knopf. Der Radiator ratterte nur noch leise und blies lauwarme Luft. »Besser?«

»Ja, danke ...«, erwiderte Geraldine und schob ihre Füße wieder vor.

Der Kellner kam mit einer Flasche Mineralwasser und einem Weißwein heraus und deponierte sie im Sektkühler auf dem Beistelltisch an der Wand. Kowalski schenkte ein, hob sein Glas und prostete ihr zu. »Was essen wir denn?« fragte Geraldine, als sie ihr Glas vorsichtig abstellte.

»Spaghetti alle vongole, Parmiggiano con ruchetta, Scaloppine al limone und Creme caramel oder irgendeinen anderen Nachtisch, eben einen, den Sie mögen ... Mario hat da einen ganzen Büfettwagen voll.«

»Haben Sie das alles schon bestellt?«

»Ich war so frei«, antwortete Kowalski. »Also, was wollten Sie mir sagen?« beharrte Geraldine. Kowalski wich aus.

»Lassen Sie uns erst etwas essen«, meinte er und lehnte sich zurück.

»Hören Sie mal, ich habe wegen Ihnen die ›Boris Godunow‹-Premiere in Florenz sausen lassen, jetzt halten Sie mich nicht so hin.«

»Sie haben die Vorstellung doch schon bei den Proben gesehen«, sagte Kowalski lapidar.

»Woher wissen Sie das? Spionieren Sie mir nach?« fragte Geraldine gereizt.

»Ich habe ... Freunde im Theater, ich habe das zufällig erfahren«, erklärte Kowalski rasch. Der Kellner brachte zwei Teller mit dampfender Pasta. Kowalski nahm seine Serviette und legte sie auf seinen Schoß. Sie sah ihn unerschütterlich abwartend an. Er seufzte.

»Schon gut, Sie haben gewonnen. Also, Sie müssen wissen, daß ich Sie sehr schätze, Geraldine. Ich möchte, daß Sie das wissen, bevor Sie sich über das aufregen, was ich Ihnen gleich sagen werde.«

»Sie machen es aber sehr spannend«, sagte Geraldine und lehnte sich zurück.

»Ich habe keine Informationen über den Mord an Federico Stronchetti. Ich brauchte einen Vorwand, Sie wären sonst nicht gekommen.« Er machte eine Pause. Was dann kam, traf sie völlig unerwartet: »Geraldine, gehen Sie bitte nicht mehr zu Dr. Friedbaum«, sagte er.

Überrascht starrte sie ihn an. »Und warum nicht, wenn ich fragen darf?«

Kowalskis Blick war fest und unergründlich. »Verlangen Sie jetzt darauf keine Antwort von mir, Geraldine, vertrauen Sie mir bitte einfach. Gehen Sie nicht mehr hin. Es ist nicht gut für Sie.«

Ein Schauder überlief Geraldine, aber sie wußte, daß es zwecklos war, weiter in ihn zu dringen. So einfach wollte sie ihn jedoch nicht davonkommen lassen.

Kowalski machte sich an dem Windlicht zu schaffen, dessen Kerze wegen des heruntergebrannten Dochts heftig flackerte.

»Haben Sie Federico umgebracht?« fragte sie unvermittelt. Kowalski zog mit einem Ruck seine Hand zurück und fluchte halblaut.

»Gebrannt?«

»Ja«, sagte er mit schmerzverzerrtem Gesicht. Geraldine angelte einen Eiswürfel aus dem Sektkühler.

»Da, nehmen Sie, das hilft.« Kowalski nahm ihr den Eiswürfel aus der Hand, streifte ihre Finger. Er blickte sie kurz an, dann sah er weg.

»Habe ich Sie aus der Fassung gebracht?« fragte Geraldine. Kowalski antwortete nicht. Er hielt den Eiswürfel krampfhaft in der Hand, als wolle er ihn zerquetschen, die Augen starr auf seinen Teller gerichtet. Geraldine merkte, daß sie zu weit gegangen war.

»Verzeihen Sie mir, Rodolfo«, sagt sie so sanft wie möglich. »Es ist ein absurder Gedanke ... aber ich hatte diesen Dolch bei Ihnen gesehen in der Nacht, als ich so überstürzt ihre Wohnung verlassen mußte ...«, setzte sie an.

Kowalski schien seine Fassung wiedergewonnen zu haben.

»Ich wußte, daß Sie mich verdächtigt hatten, eine

Weile ging es mir nicht anders als Ihnen«, sagte er. »Am Tag vor Epiphanie, als Sie bei mir in der Wohnung waren ...«

»Als ich Ihre Wohnung so überstürzt verlassen mußte«, warf Geraldine ein.

»Ja ...«, sagte Kowalski mühsam. »Das war ... da hatte ich den Kurzschluß. Der Elektrokasten ist gleich neben der Tür. Links von der Konsole und dem Spiegel.«

»Übrigens sehr schön, dieser venezianische Spiegel, wundervolle Arbeit ...«, bemerkte Geraldine.

»Nun, der Elektrokasten ist weniger schön, deshalb habe ich ihn mit einigen Souvenirs aus Marokko verdeckt. An dem Tag hatte ich sie abgenommen, um die Sicherungen zu kontrollieren, unter anderem einen Dolch mit einem roten Lederband, den Sie gesehen haben. Es hätte gut sein können, daß Sie ihn beim Hinausgehen genommen hatten. Sie wußten auch, daß Stronchetti in der Nacht zur Philharmonie kommen würde, er hatte es Ihnen in dieser Gasse bei Piazza Navona gesagt.«

»Sie dachten also, ich war's«, sagte Geraldine.

»Ja, ich hatte einige Augenblicke lang diesen Verdacht, als ich über den Mord an Stronchetti in der Zeitung las. Dann habe ich natürlich sofort nachgesehen, ob das Kumiat noch da war.«

»Und?« fragte Geraldine.

»Es war noch da.«

»Also kann ich es nicht gewesen sein, nicht wahr?« folgerte Geraldine.

»Ja.«

»Na toll, und Sie gehen mit jemand essen, den Sie für einen potentiellen Mörder halten«, sagte sie trocken.

»Sie ja auch«, erwiderte Kowalski. »Sie hielten mich ja ebenfalls für den Mörder. Und vielleicht tun Sie es sogar immer noch«, fügte er hinzu.

»Wer hat schon ein Kumiat bei sich zu Hause?« bemerkte Geraldine.

»Sechs Millionen Marokkaner?« antwortete Kowalski.

»Aber bestimmt nicht hier in Rom.«

»Also gut. Was wäre mein Motiv gewesen? Glauben Sie, ich würde Sie so maßlos lieben, daß ich bereit wäre, einen Menschen umzubringen, um Sie zu rächen? Glauben Sie das wirklich?«

»Nein«, sagte Geraldine zögernd. »Ich wußte einfach nicht, was ich denken sollte. Ich sehe so einen seltsamen Dolch bei Ihnen auf der Konsole liegen, und in der gleichen Nacht wird Federico mit einem Dolch ermordet. Das ist doch wirklich ein eigenartiger Zufall. Da lag der Verdacht doch nahe, oder?« rechtfertigte sie sich. »Aber schließlich weiß man ja noch nicht einmal, ob die Tatwaffe auch wirklich ein Kumiat war«, setzte sie in entschuldigendem Tonfall nach.

»Richtig. Es gibt Hunderte von Arten exotischer Messer. Nun, dann wäre jetzt ja alles geklärt«, sagte Kowalski offenbar erleichtert und lehnte sich zurück. Geraldine betrachtete seine tiefbraunen Augen, die sie fixierten, und dachte, daß für sie noch lange nicht alles geklärt sei. Sie wandte den Blick von seinem Gesicht ab und beschloß, sich endlich ihrer Pasta zuzuwenden.

Der Kellner hatte den Teller zum Ablegen der Muschelschalen vergessen. Geraldine hielt mit Löffel und Gabel einige leere Schalen in die Luft und wußte nicht, wohin damit. »Moment …«, sagte Kowalski. Er stand auf und ging hinein. Geraldine nahm rasch ihr Mobiltelefon aus der Tasche und wählte Jeans Nummer.

»Alles in Ordnung«, sagte er.

Die Mezzosopranistin Alyra Ali-Zade rannte wutschnaubend die Treppe der Damensologarderobe hinunter, zog die schwere Brandschutztür aus Metall auf und stellte sich neben Richard in die Kulisse. Er konzentrierte sich auf seinen Auftritt und nickte ihr zu.

»Du bist mir ja tolle Liebhaber! English halt, kein Seele, keine Temperament, dabei warst du als lusterne Scarpia so überzeugend, Darling!« fauchte sie ihn an und spähte durch den Seitengang auf die Bühne.

»What?« fragte Richard irritiert.

»Läßt dir kleine Freundin ausgespannen von italienische Maestro, schade, ihr ward so schöne Paar!«

»What the hell ...!« Er mußte raus auf die Bühne, die Konzentration war weg, und er blickte irritiert zum Souffleurkasten. Die Souffleuse wisperte. Richard sang seine Arie, agierte noch etwas mit der Duma, wie es die Regie vorschrieb, und trat rasch ab. Er stürmte hinter die Kulissen und packte Alyra hart am Arm.

»Sag mir sofort, was du weißt!« herrschte er sie an. Das Orchester intonierte das Duett zwischen der russischen Prinzessin und dem Tenor.

»Laß mir los! Ich muße singe!« schrie sie.

»You stay here, until you've told me what the hell you know!« rief er gedämpft und schüttelte sie. Der Inspizient, ein gebürtiger Ungar, hörte das Kauderwelsch und fragte sich, warum man diese ganzen Ausländer engagierte. Gab es denn in Italien keine italienischen Sänger mehr? Dann ging er hin und griff ein.

»Signore McFairshield, Schluß, Sie schmeißen ja der ganzer Vorstellung!« flüsterte er und entzog Alyra seinem Griff.

»Sie hat angeruft, weil sie geht essen mit eine Mann. Dir ich soll sagen, sie schlechte Gesundheit hat. Verstehst du ...! Sie zurückgeht zu Franceschini! Ich weiß, daß er probiert sie wiederhaben, aber wird mich heiraten, mich! Hörst du! Wir lieben uns! Das kommt alles nur, weil du nix tust, du ... du erbärmliche, langeweiliges ... britisches Baß!« zischte sie, und ihre dunklen Augen blitzten. Im nächsten Augenblick rauschte sie auf die Bühne.

»You ... better forget that!« sagte Richard drohend zum Inspizienten. Der zuckte die Achseln.

Richard McFairshield hastete in seine Garderobe. Er schaltete sein Handy ein und drückte fahrig zwei Tasten.

Kowalski kam aus dem Restaurant und stellte einen Obstteller aus einfachem weißen Porzellan auf den Tisch. Er paßte nicht zu dem erlesenen Flora-Danica-Service. Geraldine warf einen flüchtigen Blick darauf und war froh, ihre Muschelschalen loszuwerden.

»Danke«, sagte sie, und Kowalski setzte sich.

»Die Pasta schmeckt hervorragend«, lobte Geraldine und wischte sich mit der Serviette über den Mund. Es war ein besonderer Stoff, vielleicht Damast. Sie hatte ein schlechtes Gewissen, als sie Lippenstiftspuren und feingehackte Petersilie auf dem edlen Gewirke entdeckte.

»Sind die aus dem Meer ...«, fragte sie munter und trank ihr Glas Pinot Grigio leer.

»Sie meinen, ob die Vongole frisch von Fregene kommen ...?« antwortete Kowalski und zog eine Augenbraue hoch.

»Ja, ja ... natürlich«, sagte sie und aß mit Appetit weiter.

»Erstens«, erläuterte Kowalski, »ist keine Saison, und zweitens bin ich nicht lebensmüde. Ich esse nicht mal in einem Restaurant am Strand in Fregene frische Muscheln, das kann sich der Mensch im zwanzigsten Jahrhundert nicht mehr erlauben. Damit ist es ein für allemal vorbei.«

»Hm ... da haben Sie wohl leider recht«, antwortete Geraldine. »Stellen Sie sich mal vor, wie schön es im sechzehnten Jahrhundert in Rom gewesen sein muß. Sie konnten im Tiber schwimmen, aus jedem Brunnen Wasser trinken, am Mercato delle Coppelle frischen Fisch und Meeresfrüchte kaufen und daraus etwas Leckeres kochen«, begann sie zu phantasieren.

»An der Pest sterben ...«, fügte Kowalski hinzu. »An jeder Straßenecke hätten Sie vergewaltigt und von einem Landsknecht bäuchlings aufgeschlitzt werden können, im Winter knöcheltief im Straßenschlamm waaten dürfen, und nachts hätten Sie auf ihrem zugigen Strohlager Flöhe, Läuse und Ratten gepiesackt.« Geraldine blickte ihn angewidert an. »Sehen Sie mich nicht so entgeistert an. Das ist das sechzehnte Jahrhundert. Mit etwas Glück hätten Sie vielleicht noch die Chance erwischt, mit einem Kardinal im Konkubinat zu leben, schlimmsten Falls wären Sie als Straßenhure vor die Hunde gegangen und dank der französischen Krankheit dem Wahnsinn verfallen. Da sind doch Vongole aus der Dose wahrlich das geringere Übel.«

»Daß Sie immer so enervierend realistisch sein müssen.«

Kowalski hob kurz seine neben dem Teller liegende Hand und ließ sie wieder fallen. »Tja ... mir fehlt eben der Sinn für Romantik. Aber Ihnen scheint da ja auch was zu fehlen – meinen Sie, dieser Brite ist der Richtige für Sie?« fragte er ohne Umschweife. »Ist er nicht etwas ... alt?« setzte er hinzu und blickte sie unverwandt an.

»Ich stehe nun mal auf reife Männer, bei denen weiß man wenigstens, woran man ist«, sagte sie schnippisch.

»Ach ja? Höre ich da eine leise Kritik an mir heraus? Nun ja, ich bin ja auch wirklich eine dubiose Gestalt«, witzelte Kowalski. »Apropos dubios – wie stehen Sie eigentlich zu dem kleinen Jean Dubois? Sie scheinen ja heftig mit ihm befreundet zu sein.«

Geraldine mußte über sein Wortspiel und die Assoziation mit Jean lachen. Kowalski blieb ernst, was sie ein wenig erstaunte. »Ja, wir kennen uns schon ziemlich lange. Er ist ein echter Freund, wir sehen uns mindestens einmal die Woche, gehen ins Kino oder spazieren. Nach meinem Unfall war er der einzige von meinen Kollegen, der sich um mich gekümmert hat«, sagte Geraldine und spürte wieder, wie sich Traurigkeit auf sie senkte. »Aber was ich Sie fragen wollte«, sagte sie schnell und griff nach ihrem Weinglas, »woher können Sie eigentlich Portugiesisch?«

»Ich spreche nicht Portugiesisch.«

»Und warum gehen Sie dann in einen Beichtstuhl, in dem der Priester portugiesisch spricht?«

»Ich streite das ab.«

»Das geht nicht!« protestierte Geraldine. »Sie hatten es bereits zugegeben!«

»Ich kann mich nicht erinnern.«

»Nun sagen Sie schon.«

»Ein Priester spricht immer auch lateinisch.«

»Sie beichten auf lateinisch?«

»Das habe ich nicht gesagt.«

»Sie wollen es nicht sagen. Na gut, dann lassen wir es eben«, Geraldine griff zur Gabel, um den Ruchettasalat aufzuspießen.

»Ich esse den unheimlich gern«, sagte sie und kaute zufrieden. Kowalski lächelte und drehte den Fuß seines Wasserglases hin und her.

»Sie sind manchmal so erfrischend kindlich.«

»Ja, nicht? Das kam immer schon gut an. Also ... ich glaube, ich schaffe den Hauptgang nicht mehr. Kann ich gleich zum Dessert übergehen?«

»Ganz wie Sie möchten ... nehmen wir gleich das Dessert!« pflichtete Kowalski ihr bei. »Entschuldigen Sie mich einen Moment ... ich werde ... Mario Bescheid sagen.« Kowalski legte seine Serviette auf den Tisch und stand auf. Sein heller Trench verschwand in der Tür. Er kreuzte sich mit dem Kellner, der herauskam, um abzuräumen.

»Wir nehmen dann nur noch einen Nachtisch ...«, informierte ihn Geraldine.

»Wie Sie wollen«, meinte der Kellner desinteressiert. »Wenn Sie das ganze Zeugs gleich wieder mitnehmen wollen, dann müssen Sie aber ziemlich warten. Marie hat jetzt keine Zeit für den Abwasch, wir haben drin noch andere Gäste.«

»Wie?«

»Na, das Geschirr und das Besteck und die Gläser ... er hat doch heute früh eine Kiste anliefern lassen ...«

»Ach so ...«, sagte Geraldine und lächelte still vor sich hin.

»Merda, das hätte ich wohl nicht sagen sollen ...«, der Kellner kratzte sich am Kopf.

»Ich habe nichts gehört.«

Der Kellner trug die Teller hinein. Geraldine blickte zum Nachthimmel. Die Sterne leuchteten, der Mond schien hell, und auf dem Livius-Forum miauten die Katzen. Der Wind raschelte leise durch die Efeublätter, und Geraldine atmete entspannt durch. Dann klingelte ihr Handy. Geraldine zuckte zusammen. Sie konnte sich nur zu gut denken, wer sie anrief. Widerstrebend zog sie das Telefon aus ihrer Handtasche. Die Nummer, die grün im Display blinkte, gab ihr recht. Geraldine biß sich auf die Lippen und senkte den Kopf, dann nahm sie das Gespräch an. Sie fand, das war sie ihm schuldig. »Pronto?« sagte sie gedämpft.

Richard war so aufgebracht, daß sich seine Stimme überschlug. Die Vorstellung lief noch. Er rief zwischen zwei Szenen an. »Geraldine! Ich mache mir solche Sorgen! Warum bist du nicht hier? Wo bist du? In Rom?« Der Sänger atmete erleichtert auf. Franceschini war in Neapel, das wußte er, aber er brauchte trotzdem Gewißheit. »Geraldine, du sagst mir jetzt, ob du wieder mit Franceschini zusammen bist! Wie ... *Was soll das heißen?* Bitte, gib mir eine vernünftige Antwort. Nein, ich will nicht warten, bis ich zurückkomme. Also, stimmt es ... weißt du denn nicht, daß er eine Geliebte hat, und wer das ist? Es interessiert dich nicht? Das sollte es aber! Geraldine? Geraldine!« Richard blickte ungläubig auf sein Telefon. Sie hatte die Verbindung unterbrochen. Wie konnte sie sich nur derart flegelhaft benehmen. Liebte sie ihn denn gar nicht mehr? Konnte sie sich nicht denken, was sie ihm mit ihrer Rücksichtslosigkeit antat? Er würde nach der Vorstellung sofort nach Rom zurückfahren.

Der Chef des Hauses trat auf die Schwelle seines Restaurants, gefolgt von Kowalski. Geraldine schaltete das Handy aus und schob es in ihre Tasche.

»Eccoci qua!« rief Mario bester Laune und schob den Dessertwagen neben den Tisch. »Allora, signorì ... tutto per Lei!«

Geraldine reichte ihm die Hand. »Piacere ... die Spaghetti waren wunderbar«, sagte sie und lächelte.

»Il piacere è tutto mio, Signorina!« meinte der Wirt, ganz Grandseigneur, küßte ihre Hand und ließ sie nicht mehr los.

»Mario ... insomma!« rief Kowalski.

Signor Mario richtete die Augen theatralisch zum Himmel, ein Blick, der da heißen wollte: Schon eifersüchtig der gute Junge, ach wenn wir beide nur könnten, wie wir wollen, nicht wahr? Dann zwinkerte er ihr zu und ging wieder hinein.

»Er kocht auch mit Leidenschaft …«, sagte Kowalski. Geraldine betrachtete den Dessertwagen.

»Nehmen Sie sich einfach von allem was«, schlug Kowalski vor.

»Das lasse ich mir nicht zweimal sagen«, sagte sie und faßte nach dem Löffel.

»Was macht Ihre Hand?«

»Nur leicht angesengt.«

»Sie sind ja auf einmal so locker …«, fuhr sie fort. Haben Sie da drin ein weißes Pülverchen geschnupft?«

Kowalski zuckte zusammen.

Geraldine schob einen Löffel Mimosatorte, garniert mit Walderdbeeren, in den Mund und schluckte schwer. Ihr Magen revoltierte bereits wieder. Richard hatte geschafft, daß sie sich schuldig fühlte. Doch Geraldine war entschlossen, sich den Abend nicht verderben zu lassen. Sie war niemandem Rechenschaft schuldig, auch Richard nicht.

Der Kellner öffnete mit lautem Knall eine Flasche Spumante.

»Oh, wir feiern …?« sagte Geraldine betont unbeschwert, und Kowalski lächelte verhalten.

In der Via dei Fori Imperiali stiegen vier maskierte Männer aus einem Kombi. Sie waren schwarz gekleidet, trugen Hüte mit breiter Krempe. Sie nahmen ihre Gerätschaften aus dem Wagenfond und unterhielten sich leise. »Habt ihr alles …?« fragte der Fahrer. Als alle bejahten, schloß er das Auto sorgfältig ab. Er wickelte ein Salbeibonbon aus und warf das Papier auf die Straße. »Die anderen warten am unteren Ende des Livius-Forums. Wieviel Uhr ist es …?« »Halb zehn …«, sagte einer und hielt seine Armbanduhr unter die Straßenlaterne. »Wir sind zu früh, wir warten noch ein bißchen ... entschied der Fahrer und lutschte das Bonbon. »Also, los, noch mal durchstimmen. Francesco das A, aber piano ... hörst du?« Der junge Mann setzte zaghaft seine Flöte an. Die Gitarrenwirbel knarrten, und Mandolinensaiten wurden kaum hörbar einen Viertelton höher oder tiefer gestimmt. Ein Handy piepte. Der Fahrer nahm es aus der Tasche. »Si, Signore ... certo«, er steckte das Handy weg. »Venite ... sie sind früher fertig ... gehen wir!«

Der kleine Trupp stieg schweigend die Salita del Marchese del Grillo hinauf. Im Mondschein jammerten Katzen, von der Straße her drang schwach Verkehrslärm. Der Fahrer spuckte das Halsbonbon aus, schluckte ein paarmal und räusperte sich. Seine Kollegen unterhielten sich gedämpft, ab und zu erklangen ein paar Mandolinentöne. »Mi mimi mi ...«, probte er leise. »Paßt, die Stimme ist noch da.« Sie waren fast vor dem Restaurant angelangt, er machte dem Trupp ein Zeichen stehenzubleiben und legte den Finger auf den Mund. Dann spähte er durch die dichten Efeuranken. Ein Sektkorken knallte. Die Musiker lächelten sich vielsagend zu, einer ließ die offene Hand in der Luft rotieren und stieß seine Kollegen mit dem Ellenbogen an.

Er zog den Kopf hinter den Efeuranken zurück und machte seinen Leuten ein Zeichen. Die Musiker traten aus der Dunkelheit und spielten die Serenade aus Mozarts »Don Giovanni«.

Sie liefen die Gasse hinunter, die Musik verklang. Mario brachte den caffè und strahlte. »Was für eine Überraschung, nicht? Hat es Ihnen gefallen, si?«

»Ja, es war eine wundervolle Idee«, sagte Geraldine. Die beiden Männer schüttelten sich freundschaftlich die Hände.

»Warum tun Sie das alles?« fragte Geraldine aufrichtig berührt, als Mario im Hauseingang verschwunden war.

Kowalski senkte den Blick und rührte in seinem Espresso.

»Lassen Sie uns zu mir nach Hause fahren und etwas trinken«, schlug er vor.

Geraldine zögerte, aber bevor sie einen vernünftigen Gedanken fassen konnte, hörte sie sich schon selbst sagen: »Da kann ich ja nicht nein sagen, oder?«

Es war eine für Anfang Februar erstaunlich milde Nacht. Als sie ins Freie traten, hängte sich Geraldine bei Kowalski ein. Ein gelbes Taxi wartete vor dem Restaurant.

»Caltanisetta 4?«

Sie rutschte auf die schwarzen Ledersitze, er stieg neben ihr ein.

»Ihr Trench klemmt in der Wagentür.«

»Ach, ja?« Kowalski öffnet die Taxitür und zog seinen Mantel an sich.

»Dove se va?« fragte der Taxifahrer und schaute in den Rückspiegel.

»Wollen Sie noch irgendwohin?« fragte Kowalski. »In eine Diskothek vielleicht?« »Wieso?«

»Möchten Sie noch tanzen gehen?« erläuterte er.

»Wohin?«

»Ins Jacky O oder ins Gilda?« schlug er vor. Der Taxifahrer stellte den Motor ab und verschränkte die Arme.

»Se avete deciso, me lo dite, eh?« murmelte er.

»Wieviel Uhr ist es denn?« Kowalski hielt seine Armbanduhr gegen die Scheibe, damit etwas Licht darauf fiel.

»Halb elf ...« Der Taxifahrer ließ den Motor an. Geraldine schwieg.

»Sie müssen nicht, ich dachte nur, Sie hätten vielleicht Lust dazu.«

»Sie dachten?« Der Taxifahrer stellte den Motor wieder ab, kurbelte sein Seitenfenster ein Stück herunter.

»Nun ja, ich ...«, setzte Kowalski an. Geraldine machte noch immer keine Anstalten, sich zu äußern.

»Via Giulia, Nr. 4!« rief er endlich forsch.

»Mica son sordo ...«, kommentierte der Fahrer und legte den ersten Gang ein.

28

Die Autobahn Florenz–Rom war so gut wie leer. Richard McFairshield raste mit seinem Saab Turbo konsequent auf der Überholspur, die Nadel des Tachos überschritt 200 Stundenkilometer. Falls doch einmal ein Wagen vor ihm fuhr, betätigte er ungehalten die Lichthupe und fuhr nah auf, bis der Fahrer schließlich entnervt auf die rechte Spur scherte. Er faßte nach seinem Handy, blickte kurz auf die Leuchttastatur und drückte auf den Buchstaben F. Er drückte so lange auf die Taste, bis unter den eingespeicherten Nummern die richtige im Display erschien. Dann stellte er die Verbindung her.

Franceschini antwortete. »McFairshield ...«, hörte Richard seine Stimme durch das Knistern in der Leitung. Die Hintergrundgeräusche verrieten ihm, daß auch der Dirigent gerade auf der Autobahn war. Wahrscheinlich war er auf dem Weg nach Rom zu seiner Familie. Richard grinste bitter. »Was gibt's?« Franceschini klang überrascht. »Heute abend noch? Muß das sein?« Richard hatte sich seine Worte genau zurechtgelegt, und sie verfehlten nicht ihre Wirkung. »Also gut«, meinte Franceschini nach einer Denkpause, »treffen wir uns auf einen Drink und räumen die Sache ein für allemal aus der Welt. Aber dann möchte ich, daß Sie mich damit in Ruhe lassen«, fügte er zwischen zusammengebissenen Zähnen hinzu. Richard wußte, was ihm durch den Kopf ging: Franceschini hatte im Teatro d'Opera di Napoli mit den Proben zur »Don Carlos«-Gala begonnen, die in der kommenden Woche zu Ehren des 60. Geburtstags des Regisseurs Ranconi stattfinden sollte. Ein bekannter Tenor sang als Gaststar die Partie des Don Carlos, und Richard hatte den Part des König Philipp. Für Franceschini war diese Aufführung eine wichtige Prestigesache, und er würde gewiß nicht riskieren, so kurzfristig eine neue Besetzung für den Philipp suchen zu müssen. Richard war zu wichtig für ihn, er mußte ihn bei Laune halten.

»Na gut, treffen wir uns im Hemingway's«, hörte Richard seine ungnädige Stimme. Er konnte nicht sofort antworten, denn er nötigte gerade einen BMW mit Lichtzeichen und knapp hinter dessen Stoßstange, auf die rechte Fahrbahn zu wechseln. Schließlich gab der Fahrer auf, und Richard raste an ihm vorbei.

»Wo ist das?« Er hörte, wie der Dirigent lachte.

»Sie kennen nicht den Nachtclub mit dem erlesensten Whisky, der in ganz Rom zu haben ist? McFairshield, McFairshield ... stellen Sie Ihren Wagen am besten in der Via Giulia ab, ungefähr auf Höhe Piazza Farnese ... ich hoffe ja sehr, Sie kommen nicht mit ›Tre sbirri ed una carozza‹«, zitierte er aus Tosca und lachte wieder. Richard ging der joviale Ton des Dirigenten auf die Nerven.

»Sie warten dann dort auf mich?«

»Ja, in etwa zwei Stunden müßte ich in Rom sein, ich fahre gerade vom Autobahnring um Neapel ab. Also, McFairshield, bis nachher.«

Ein Knacken, und die Leitung war tot.

29

Mondlicht schien durch hohe Renaissancefenster.

»Da wären wir«, Kowalski betätigte den Lichtschalter. Der Muranoglaslüster an der Stuckdecke erstrahlte in funkelndem Glanz. Kowalski ging an ein Fenster und wandte Geraldine den Rücken zu. Sie setzte sich auf eine Sessellehne. »Möchten Sie etwas trinken?«

»Nein, danke.« Geraldine stand auf und ging zur Konsole mit den Obelisken und Marmorsphären. »Die müssen ja ein Vermögen gekostet haben«, sagte sie, sprachlos angesichts der barocken Pracht. Sie strich vorsichtig über die glatten Kanten eines Porphyrobelisken.

»Alles geerbt«, antwortete Kowalski vom Fenster aus. »Von meinem Großvater«, fügte er hinzu.

»Was machen Sie eigentlich?« fragte Geraldine. »Ich meine, beruflich ...«, präzisierte sie.

»Ich habe Chemie studiert.«

»Das klingt, als sei es dabei geblieben.«

»Ist es auch«, antwortete Kowalski trocken. Er setzte sich samt Trench auf seine exklusiven, cremefarbenen Polster.

»Ach, das habe ich Ihnen ja noch gar nicht gesagt«, begann Geraldine und kam auf ihn zu. »Sie werden es nicht glauben, ich meine ... ich kann es selbst kaum fassen.«

»Was denn?« er lächelte und zog seinen Trench aus.

»Er hat mich angerufen!«

Kowalski machte ein verdutztes Gesicht, dann verstand er und wirkte entsetzt.

»Franceschini!« rief er. »Um Gottes willen, Sie werden doch nicht wieder mit ihm anfangen! Ausgerechnet jetzt!«

»Wieso, ausgerechnet jetzt?« fragte Geraldine. Kowalski stand abrupt auf.

»Hören wir ein wenig Musik, ja?« entschied er. »Verdi, Puccini …?«

»Wie wäre es mit Wagner … Haben Sie den *Fliegenden Holländer*?«

»Den singt der Brite wohl auch?« sagte Kowalski und stand auf.

»Nächsten Monat in London.«

»Die Frist ist um, und abermals verstrichen sind sieben Jahr«, zitierte er düster.

»Auch dieses Libretto ist Ihnen geläufig?«

»Ach, weder Kind noch Weib hab ich, nichts fesselt mich an die Erde. Rastlos verfolgt das Schicksal mich, die Qual nur war mir Gefährte.« Er machte einen Schritt auf sie zu. »Bleiben Sie heute nacht bei mir«, sagte er in einem Ton, den sie von ihm nicht kannte.

»Ja, danke, ich weiß sowieso nicht, wie ich nach Hause in mein Bergdorf kommen soll.«

»Geraldine …«

»Rodolfo, ich habe eine Beziehung laufen und … wenn David …«, sie stockte.

»Brechen Sie sie ab, ziehen Sie hier ein, werden Sie meine Geliebte.«

»Was?«

»Das ist mein voller Ernst.«

»Ja, jetzt vielleicht, aber morgen?«

»Wer denkt schon an morgen.«

»Ich.«

»Auch morgen und für die nächsten sieben Jahre.«

»Was?«

»Na, Ihre Uranus-Jupiter-Opposition, länger geht es bei Ihnen doch nicht.«

»Soll das ein Witz sein?«

»Aber nein ... dann eben solange Sie wollen ... und im übrigen, unsere Synastrie paßt hervorragend! Mein Mars in Konjunktion mit Ihrer Sonne, was für eine Herausforderung! Ganz zu schweigen von meinem Uranus in Opposition zu Ihrem Merkur ... Langeweile kommt bei uns nicht auf ... und erst Ihr Mond im Sextil mit meiner Venus ...! Ich kann ganz genau spüren, was Sie sich wünschen ...! Welch ein Aspekt! Wo findet man den schon mal! Was wollen Sie denn mit dem Dirigenten ... Quadraturen, wo man hinschaut ... und dann noch sein Neptun in Opposition zu Ihrer Venus. Er hat Ihnen doch nur etwas vorgespielt, das er zum Leidwesen aller selber glaubt, Egozentrik zu 100 Prozent, mehr ist bei ihm nicht drin!«

»Sie sagten doch, Sie verstünden nichts von Horoskopen!«

»Das habe ich nie behauptet, schließlich war ich im Morgenland.«

»Wieso kennen Sie mein Geburtshoroskop?«

»Geraldine, ich flehe Sie an«, sagte er nah neben ihr, ohne auf die Frage einzugehen. »Ich will Sie ... heute, jetzt, sofort. Ich werde Sie glücklich machen, das verspreche ich Ihnen!«

»Rodolfo, ich ...«, Geraldine kam auf der Sofalehne ins Rutschen. »Machen Sie sich nicht lächerlich!« Sie stand auf und ging ans Fenster.

»Also kein Wagner«, sagte Kowalski kurz angebunden und stand ebenfalls auf. Er ging zum CD-Player und legte eine Silberscheibe ein. Geraldine blickte auf die Platanen. Leise erklangen die ersten Takte des Mendelssohn-Violinkonzerts. Kowalski stand jetzt dicht hinter ihr. Die Geigen spielten das Thema des ersten Satzes.

»Sie trugen ein meerblaues Abendkleid«, flüsterte er an ihrem Ohr. »Ein tiefes Lapislazuli, fast wie Lavendel, blau ... wie das Meer bei Agadir.« Er hauchte sanft über ihren Nacken. »Franceschini führte Sie durch die Orchesterreihen, hielt Sie an der Hand. Er gab den Orchestereinsatz ... Sie blickten ihn an, Violine und Bogen in der Hand ... Sie sahen hinreißend aus in dieser schulterfreien Robe«, schob er ein. »Ich dachte an meinen Abschied in Marokko, an die letzten Stunden im Hause des Mannes, dem ich viel verdanke.«

»Sie waren ...«, setzte Geraldine an, doch er ließ sie den Satz nicht zu Ende sprechen.

»Was haben Sie gefühlt, als sich Ihre Augen mit denen des Mannes trafen, den Sie liebten ... während Sie die Musik spielten, die Sie liebten? Sie wußten, daß er die Nacht nicht mit Ihnen verbringen würde, deshalb legten Sie alles, was Sie empfanden, in die Musik. Sie wußten genau, daß er Sie nicht allein lassen würde ... Sie nicht allein lassen konnte, wenn Sie ihn innerlich aufwühlten, ihn eroberten mit Ihrem Können, Ihrer Hingabe. Was empfanden Sie, als der Applaus losbrach und Franceschini vom Podium stieg, um Ihnen zu gratulieren? Was fühlten Sie, als er Ihre Hand nahm und sie küßte?« Er packte sie an den Schultern. »Was hat er Ihnen gesagt, als er sich zu Ihnen beugte, Geraldine?«

»Hören Sie auf!«

Kowalski zog sie mit einem Ruck an sich. »Was haben Sie gefühlt, hm? Sie waren glücklich, nicht wahr? So glücklich, wie Sie glauben nie wieder sein zu können!«

»Schluß jetzt!« Geraldine versuchte sich zu befreien, aber er ließ sie nicht los. Sie spürte seinen Atem.

»Was haben Sie gefühlt, Geraldine? Waren Sie glücklich?« Er drückte fester zu. »Das ist vorbei!« flüsterte er eindringlich mit gedämpfter Stimme. »Seien Sie doch nicht so naiv zu glauben, Sie und Franceschini hätten eine Zukunft! Er ist immer noch verheiratet, und Sie haben nichts mehr, womit Sie ihn für sich einnehmen können! Bleiben Sie bei mir. Ich liebe Sie!« Er drehte sie zu sich herum, lockerte den Griff, ließ sie los.

Er wischte ihr langsam eine Träne von der Wange.

Es klingelte an der Wohnungstür.

»Wollen Sie nicht aufmachen?« fragte Geraldine. Sie war völlig durcheinander und fuhr mit dem Handrükken über ihr Gesicht, unsicher, ob die Wimperntusche gehalten hatte.

»Wir sind nicht da«, entschied Kowalski. »Geraldine, ich flehe Sie an.«

Er küßte sie leicht, Geraldine erwiderte seinen Kuß, strich zart durch seine braunen Haare.

»Rodolfo«, flüsterte sie tief berührt.

Das Geräusch eines Schlüssels, der sich im Schloß umdrehte. Kowalski fuhr hoch.

»Steckt Ihr Schlüssel?« fragte sie erschrocken.

»Nein.« Kowalski ging zur Tür. »Einen Moment«, rief er. »Ich komme!«

»Ich war in der Gegend und wollte mal sehen, wie es dir so geht, mein Junge.« Die Stimme kannte sie. »Ach, Sie sind auch da?« Dr. Friedbaum stand bereits mitten im Raum, während Kowalski noch die Tür schloß. Er streckte Geraldine beide Hände entgegen.

»Carissima, wie geht es Ihnen. Ich störe doch nicht?« sagte er zu Kowalski gewandt. »Ach, ihr hört Musik?« bemerkte er. »Ah, Mendelssohn … bißchen hohl, der

Gute ... findet ihr nicht? Er war zu glücklich, der Baron ... zuviel Glück blockiert die Genialität!«

»Möchtest du etwas trinken, Heinz?« fragte Kowalski höflich.

»Wie wär's mit einem Whisky mit Eis ... viel Eis, Rudolf?« sagte Dr. Friedbaum und lächelte.

Geraldine blickte von einem zum anderen. Sie bemühte sich krampfhaft, Ordnung in das Chaos ihrer Gedanken und Gefühle zu bringen, aber der Aufruhr in ihr war nicht zu bändigen. Was ging hier vor? Warum hatte Kowalski sie vorhin noch vor Friedbaum gewarnt, wenn er doch offensichtlich näher mit ihm befreundet war? Viel näher, als es in einer Psychiater-Patient-Beziehung gewöhnlich die Regel war, so schien es ... Sie zwang sich, den Gedanken nicht zu Ende zu denken, und gab sich einen Ruck.

»... ich muß dann leider gehen«, setzte sie an. Mein Zug fährt um ... na ja ... also, ich verabschiede mich dann.«

»Du bleibst«, befahl Kowalski. Er stand am Teewagen mit den Spirituosen, um Dr. Friedbaum einen Drink einzugießen.

»Gut, wenn du meinst«, erwiderte Geraldine verwirrt. »Entschuldigt mich bitte einen Moment. Ich gehe mich kurz frisch machen«, sagte sie und steuerte Richtung Badezimmer.

»Aber ja, meine Liebe, machen Sie sich hübsch!« rief Dr. Friedbaum.

Sie suchte im Entree nach ihrer Tasche. Im hohen venezianischen Spiegel beobachtete sie, wie Dr. Friedbaum sich Kowalski näherte. Er legte ihm die Hand auf die Schulter. »Na, wie geht es dir denn?« fragte er und lächelte. Kowalski sagte nichts und hantierte mit der Whiskyflasche. Dr. Friedbaum strich ihm mit den

Fingern durch das dunkle Haar. Er zischte ihm etwas zu, was sie nicht verstehen konnte, faßte ihn abrupt im Nacken und zerrte seinen Kopf herum. »Sieh mich an, wenn ich mit dir spreche!« Er verkrallte seine Finger in Kowalskis Hinterkopf und zog sein Gesicht zu sich heran. Friedbaum gab sich nun gar keine Mühe mehr, leise zu sprechen, und seine Worte hallten wie Paukenschläge in Geraldines Ohren: »Bin ich in ein Tête-à-tête geplatzt, oder was? Erwägst du, mich zu verlassen ... nach all den Jahren ... nach allem, was ich für dich getan habe! Willst du mich etwa im Stich lassen ...!«

»Heinz ... sei doch leise, ich bitte dich. Du tust mir weh ...«

»Das hat dich doch noch nie gestört ... hm, carissimo«, zischte Dr. Friedbaum. Geraldine bekam eine Gänsehaut. Atemlos verfolgte sie, wie Kowalskis Widerstand zu schmelzen schien, bis Friedbaum seinen Griff lockerte. »Na also«, er lächelte. Es war ein Lächeln, das sie schaudern ließ.

»Heinz, ich ...«, setzte Kowalski an.

Geraldine raschelte auffällig im Flur herum und räusperte sich, das Gespräch verstummte. Als sie in den Salon kam, trat Dr. Friedbaum schnell einen Schritt zurück.

»Na, laß mich mal machen, mein Junge ... bevor du die Whiskyflasche aufbekommst, bin ich schon verdurstet! Gib mal her ...«, lachte er gezwungen und nahm Kowalski .die Flasche aus der Hand. Er goß sich einen doppelten Whisky ein. »So, und was können wir für Sie tun, liebste Geraldine? Rudolf, du solltest deinem Gast ein Taxi rufen, wenn sie es doch so eilig hat, nicht wahr, caro ...?«

»Hatten wir nicht gesagt, ich bleibe?« sagte Geraldine nachdrücklich zu Kowalski. »Ach, hatten wir das?« rief Dr. Friedbaum überrascht. »Rudolf?«

»Sie sollten besser gehen.«

»Bist du sicher?« fragte Geraldine.

»Bitte geh.«

Dr. Friedbaum prostete ihr zu.

»Hatten Sie nicht eine Tasche oder so was?« fragte er beflissen und ging in den Flur. »Ich bleibe bei dir, wenn du es willst«, flüsterte Geraldine Kowalski zu. Er schüttelte den Kopf.

»Adieu, cara ... und grüßen Sie die gute alte Ludovica!« strahlte Dr. Friedbaum, drückte Geraldine ihre Umhängetasche in die Hand und schloß hinter ihr die Wohnungstür. Geraldine stürzte die Treppen hinunter, nur von dem Gedanken besessen, so schnell wie möglich hier wegzukommen – weg von Friedbaum, weg von Kowalski und diesem Alptraum, aus dem es kein Erwachen mehr zu geben schien.

Sie läutete Sturm. Der Türöffner summte, Geraldine drückte das schwere Portal auf und hastete durch den Eingangsbereich zum Aufzug. Die Eingangstür stand weit offen, das Apartment war hell erleuchtet. Auf der Schwelle wartete ein Mann, den sie kannte. Sie schloß die schmiedeeisernen Aufzugtüren.

»Buona sera, Signorina, Signora della Torre ist in der Bibliothek.« Geraldine spürte seinen forschenden Blick.

»Commissario Caselli. Warum sind Sie hier, um diese Zeit? Was ist passiert?«

»Sie wissen es noch nicht?« Er schloß die Tür. »Lassen Sie uns hineingehen.«

Ludovica saß in der Bibliothek in einem Sessel, ein Glas Brandy in der Hand. In der anderen hielt sie ein zerknülltes Taschentuch, mit dem sie sich über die Wangen wischte. Als sie Geraldine eintreten sah, streckte sie den Arm nach ihr aus.

»Stella! Ist das nicht furchtbar! Mein Gott, wie konnte das geschehen? Ich bin völlig ...«, ihre Stimme brach und sie preßte das Taschentuch gegen die Nase. »Hat der Commissario dich angerufen?« fragte sie und versuchte aufzustehen.

»Bitte, bleiben Sie doch sitzen, Signora«, meinte Caselli zuvorkommend. »Benötigen Sie etwas, soll ich Ihnen etwas holen?«

»Nein, nein ... Stella, geh bitte in mein Schlafzimmer und bring mir ein frisches Taschentuch aus der Kommode, ja? Das wäre lieb von dir.«

»Aber natürlich ...«, sagte Geraldine. »Was ist denn los?«

»Weißt du es denn nicht?« fragte Ludovica verzweifelt, und wieder rollten ihr Tränen über das Gesicht, die sie mit dem durchnäßten Taschentuch zu trocknen versuchte. »David ...«, doch sie konnte nicht weitersprechen.

»Maestro Franceschini ist tot aufgefunden worden, vor etwa einer Stunde im Zentrum. Er saß in seinem Jaguar hinter dem Steuer, ein Anwohner fand ihn. Als er in seine Einfahrt fahren wollte, versperrte ihm der Wagen des Maestro den Weg«, erläuterte Caselli. Geraldine fühlte den Boden unter sich wanken. Sie ging zu Ludovica und umarmte sie sanft. Die alte Dame drückte sie wortlos an sich und streichelte ihr Haar.

»Die Signorina ...«, schaltete sich Commissario Caselli ein.

»Sie ist eine Freundin und besucht mich hin und wieder«, unterbrach ihn Ludovica und schneuzte sich. Geraldine drückte ihre Hand.

»Ist es nicht ein bißchen spät für Besuche?« beharrte

Caselli. Geraldine reichte Ludovica ein frisches Taschentuch und blieb neben ihrem Sessel stehen.

»Was wollen Sie denn, Commissario«, antwortete Ludovica unwirsch. »Geraldine übernachtet manchmal hier. Ihr Zimmer steht leer. Sie kann es benutzen, wann immer sie will. Sie hat früher bei mir gewohnt, während ihrer Zeit am Konservatorium«, fügte sie matt hinzu.

»Und wo waren Sie heute abend, Signorina?« fragte Caselli.

»Commissario, ich bitte Sie«, unterbrach ihn die alte Dame. »Ich bin sehr müde und möchte mich zurückziehen. Sie haben mir eine schreckliche Nachricht überbracht. Sie verstehen, daß ich jetzt allein sein möchte.«

»Aber natürlich, Signora«, meinte Caselli höflich. »Darf ich morgen wiederkommen? Am Vormittag, gegen elf? Ich habe noch einige Fragen an Sie ... auch an die Signorina ...«, fügte er hinzu. »Ich treffe Sie doch hier an?« fragte er Geraldine.

»Aber ja, wir werden Sie beide erwarten«, kürzte Ludovica die Sache ab. »Ich bringe Sie hinaus.«

»Ich mach' das schon«, fiel Geraldine ihr ins Wort. Ludovica nickte und lächelte ein wenig. »Danke, Stella.«

Geraldine spürte, wie ihre Beine unter ihr immer noch nachzugeben drohten. Sie fühlten sich an wie aus Gummi.

»Woran ist er gestorben?« fragte sie an der Tür.

»Kaliumzyanid«, antwortete Caselli. »Er war auf der Stelle tot.«

»Und wo hat man ihn ...«, setzte sie an.

»In der Via Giulia ...«, antwortete er und fixierte sie scharf. Geraldine konnte ihre Bestürzung nicht verbergen. Was hatte David in der Via Giulia zu suchen gehabt? War er ihr und Kowalski etwa gefolgt, weil ... sie konnte den Gedanken nicht zu Ende denken, er tat zu weh. Es konnte auch sehr gut reiner Zufall sein, versuchte sie sich zu beruhigen, schließlich war die Via Giulia bei den Römern fast noch mehr für die raren Parkgelegenheiten beliebt, die sich dort mit etwas Glück finden ließen, als für ihre Schönheiten.

»Es ist unklar«, fuhr Caselli fort, »ob er selbst dorthin gefahren ist und dann die Zyankalikapsel schluckte oder ob er an einem anderen Ort vergiftet und dann in die Via Giulia gebracht wurde.«

»Sie glauben, er ist ermordet worden?« Geraldine erfaßte ein jäher Schwindel, sie klammerte sich mit beiden Händen am Türrahmen fest.

»Man kann es nicht ausschließen, bis das Gegenteil bewiesen ist. Er saß zwar am Steuer, aber die Via Giulia ist nachts nicht sonderlich gut beleuchtet. Nur diese alten Gaslampen an den Fassaden. Man hätte leicht unbemerkt die Leiche auf den Fahrersitz ziehen können«, erläuterte er.

Geraldine war froh, als Caselli auf den Aufzugknopf drückte. Der Boden schwankte bedrohlich vor ihren Augen.

»Also dann, bis morgen«, sagte sie mit letzter Kraft.

»Arrivederci«, antwortete Commissario Caselli zögernd. Geraldine schloß die Tür.

30

Ludovica saß am Frühstückstisch und wärmte ihre Hände an der Teetasse aus Meissner Porzellan.

»Du täuschst dich, Stella! Du glaubst, etwas beobachtet zu haben, und ziehst falsche Schlüsse. Du verrennst dich da. Dr. Friedbaum ist ein ausgezeichneter Arzt. Er hat David das Leben gerettet. Es tut mir leid für deinen Bekannten, aber was Dr. Friedbaum betrifft, bin ich sicher, hier liegt ein Mißverständnis vor.«

»Aber …!«

»Ich möchte jetzt nichts mehr davon hören. Ich bin nicht dazu in der Lage. Du wirst sehen, alles klärt sich von selbst. Und im übrigen, was wäre schon dabei, wenn dieser junge Mann homosexuell veranlagt wäre? Du willst ihn doch nicht heiraten, oder? Im übrigen sind einige meiner besten Freunde in London …«, fuhr sie fort.

»Natürlich«, unterbrach sie Geraldine und küßte sie auf die Wange. »Verzeih.« Ludovica stellte ihre Tasse ab und sah Geraldine unverwandt an.

»Was empfindest du …? Du hast David doch sehr geliebt?« fragte sie und sah Geraldine offen an.

»David hatte mich einen Tag vor seinem Tod angerufen. Er wollte sich mit mir treffen, nach der ganzen langen Zeit«, begann Geraldine. »Meinst du, er wollte …?« Sie ließ den Kopf sinken und verstummte. Ludovica legte sacht ihre eiskalte Hand auf Geraldines Arm.

»Er hat dir nicht verziehen, daß du dich mit Federico eingelassen hast«, erwiderte sie.

»Ich weiß«, sagte Geraldine leise. »Aber er war doch sogar verheiratet!«

»Männer sehen das anders, mein Kind«, antwortete Ludovica und schenkte ihr Tee nach. »Sie sehen das anders. Als du gestern kamst, dachte ich, du wüßtest von seinem Tod«, unterbrach sie sich unvermittelt. »Du warst so vollkommen außer dir.«

Es läutete, Ludovicas Haushaltshilfe Isolina ging zur Tür. Ihre Füße schlurften über die Steinfliesen. Sie jammerte vor sich hin. Seit sie am Morgen erfahren hatte, was passiert war, hatte sie nicht mehr aufgehört zu weinen. Bevor sie den Riegel zurückschob, erkundigte sie sich lautstark nach dem Namen des Besuchers, dann erst öffnete sie.

»Ich bewundere dich, daß du so gefaßt sein kannst«, sagte Geraldine. »Du fragst mich, wie es mir geht, dabei bist du es doch, die jetzt am meisten Trost braucht.«

»Ich habe schon so viele Menschen verloren, die ich liebte ... Geraldine«, sagte Ludovica matt.

Sie stand auf, um eine dritte Tasse aus dem Büfett zu nehmen. Isolinas Stimme drang aus dem Flur.

»Buon giorno, Commissario ... venga, di là ... die Signore sind in der Küche. Ich bin Isolina, Cartecci; Isolina. Ich helfe der Signora im Haushalt, schon seit vierzig Jahren ...«, erklärte sie ihm unaufgefordert. »Ich habe ihn schon gekannt, als er ein Junge war, den Signor Davide ... schwarze Locken hat er gehabt und immer hat er gebettelt: ›Isolina, machst du wieder deinen Eierlikörkuchen, der schmeckt mir doch so gut‹ ... und dann habe ich ihm einen gebacken mit viel Schokoladenguß, da konnte er gar nicht genug davon kriegen ... und er hat mich nicht vergessen ... der Signorino, wissen Sie, auch nicht, als er ein berühmter Dirigent war ... jedes Jahr zum heiligen Weihnachtsfest hat er mir einen dikken Umschlag gegeben ... ›für meine Isolina und ihre Familie‹, hat er gesagt ... und dann hat er gelacht mit seinem jungenhaften Lachen ..., ja, er war eine Seele von Mensch ... immer holt der Tod die Besten!« Sie schniefte, und Caselli reichte ihr aufmerksam sein Taschentuch, in das Isolina sich lautstark schneuzte.

»Guten Morgen, zusammen!« grüßte er.

»Wir haben Sie schon erwartet, Commissario. Trinken Sie eine Tasse Tee mit uns?« Ludovica deutete auf die dritte Tasse.

»Ja, gern«, Caselli setzte sich.

»Sie haben doch nichts dagegen, daß wir hier in der Küche bleiben, oder?« fügte Ludovica hinzu. »Es muß ja nicht immer so formell zugehen, und außerdem wollte Isolina gerade im Salon Staubsaugen, nicht wahr, Isolina?« Isolina deutete einen ungeschickten Knicks an und verschwand.

Caselli wandte sich an sie: »Signora ... dürfte ich Sie bitten, mich einen Moment mit Signorina Dvorsky allein zu lassen? Ich möchte ihr ein paar Fragen unter vier Augen stellen.«

Ludovica nickte, warf Geraldine einen warmen Blick zu und ging hinaus.

»Sie kannten David Franceschini sehr gut, nicht wahr?« begann Caselli unvermittelt sein Verhör. Geraldine nickte. »Ich habe gestern abend noch mit Signora Franceschini telefoniert«, berichtete er.

»So spät noch?«

»Ja, ich wollte mehr über Sie erfahren.«

»Und da haben Sie sich an Giulia gewandt.«

»Franceschini hat Sie gefördert, Ihre Karriere aufgebaut, und Sie waren seine Geliebte ... bis zu diesem tragischen Unfall, letzten Herbst. Das tut mir übrigens sehr leid für Sie, ich wollte es Ihnen schon letztens in der Questura sagen ... ich kann mir vorstellen, daß das für einen Musiker ... wissen Sie, mein Großvater hat gelegentlich Oboe gespielt, und nach einem Schlagfall blieben Zeige- und Mittelfinger steif ... er hat sich schrecklich gegrämt ... und meiner Großmutter das Leben zur Hölle gemacht ... na ja, also, das tut ja nichts zur Sache.«

»Hat Giulia Ihnen erzählt, ich sei seine Geliebte gewesen?«

»Nicht direkt, aber sie sagte mir, sie vermute es. Hat sie recht?«

»Ja.«

»Nach dem Unfall hat er Sie fallenlassen«, stellte Caselli fest und fügte hinzu: »Genauso wie Stronchetti.«

»Sie verdächtigen mich immer noch, ihn ermordet zu haben?«

»Das ist reine Routine, glauben Sie mir«, antwortete Caselli. »Ich muß jeder Spur nachgehen, solange wir in den Ermittlungen nicht weiterkommen.« Er nahm einen Schluck Tee, wobei er sie nicht aus den Augen ließ. »Der Tod Ihrer Liebhaber scheint Sie nicht sehr zu treffen, oder irre ich mich da?« Als er ihren Blick sah, korrigierte er sich. »Entschuldigen Sie, Sie müssen auf diese Frage nicht antworten«, sagte er und ruckte verlegen an seiner Krawatte.

»Sie halten mich für gefühlskalt, Commissario«, antwortete ihm Geraldine. »Das bin ich nicht. Es ist nur ... es ist zuviel Negatives passiert in den letzten Monaten. Allein der Gedanke, daß meine Karriere vorbei ist, beschäftigt mich pausenlos. Ich kann an nichts anderes mehr denken. Ich war verliebt, und seit dem Unfall bin ich nur noch allein. Alle beide waren mit ihrem angekratzten Ego beschäftigt. Wie es mir ging, hat niemanden interessiert. Ich mußte allein mit allem fertig werden.«

»Das tut mir leid, Signorina.« In Casellis Stimme lag ehrliche Betroffenheit. Geraldine schaute auf, ihre Augen blickten ihn klar und furchtlos an. »Was ich Ihnen damit sagen will, ist: Ich habe genug geweint. Im Moment fühle ich nichts, gar nichts. Meine Verzweiflungsanfälle werden seltener. Ich lebe so dahin, wie es scheint, finde ich mich ab. Ich möchte nur, daß Sie Ihre Ermittlungen abschließen und mich in Ruhe lassen.«

»Das kann ich gut verstehen, Signorina«, sagte Commissario Caselli. »Dennoch werde ich Ihnen einige Fragen nicht ersparen können. Zum Beispiel muß ich wissen, was Sie zur Tatzeit in der Via Giulia zu suchen hatten.« Geraldine fuhr zusammen und sah ihn erschrocken an.

»Woher wollen Sie wissen, daß ich dort war?« fragte sie.

»Passanten haben Sie gesehen, wie Sie außer sich aus einem Haus gestürzt sind, als würden Sie kopflos die Flucht ergreifen. Die Beschreibung paßt«, fuhr er betont sachlich fort. »Leugnen Sie, daß Sie dort waren?«

»Ich habe in der Via Giulia 4 einen Freund besucht, Rodolfo Kowalski«, antwortete Geraldine. »Wir hatten eine Auseinandersetzung. Ich habe etwas erfahren, das mich sehr unangenehm berührt, ja ... schockiert hat. Deshalb war ich tatsächlich außer mir, als ich das Haus verließ. Ich weiß nicht, warum David seinen Wagen ausgerechnet in der Via Giulia abgestellt hatte. Es war wahrscheinlich purer Zufall.«

»Wann haben Sie die Wohnung wieder verlassen?« fragte Caselli.

Geraldine überlegte kurz. »Das war gegen ... Mitternacht.«

»Gibt es außer Signor Kowalski noch Zeugen?«

»Dr. Friedbaum, er war auch Davids Arzt. Ich glaube übrigens, daß David das Gift von ihm bekommen hat.«

Commissario Caselli nahm diese Information unbewegt zur Kenntnis.

»In welcher Beziehung steht Dr. Friedbaum zu Signor Kowalski?«

»Er ist nicht nur Arzt, sondern auch Psychotherapeut. Kowalski und ich waren bei ihm in Behandlung, und ich glaube, daß die beiden ein Liebespaar sind.« Caselli warf ihr einen kurzen Blick zu.

Nun hält er mich für unzurechnungsfähig und glaubt mir überhaupt nichts mehr, dachte Geraldine.

31

»Gibst du mir bitte meine Medikamentenbox, Darling?«

»Aber sicher, Richard.« Sie stand auf und ging ins Badezimmer. Auf der Ablage neben einer Flasche englischem Rasierwasser stand eine rechteckige Metallschachtel mit Deckel. Geraldine griff danach. Dann zögerte sie, stellte die Box auf der Kante des Waschbeckens ab und öffnete sie. In der rechten Ecke, unter verschiedenfarbigen Tablettenblistern, lag eine runde Metalldose mit eingravierten Initialen. Sie nahm sie heraus.

»Na, hast du gefunden, wonach du gesucht hast«, sagte eine tiefe Stimme hinter ihr. Richard stand in der Tür. Er kam auf sie zu und umfaßte mit beiden Händen ihre Schultern. Dann küßte er ihren Hals.

Geraldine klappte die Dose auf. Sie war leer. Sie drehte sich um und blickte ihm in die Augen.

»Richard ...? Was hast du damit gemacht?«

»Aha!« sagte der Sänger und ging zurück in den Salon. »Die Formulierung deiner Frage sagt mir, daß du mich offenbar nicht sofort als Mörder abstempelst.«

»Was hat das zu bedeuten, Richard? Wo ist die Kapsel, die du in dieser Dose aufbewahrt hast? Nun gib mir doch eine Antwort!« Geraldines Stimme schraubte sich höher.

»Du meinst meine Altersvorsorge?« lachte Richard und goß sich einen Whisky ein. »Traust du mir zu, daß ich sie deinem heißgeliebten Franceschini einverleibt habe? Weil du mich verlassen und wieder zu ihm zurückgehen wolltest, nachdem er dich so würdelos hat fallenlassen, dein David! Welche Arroganz von dir, mir das zu unterstellen!«

»Ich unterstelle dir nichts, Richard. Sag mir einfach, wo die Kapsel geblieben ist«, antwortete Geraldine beherrscht.

»Ich habe sie nicht mehr. Nach Franceschinis Tod ist mir klargeworden, daß es zu einfach und zu billig ist, sich so aus dem Leben zu schleichen ... und deshalb habe ich sie ... weggeworfen.« Er hob sein Glas und prostete ihr zu. *»Sempre libera ...«*, intonierte er und kippte seinen Whisky.

32

»Commissario Caselli?« Die junge Frau sagte, sie müsse ihn dringend sprechen. »Können wir uns um 9.00 treffen? In der Villa Borghese? Das ist doch in Ihrer Nähe. Am Haupteingang zum Museum?«

Geraldine lief durch den Park der Villa Borghese. Es war ein grauer Morgen, ein Nieselregen hatte eingesetzt. Sie knotete das Foulard vom Riemen ihrer Umhängetasche und benutzte es als Kopftuch. Als sie vor dem Portal des Museums ankam, wartete Commissario Caselli schon.

»Haben Sie einen Sonderausweis, oder was?«

»Wie bitte?« fragte er verdutzt.

»Wollen wir denn nicht hineingehen?« fragte Geraldine und stellte sich hinter einer koreanischen Touristengruppe an die Kasse. »Draußen regnet es, und hier ist es zugig.« Caselli nickte.

»Ja, natürlich, einen Moment.« Er ging zum Einlaß, zeigte seinen Ausweis vor, und der Museumswächter ließ das Paar durch. Sie liefen durch das Halbdunkel des ersten Saales. Zu dieser morgendlichen Stunde schienen fast nur Schulklassen hier zu sein. Das Licht, das sonst durch die hohen Fenster hereinflutete, wurde durch grüne Sicherungsnetze seit langem unbenutzter Baugerüste gedämpft. In den Raumecken waren starke Strahler angebracht. Caselli blieb gleich vor der ersten Skulptur stehen. »Die ist bestimmt nicht freiwillig mit!« scherzte er. »Das ist eine von Berninis Statuen, oder?« Er beugte sich hinunter, um das Messingschild zu lesen.

»Raub der Proserpina«, sagte Geraldine.

Caselli beschloß, in Ruhe abzuwarten, bis sie von selber zu sprechen begann. Er ging weiter zu Canovas Paolina Bonaparte und fuhr mit den Fingerspitzen über den Marmor der Liegebank.

»Unglaublich, dieser Faltenwurf. Wie er das gemacht hat, es sieht so weich aus«, stellte er fest und zuckte zurück, als er den strafenden Blick einer Dame des Aufsichtspersonals auffing. Sie stand neben einem Stuhl, die Arme hinter dem Rücken verschränkt.

»Bitte nichts anfassen!« rief sie streng. Caselli hob beschwichtigend die Hand.

Sie gingen in den kleinen Saal, der Apollo und Daphne gewidmet war. Die Gruppe beschrieb eine Szene aus Ovids Metamorphosen und dominierte die Raummitte. Die vor Apollo fliehende Daphne wird von ihrem Vater, dem Flußgott Peneios, in einen Lorbeerbaum verwandelt. Der schlanke Körper erstarrt zu Baumrinde, die erhobenen Hände und Finger werden Äste und Blattwerk.

»Wunderschön, nicht?« Geraldine blieb stehen. »Früher hat mich diese Skulptur sehr berührt.« Dann straffte sie plötzlich die Schultern, als müsse sie all ihren Mut zusammennehmen. »Ich habe den Verdacht, daß Richard für Davids Tod verantwortlich ist«, sagte sie, ohne ihn anzusehen.

Das mochte Caselli an ihr. Sie brachte die Dinge immer gleich auf den Punkt, eine deutsche Eigenschaft. Er mußte auch gar nicht nachhaken. Sie sprach von selbst weiter. »Richard bewahrte in einer Silberdose eine Zyankalikapsel auf. Er nennt das seine Altersvorsorge, wenn Sie wissen, was ich meine«, sagte sie, ohne zu lächeln. Caselli konnte es sich vorstellen. »Und die ist jetzt weg. Ich weiß, daß Richard immer das Gefühl hatte, er sei zu alt für mich. Immer wieder hat er mich gefragt, ob ich noch an David hänge, in der letzten Zeit war es besonders schlimm. Ich glaube, es wäre für ihn unerträglich gewesen, mich an ihn zu verlieren. Ich weiß es nicht ... ich bin ganz durcheinander ... jedenfalls ist die Kapsel weg.«

»Und – hat er recht?« Geraldine schwieg. »Standen Sie in Kontakt zu ihm?« beharrte Caselli.

»Nein. Wir haben telefoniert und wollten uns treffen, aber dazu ist es nicht mehr gekommen.«

Caselli sah sie forschend von der Seite an und beschloß, ihr zu glauben.

»Nun, da haben Sie sich jedenfalls recht viele Gedanken gemacht«, sagte er. Geraldine warf ihm einen mißbilligenden Blick zu.

»Sie glauben, ich phantasiere da etwas zusammen?«

»Nein, aber Sie sprechen einen schwerwiegenden Verdacht aus. Haben Sie Herrn McFairshield gefragt, wo die Kapsel ist?« fragte Caselli.

»Ja.«

»Und?«

»Er hat gesagt, durch Davids Tod sei ihm klargeworden, daß es zu billig sei, sich so einen Ausweg offenzuhalten, und er habe die Kapsel ...«

»Sie sagten, er bewahrte sie in einer Dose auf?«

»Ja.«

»Ist die Dose noch da?« Geraldine bejahte. »Es fehlt also nur die Kapsel?«

»Nur die Kapsel.«

»Und Sie denken nicht mehr, daß Franceschini das Zyankali von Dr. Friedbaum erhalten hat?«

Geraldine schwieg. Caselli überlegte. Vielleicht konnte er sie etwas aus ihrer Einsilbigkeit hervorlocken, wenn er sie auf ihren melancholischen jungen Galan im Trench, Kowalski, ansprach. »Und Sie sind mit Signor Kowalski befreundet?«

Sie schien tatsächlich, als sie seinen Namen hörte, etwas munterer zu werden, nickte. »Ich habe Sie einmal mit ihm zusammen in einer Trattoria gesehen«, fuhr er fort und registrierte, wie ihre Augen sich überrascht weiteten, »ein recht faszinierender junger Mann. Er hat eine so, wie soll ich sagen, geheimnisvolle Ausstrahlung.«

Geraldine lachte freudlos. »Ja, das kommt davon, daß er den Mond im Skorpion hat, sagt er.«

Caselli nickte etwas verwirrt. »Nun ja ... jedenfalls ein ... irgendwie mystisch wirkender Mensch.«

»Das stimmt«, sagte Geraldine bissig. »Ich habe ihn sogar schon beichten sehen.«

Caselli horchte auf. »Ach ja? Wo denn?«

»In einem Beichtstuhl natürlich, wo sonst«, sagte sie trotzig. »Wir waren in der Santa Maria Maggiore, um uns die Blasiuszeremonie anzuschauen.«

Das war nichts Ungewöhnliches, Caselli wußte, daß dieses berühmte Ereignis jedes Jahr Hunderte gläubiger Katholiken und Schaulustige in die größte und prachtvollste Marienkirche Roms zog.

»Und – was wollte Dr. Friedbaum in jener Nacht bei Signor Kowalski? Hatten Sie eine Gruppentherapiesitzung, oder war das Zusammentreffen eher privater Natur? Sie deuteten an, daß Friedbaum und Kowalski ihrem eigenen Geschlecht nicht abgeneigt sind.«

Er sah, wie sich Geraldines Gesicht verfinsterte. Als sie sich ihm zuwandte, blitzten ihre Augen. »So kann man es auch ausdrücken, Commissario.«

Caselli ließ sich von ihrem mokanten Ton nicht aus dem Konzept bringen. »Und das war es, was Sie so schockiert hat und weshalb Sie kopflos aus der Wohnung stürzten? Sie hatten bis dahin nichts von Signor Kowalskis ... Vorliebe gewußt?«

Geraldine Dvorsky schwieg, aber plötzlich schien alle Kraft von ihr gewichen, sie wirkte zutiefst mutlos und unglücklich. Caselli glaubte sogar, etwas wie Beschämung in ihrem verschlossenen Gesicht zu entdecken. Er empfand Mitleid mit der jungen Frau und war verwirrt – was hatte sich zwischen ihr und diesem Kowalski nur abgespielt, wenn der Mann doch homosexuell war? Ein unbestimmtes Gefühl der Irritation bemächtigte sich seiner, ein Gefühl, als wenn sich ihm etwas Wichtiges fast greifbar darböte, ohne daß er es aber zu fassen bekam.

Nachdenklich fuhr Caselli in die Questura zurück. Innerhalb weniger Monate hatte es vier Morde gegeben, deren Opfer alle aus dem Umkreis der römischen Musiker- und Opernwelt stammten – die Gebrüder Vismara, beide Streicher im Orchester Santa Cecilia, der Musikkritiker Federico Stronchetti – und jetzt auch noch der Stardirigent David Franceschini. In mindestens einem Fall hatten Drogen eine Rolle gespielt. Wo liefen die Fäden zusammen? Was war der gemeinsame Nenner? Denn den gab es, das spürte Caselli immer deutlicher.

Als er sein Büro betrat, kam ihm Scurzi an der Tür schon freudestrahlend entgegen.

»Es gibt eine Neuigkeit im Fall Franceschini!« rief er.

»Die Kollegen von der Spurensicherung haben eben angerufen! Halten Sie sich fest, Commissario«, Scurzi klopfte aufgeregt einen Stift gegen die Kante seines Schreibtischs. Er trug wieder seine klobigen Stiefel, und Caselli achtete darauf, ihnen mit dem Saum seiner Hosen nicht zu nahe zu kommen, als er sich hinsetzte und die Beine von sich streckte. »Aus der Requisite von *Tosca* wurde ein exotisches Messer entwendet! Es ist das Messer, mit dem Scarpia im 2. Akt im Palazzo Farnese sein Hühnchen zersäbelt!«

Caselli konnte nicht anders, als ihn ungläubig anzustarren.

»Ein Messer aus dem Opernfundus, sagen Sie, Scurzi? Aber wie ist denn das möglich, ich dachte, auf der Bühne werden immer nur Attrappen verwendet.«

Scurzi zuckte die Schultern. »Tja, da müssen Sie den Ausstatter fragen. Hier«, er hielt Caselli eine Notiz hin. »Es handelt sich um einen gewissen Signor Pozzo. Arbeitet schon seit dreißig Jahren am Opernhaus. Er hat sich bei uns gemeldet, nachdem die Zeitungen jetzt rausgebracht haben, daß Stronchetti wahrscheinlich durch eine solche Waffe ums Leben gekommen ist.«

Caselli erinnerte sich, am Morgen im Vorbeigehen die Schlagzeile an einem Kiosk gesehen zu haben: »Musikkritiker von fanatischem Fundamentalisten erdolcht? Mordwaffe war ein exotisches Messer.« Er seufzte. Solche Details an die Presse weiterzugeben vermied die Polizei in den meisten Fällen, da sie gewöhnlich schrecklich ausgeschlachtet wurden und die dadurch entstehende Verwirrung ihre Arbeit nur behinderte. Eine Flut von Verrückten meldete sich gewöhnlich, um »wertvolle Tips« zu geben oder sich gar selbst zu bezichtigen. In diesem Fall jedoch schien die Sensationsgier der Presse die Ermittlungen vielleicht ausnahmsweise einmal weiterzubringen.

»Sie hatten mich doch gebeten, mich noch mal in Florenz umzuhören. Und da ist tatsächlich eine ganz heiße Sache«, redete Scurzi eifrig weiter. »Der Inspizient am Opernhaus in Florenz, Janòs Kelenfy, er ist gebürtiger Ungar«, schob Scurzi ein, »hat ausgesagt, Zeuge eines heftigen Streits zwischen Richard McFairshield und einer Mezzosopranistin, namens Alyra Ali-Zade, geworden zu sein. Bei dieser Auseinandersetzung soll mehrmals der Name David Franceschini gefallen sein – und das am Tag, bevor er tot aufgefunden wurde.«

Es klopfte, Signorina Flavia streckte den Kopf durch die Tür.

»Ist Signor Pozzo schon wieder weg?«

»Welcher Pozzo?« Caselli schaute auf.

»Na, der Requisiteur hier aus der Oper. Er hat draußen im Gang gewartet und wollte eine Aussage machen, wegen diesem Kritikermord.«

Scurzi brauste auf. »Was? Pozzo war hier, und das sagen Sie uns erst jetzt?«

Signorina Flavia zog die Schultern hoch und verschwand.

Scurzi sah auf seine Uhr und stand abrupt auf.

»Lassen Sie mal, Scurzi. Ich übernehme das. Sie bleiben hier und warten auf meinen Anruf. Es könnte sein, daß wir heute noch etwas in die Wege leiten müssen. Da brauche ich Sie hier.«

Signor Pozzo saß in seiner Werkstatt und war gerade damit beschäftigt, allerlei Utensilien mit einem Lederlappen abzuwischen und in Kästen einzuordnen. Als er Caselli kommen sah, erhob er sich. »Mi dispiace, Commissario, ich konnte nicht länger warten, mein Dienst fing an.«

»Schon gut.«

»Commissario, wenn ich gewußt hätte, daß hier im Theater ein Mörder umherschleicht, dann hätte ich doch nie im Leben dieses Messer in die Ausstattung aufgenommen! Aber wer hätte das auch nur im Traum ahnen können!« Unglücklich starrte er Caselli an, als erwarte er, sofort verhaftet zu werden. Caselli wußte, daß es sträflich und eigentlich durch nichts zu entschuldigen war, in einer Aufführung eine scharfe Waffe auf die Bühne gelangen zu lassen. Aber was riskierte ein Theatermann schon nicht manchmal, um das, was ihm in der Phantasie vorschwebte, auch genauso prachtvoll auf der Bühne verwirklicht zu sehen? Und wenn er Pozzo ansah, wie er so vor ihm stand, konnte er wetten, daß es für ihn tausend gute Gründe gegeben hatte, Scarpia sein Hühnchen genau mit diesem Messer und keinem anderen zerlegen zu lassen.

»Aber, aber, Signor Pozzo«, sagte Caselli beschwichtigend und klopfte ihm beruhigend auf die Schulter, »natürlich macht Ihnen kein Mensch einen Vorwurf.«

Pozzo schien sich augenblicklich etwas zu entspannen, der ängstliche Ausdruck in seinen Augen wich vorsichtiger Hoffnung.

»Im Gegenteil, wir danken Ihnen, daß Sie sich gemeldet haben, obwohl Ihnen das doch bestimmt nicht leicht gefallen ist.« Pozzo straffte die Schultern.

»Man weiß ja, wo seine Pflicht als italienischer Staatsbürger liegt, Commissario«, sagte er. »Ich weiß, ich hätte es nicht nehmen sollen, aber dieses Messer war von hohem ... ähm, symbolischen Wert in dieser Szene, und es sollte noch dem Zuschauer in der letzten Reihe auffallen, obwohl vorne Flora Tosca eine Arie singt, verstehen Sie?«

Caselli sah ihn aufmerksam an. »Es war eine Art Dolch«, fuhr der Requisiteur fort, »ein riesiges Ding, mit großen Klunkern und Glassteinen besetzt – gerade richtig für Scarpia! Scarpia mit dem beeindruckenden Dolch – das Hühnchen – Flora Tosca – verstehen Sie?« Er sah Caselli so drängend an, als biete er ihm gerade den Stein der Weisen an und befürchte, daß er ihn nicht wertschätzen könne.

»Woher stammt der Dolch?«

Pozzo zuckte die Schultern. »Keine Ahnung. Eines Tages war er da. Wir haben so viel Talmi im Fundus, da tauchen manchmal auch nach Jahren noch Dinge auf, die man nie zuvor gesehen hat. Selbst wenn man glaubt, mittlerweile jedes Stück in- und auswendig zu kennen.«

»Aber dieser Dolch war doch – anders als gewöhnliche Requisiten – echt?«

Pozzo fingerte an seiner Schürze herum. »Nun ja, schon. Ich habe mich auch ein wenig gewundert, aber ... man weiß ja nicht immer, wo der ganze Klinkerkram herstammt, und ich dachte, solange man ihn nur für eine Eßszene verwendet ... Scarpia sollte damit ja nur sein Hühnchen schneiden! Also hab' ich's reingenommen.« Er ließ die Hände sinken. »Das Messer, mit dem Tosca auf Scarpia losgeht, ist ein Plastikrapier, mit dem man sich nicht mal Butter aufs Brot kratzen könnte«, rechtfertigte er sich.

Caselli nickte verständnisvoll.

»Sang außer Signor McFairshield noch jemand die Partie des Scarpia?«

Pozzo schüttelte den Kopf.

»Und wer hätte den Dolch entwenden können?«

Signor Pozzo überlegte. »Eigentlich jeder. Der Requisitensaal wird immer abgeschlossen, aber während der Proben liegt das Zeug oft den ganzen Tag auf der Bühne herum.«

»Wer wußte, daß es sich um eine echte Waffe handelte?«

»Natürlich alle, Commissario«, ereiferte sich Pozzo, »ich habe das ganze Ensemble gewarnt, vorsichtig damit umzugehen. Das gehört zu meiner Aufsichtspflicht, die Leute über Risiken und Gefahren im Umgang mit Requisiten aufzuklären.«

»Wann ist Ihnen der Diebstahl aufgefallen?«

»Nach der zweiten oder dritten Aufführung war er weg, wie vom Erdboden verschluckt. Ich mußte für die restlichen Vorstellungen einen anderen aus der Requisitenkammer holen. Natürlich habe ich mich geärgert, aber hier kommt öfter mal was weg. Ich habe die Sache dann vergessen, bis mir dieser Zeitungsartikel unterkam.«

Na wunderbar, dachte Caselli. Fürs erste hatte er genug erfahren. Er dankte Pozzo und suchte sich seinen Weg durch die Gänge zum Künstlerausgang. Sobald er aus dem Opernhaus kam, zückte er sein Handy und rief in der Questura an. Scurzi meldete sich. »Erfolg gehabt?«

Caselli hatte keine Lust, viel zu erzählen. Dazu wäre immer noch genug Zeit, wenn er zurückkam. Jetzt gab es Dringlicheres. »Beantragen Sie sofort eine Hausdurchsuchung bei Richard McFairshield, Scurzi. Wir wollen sichergehen, ob die Tatwaffe nicht in seiner Wohnung versteckt ist. Und gehen Sie auch gleich seine Garderobe durch. Ich komme heute nicht mehr rein, fahre gleich nach Neapel, um noch einen wichtigen Zeugen zu vernehmen.« Er hängte auf, ohne Scurzis Kommentar abzuwarten.

33

Caselli nahm ein Taxi vom Bahnhof.

»Zum Hotel Grande Vesuvio bitte!«

Die bunten Lichter des nächtlichen Neapel flimmerten an ihm vorbei. Caselli sank tiefer in die Polster des Rücksitzes und betrachtete den Hinterkopf des Taxifahrers. Es war angenehm, sich einfach zurücklehnen und sicher zu seinem Ziel bringen zu lassen. Wenn es doch nur öfter so einfach wäre im Leben. Als sein Handy klingelte, schrak er hoch. »Caselli, Franco hier!« Die Stimme des Kollegen von der Spurensicherung durchschnitt schrill das Summen der Stille in Casellis Ohr. »Das Scarpia-Messer wurde in Richard McFairshields Hotelzimmer in Rom gefunden. Er wohnt, wenn er in Rom engagiert ist, immer im Hassler. Er hat diese Adresse auch im Opernhaus angegeben. Man hat das Messer gerade als die Waffe identifiziert, mit der Federico Stronchetti getötet wurde.«

Caselli runzelte die Stirn. »Fingerabdrücke?«

»Ja, nur seine.«

»Danke, Franco. Halten Sie mich weiter auf dem laufenden.«

Er hörte eine verdutzte Pause.

»Wollen Sie ihn nicht sofort festnehmen? Soll ich nicht die Kollegen von der Questura in Neapel benachrichtigen?«

»Nein, ich halte das noch nicht für den richtigen Zeitpunkt.« Caselli verlieh seiner Stimme ein Timbre unnachgiebiger Strenge und drückte die Abbruchtaste.

Das waren schlechte Neuigkeiten für Signor McFairshield. Alles deutete nun eindeutig darauf hin, daß er zumindest etwas mit dem Mord an dem Musikkritiker zu tun hatte. Ein mögliches Motiv im Fall Stronchetti konnte Eifersucht und Rache sein – ebenso wie im Fall Franceschini. Beide waren die Liebhaber seiner Freundin gewesen, und beide hatten das Mädchen offensichtlich nicht sehr anständig behandelt.

In der großen Eingangshalle des Hotels herrschte gedämpfte Geschäftigkeit.

»Ich suche Signore Richard Fairshield.«

»Wen darf ich melden?« fragte der junge Portier freundlich.

»Caselli ist mein Name, Commissario Caselli von der Römischen Questura. Signore Fairshield erwartet mich.«

»Signor Fairshield ist im Restaurant, durch die Halle und dann links.«

»Vielen Dank.«

»Nichts zu danken, Commissario!« antwortete der Portier mit unvermindert freundlichem Lächeln.

Der rote Läufer führte Caselli geradewegs zum Restaurant. Es war Dinnerzeit, und alle Tische waren besetzt. Richard stand von seinem Tisch, der für zwei Personen gedeckt war, auf und legte die Serviette kurz beiseite, als der Oberkellner Caselli an den Tisch führte. Caselli blickte in ein breites, bärtiges Gesicht mit einem herzlichen Lächeln. Er kannte dieses Lächeln von Zeitungsfotos, und als Opernliebhaber hatte er McFairshields würdevolle, stattliche Erscheinung schon mehr als einmal auf der Bühne gesehen. Richard McFairshield war ein Bär von Mann, aber ein gutmütiger Bär, er hatte nichts Einschüchterndes.

»Commissario Caselli, nehme ich an ... Bitte, nehmen Sie doch Platz. Haben Sie schon gegessen?«

»Ja, danke. Ich nehme nur einen Cappuccino.«

»Oh, Sie sollten das Pollo à la Vesuvio probieren, es ist köstlich!«

»Ich habe unterwegs ein Sandwich gehabt, vielen Dank.«

Der Kellner nahm das zweite Gedeck vom Tisch.

»Aber Sie gestatten doch …« Richard fuhr fort, sehr konzentriert sein Hühnchen zu zerlegen. Caselli sah ihm dabei wie gebannt zu. Es war ewig her seit seinem letzten »Tosca«-Abend in Sizilien, aber er erinnerte sich dunkel, daß dieser Scarpia ein recht blutrünstiger Geselle war. Er hatte von Schauspielern gehört, die sich so in ihre Rolle hineinsteigerten, daß sie ihr Spiel zur blutigen Wirklichkeit machten. War Fairshield etwa so einer?

Gewaltsam riß sich Caselli vom Anblick der kräftigen Hände mit dem Tranchiermesser los.

Es war das erste Mal, daß er einem leibhaftigen Opernstar gegenübersaß. Es war etwas Ungewöhnliches und ließ Caselli nicht unberührt. Er mochte nicht gleich mit der Tür ins Haus fallen, sondern wollte noch eine anerkennende Bemerkung anbringen, bevor er zur Sache kam.

»Walküre, 1978, Covent Garden …«, sagte er mit einem leisen Lächeln und wartete auf McFairshields Reaktion, die, wie Caselli vorhergesehen hatte, auch prompt kam.

Der Sänger sah ruckartig auf, und seine Augen leuchteten.

»Sie kennen meine Einspielung?« rief er mit gut intoniertem Baß und vergaß die halbe Kartoffel, die auf seiner Gabel spießte. »Sagen Sie bloß! Das war meine beste Zeit … wunderbar … meine beste Zeit …«, sinnierte er. »Sie lieben Wagner? Ungewöhnlich, den Italienern mit ihrem Verdi, Puccini und Rossini liegt das deutsche Fach eigentlich nicht. Selten, daß hier mal Wagner gespielt wird oder Mozart, ganz selten …«, meinte er und wandte sich wieder seinem Teller zu.

»Tja, ich bin gewissermaßen vorbelastet ...«, erzählte Caselli, entgegen seinen sonstigen Gewohnheiten. Er vermied tunlichst, Privates preiszugeben. »Mein deutscher Großvater lebte lange mit uns in der Familie, in Sizilien. Aber er war ein großer Verehrer deutscher Komponisten und eingefleischter Wagnerianer ... ich kenne den Ring praktisch auswendig«, gab Caselli zu, und in seiner Stimme schwang ein wenig Stolz.

»Verstehen Sie denn das Libretto?« fragte McFairshield halbherzig.

»Ich spreche recht gut Deutsch«, schloß Caselli. Am reserviert höflichen Ton des Sängers hatte er gemerkt, daß seine Familiengeschichten McFairshield nicht sonderlich interessierten. Caselli räusperte sich und schwenkte abrupt um.

»Sie wissen, daß es um den Tod des Dirigenten Franceschini geht«, begann er. Richard nickte. »Haben Sie ihn in der Nacht seines Todes noch gesehen?«

Der Sänger nickte erneut. »Selbstmord. Eine tragische Sache, ja.« Er räusperte sich. »Gesehen? Sie meinen Franceschini? Nein, wie kommen Sie darauf?« sagte er und biß ein Stückchen vom Hühnerschenkel ab.

Der Kellner brachte den Cappuccino. »Grazie.«

Caselli betrachtete Richard aufmerksam. Er war ganz auf sein Essen konzentriert. Entweder war er ein auf leibliche Genüsse versessener Genußmensch, für den jede Mahlzeit ein alles andere ausschließendes Ritual war, oder er vermied ganz einfach, ihm in die Augen zu schauen.

»Signor McFairshield, lassen Sie uns versuchen, offen miteinander zu sein. Es ist bekannt, daß wegen Geraldine eine offene Rivalität zwischen Ihnen beiden bestand. Sie hatten am Tag des ... Selbstmordes oder Mordes, das wird sich noch herausstellen, ein Streitgespräch mit ihrer Kollegin Signora Ali-Zade, dessen Inhalt mir bekannt ist.«

Richard legte den abgenagten Hähnchenschenkel auf den Teller und tupfte sich den Mund ab. »Der Inspizient an der Oper in Florenz, Signor Kelenfy, ist ein Mann mit einem ausgeprägten Sinn fürs Detail«, fuhr Caselli fort, »und mein Assistent, Sergente Scurzi, hat sich ausführlich mit ihm unterhalten.«

»Was wollen Sie damit sagen, Commissario?«

»Nun«, Caselli nahm drei Stückchen Zucker in seinen Cappuccino und begann die Tasse umzurühren, »die Todesursache war eine Zyankalikapsel. Und Sie sind – oder waren – doch im Besitz einer Zyankalikapsel?« Caselli sah ihn eindringlich an. Im Geiste klopfte er sich auf die Schulter für diese geschickte Umleitung. McFairshield würde hoffentlich nie erfahren, von wem Caselli diese Information hatte. Er glaubte nicht, daß Geraldine ihrem Freund von ihrer Unterredung mit dem Commissario erzählt hatte.

»Wo ist sie?«

Richard blickte auf seinen noch halb gefüllten Teller, schob ihn von sich und legte die Serviette weg. Er schwitzte etwas.

»Entschuldigung«, er winkte dem Kellner, »bringen Sie mir bitte noch ein Glas Wasser! Das Huhn ... es ist sehr scharf ...«

Er blickte Caselli etwas verkrampft lächelnd an, der immer noch auf eine Antwort wartete.

»Hören Sie, Commissario ...«, er nahm einen Schluck Wasser, »es ist nicht so, wie Sie vielleicht denken .... ja, ich habe Franceschini an jenem Abend getroffen. Ich liebe Geraldine, verstehen Sie! Ja, ich war eifersüchtig, ich war mir nicht hundertprozentig sicher, ob sie sich vollständig von Franceschini getrennt hat. Sie ist sehr sensibel und manchmal leicht beeinflußbar. Ich mußte sichergehen. Wer konnte ahnen, daß das so ausgehen würde.«

Caselli hörte aufmerksam zu. »An diesem Abend hatte Alyra – Signorina Ali-Zade – mir erzählt, Geraldine habe sie gebeten, mir etwas auszurichten. Sie sei krank, deshalb könne sie mich nicht treffen. Und ...« – McFairshield wirkte nicht mehr wie ein Bär von Mann, er war in sich zusammengesunken und sah plötzlich zehn Jahre älter aus – »Franceschini habe sie um ein Treffen gebeten. Ich rief ihn an, um mit ihm über Geraldine zu sprechen.«

»Und er zeigte sich dazu bereit?«

Richard nickte. »Ja. Als ich in der Via Giulia ankam ...«

»Moment, Signor McFairshield«, unterbrach ihn Caselli, »warum haben Sie sich gerade in der Via Giulia verabredet?«

»Nun, er meinte, in der Nähe liege ein Nachtclub, der hervorragende Whiskysorten führe.«

»Der Name?«

»Hmm, Augenblick ...«, er legte die Stirn in Falten und überlegte angestrengt, dann hellte sich sein Gesicht auf. »Hemingway's, genau, das war es!«

Caselli machte sich Notizen. »Gut, also was passierte dann?«

»Als ich also in der Via Giulia ankam, saß er in seinem Wagen. Ich stieg zu ihm ein. Ich wollte ihn ein für allemal davon abbringen, Geraldine nachzustellen. Er saß ganz zusammengekrümmt da, nahm mich erst gar nicht wahr, ich wußte nicht, was mit ihm los war. Erst als ich ihn antippte, wandte er mir sein Gesicht zu, und ich erschrak fürchterlich. Es war ganz verzerrt, anscheinend litt er fürchterliche Schmerzen. Ich fragte ihn, ob ich einen Arzt holen solle, er schüttelte den Kopf. ›Was hätte das noch für einen Sinn‹, sagte er.« Richard hielt einen Moment inne und blickte ins Nichts. »... er sagte: ›Von mir hast du nichts mehr zu befürchten, Richard ...‹ Von mir hast du nichts mehr zu befürchten ...«, wiederholte der Sänger und nahm noch einen Schluck Wasser. »Dann holte er ein Pillendöschen aus seiner Westentasche, öffnete es und nahm eine Pille heraus. Vor meinen Augen steckte er sie sich in den Mund und zerkaute sie! Bis mir klar wurde, was vor sich ging, war er tot. Das dauerte etwa ein, zwei Minuten. Es war grauenvoll.«

Richard war so in der Erinnerung an diese schreckliche Nacht gefangen, daß er Caselli vergessen zu haben schien, und dieser hütete sich, ihn aus seiner Versenkung zu reißen. Wie gebannt lauschte er, als McFairshield mit tonloser Stimme weitersprach.

»Er bekam Schaum vor dem Mund, und sein Körper krampfte sich ein paarmal zusammen, aber wie gesagt, es ging sehr schnell. Ich bin zu meinem Wagen gegangen und saß dort ein paar Minuten, ohne mich rühren zu können. Ich war völlig unter Schock. Dann bin ich weggefahren.« Er schaute auf. »Sie haben recht, ich habe auch eine solche Kapsel – *hatte* –. Ich habe sie in einer Apotheke in die Sondermüllbox für Medikamente geworfen, nachdem ich Franceschinis schrecklichen Tod mit angesehen habe.« Richard sah ihn hoffnungslos an. »Natürlich glauben Sie mir nicht, Commissario. Wahrscheinlich werden Sie mir auch nicht glauben, wenn ich Ihnen jetzt sage, daß Franceschini seine private Quelle hatte, aus der er alles hätte beziehen können. Er hat zeitweise Unmengen von Kokain und Morphium konsumiert, um seine Schmerzen zu betäuben und sich hochzuputschen.«

Caselli führte seine Tasse zum Mund, der Cappuccino war kalt geworden. Er kratzte sich hinterm Ohr. »Er war drogensüchtig?«

Richard nickte. »Bei den Ansprüchen, die er noch als schwerkranker Mann zu erfüllen versuchte, war sein Drogenmißbrauch wohl unumgänglich.«

»Und woher bezog er den Stoff?«

McFairshield zuckte die Achseln.

Casellis Gedanken arbeiteten fieberhaft. In Franceschinis engstem Umfeld hatten also Drogen eine Rolle gespielt. Wie war er an sie herangekommen? War seine Quelle vielleicht dieselbe wie die Riccardo Vismaras gewesen? Und war vielleicht auch Federico Stronchetti in diese illegalen Drogenhändel verwickelt gewesen?

Caselli wußte, daß er das, was er jetzt ansprechen mußte, nicht länger aufschieben konnte. »Kannten Sie den Musikkritiker Federico Stronchetti?«

McFairshield sah ihn überrascht an. »Jeder in der Opernszene kannte ihn.«

»Ich meine – kannten Sie ihn persönlich?«

»Nein.« McFairshield starrte ihn an, dann begriff er, und jede Farbe wich aus seinem Gesicht. »Sie wollen mir doch nicht zwei Morde anlasten, Commissario? Was wäre denn mein Motiv gewesen?«

»Federico Stronchetti hat Sie mehrmals verrissen, zuletzt als Scarpia, schlechte Kritiken sind im Opernbetrieb, und besonders in Ihrer Situation, der Karriere nicht zuträglich, da geben Sie mit sicher recht ... und er hat Ihrer Freundin, Signorina Dvorsky, gewissermaßen die Karriere zerstört, da er den Autounfall verschuldete, oder etwa nicht?«

Der Sänger blickte betreten auf die Tischdecke und drehte das Obstmesser hin und her.

»Signor McFairshield, man hat in Ihrem Hotelzimmer in Rom den Dolch gefunden, mit dem Signor Stronchetti getötet wurde. Wie können Sie mir das erklären?«

Caselli beobachtete McFairshields Gesicht, sah, wie

sich vor seine Gesichtszüge eine Maske ungläubigen Staunens schob, durch die der Schock noch nicht hindurchgedrungen war. Dann weiteten sich seine Augen in blankem Entsetzen.

»Ich weiß es nicht ... mein Gott, ich weiß es nicht«, flüsterte er. Aus seiner mächtigen Baßstimme schien alle Kraft entwichen. »Commissario, ich weiß nicht, wer ihn ins Hassler gebracht hat. Ich habe nichts damit zu tun, das schwöre ich.«

»Wo waren Sie in der Mordnacht?«

Richard sah ihn verwirrt an. »Ich weiß es nicht, ich müßte nachschauen ... aber ich vermute ...«, er unterbrach sich, »Moment, Commissario, das war doch die Nacht vor dem Abbado-Konzert, nicht wahr? Nun ...«, er überlegte angestrengt, und sein Gesicht spannte sich angstvoll an, »da war ich allein.«

Caselli sah ihn mitleidig an. Es sah in der Tat nicht gut aus für Richard McFairshield. Wenn er tatsächlich nichts mit den Morden zu tun hatte, mußte irgend jemandem sehr daran liegen, ihn zum Sündenbock zu machen. Wie ein Echo klangen ihm Pozzos Worte im Ohr: ›Wenn ich gewußt hätte, daß hier an der Oper ein Mörder rumschleicht ...‹

»Was werden Sie jetzt tun? Mich verhaften?« Der Schweiß stand Richard auf der Stirn und lief ihm in die buschigen Augenbrauen. »Übermorgen soll hier in Neapel die »Don Carlos«-Gala zu Ehren von Ranconi stattfinden, des Regisseurs, Sie kennen ihn sicher«, schob er ein. »Wir sind seit einer Woche bei den Proben. Franceschini sollte eigentlich dirigieren. Ich singe den Philipp.«

»Signora Alyra Ali-Zade singt auch?«

»Ja, die Prinzessin Eboli.«

»Sie war die Geliebte Franceschinis und eifersüchtig auf Geraldine Dvorsky?«

Richard nickte. »Mit gutem Grund?« Diesmal schaute ihn McFairshield nur ausdruckslos an.

»Ich weiß es nicht«, sagte er schließlich müde.

Caselli erhob sich. Mit dem Haftbefehl gegen McFairshield würde er bis nach der »Don Carlos«-Gala warten. Dort hätte er alle Tatverdächtigen beisammen und könnte vielleicht einige Fäden, deren Enden jetzt noch lose herabhingen, miteinander verknüpfen. Bei der Gelegenheit würde er auch endlich mal seinen nagelneuen Smoking tragen.

Doch vorher mußte er noch eine Person vernehmen. Signora Ludovica hatte ihm gesagt, Dr. Friedbaum habe als Freund der Familie Franceschini eine Klinik in der Schweiz empfohlen. Diesen obskuren Reigen, den Geraldine Dvorsky, dieser Kowalski und der sonderbare Arzt aufführten, wollte er näher unter die Lupe nehmen.

»Haben Sie erst mal vielen Dank für Ihre Aussage. Bitte halten Sie sich zu unserer Verfügung.« Er stand auf. »Auf Wiedersehen, Signor McFairshield.« Als die Männer einen kurzen Händedruck tauschten, bemerkte er die Erleichterung in Richards Gesicht. Als er das inzwischen fast leere Restaurant verließ, konnte er seinen Blick in seinem Rücken spüren. Caselli nahm ein Taxi zum Bahnhof, um den Nachtzug nach Rom zu bekommen.

34

Durch die hohen Renaissancefenster schienen die letzten Strahlen der Abendsonne. Das Telefon läutete. Er strich durch sein dunkles Haar, ging zu einer langen Konsole, auf der der Apparat stand, und nahm den Hörer ab.

»Pronto?«

»Rodolfo! Hast du schon gehört? Was soll ich denn machen, jetzt!«

Kowalski blickte auf das Titelblatt der Zeitung, die neben dem Telefon auf der Konsole lag.

»Jetzt wirst du dir wohl einen anderen Dirigenten suchen müssen, der dich fördert.«

»Erspare mir zynisches Bemerkungen. Ist typisch ... mehr du hast nicht zu sagen, mein Karriere dir ist egal und meine Glück, er war so wundervolle Dirigent und ...«

»Liebhaber ...«, setzte Kowalski hinzu und kritzelte Kreuze auf einen Notizblock mit Silberunterlage.

»Ja, und? Du kümmerst dir ja nicht um mich ... von sogenannte ehelicher Pflichte ganz zu schweigen ... du hast mir nur wegen Geld geheiratet.«

»Du wolltest die Staatsbürgerschaft und hast sie bekommen, mehr war nicht abgemacht, somit kein Grund zur Klage, liebste Alyra.«

»Und du schließlich findest jede Monat zwei Millionen Lire auf deine Konto!«

»Womit wir uns ja einig wären.« Kowalski riß das Blatt vom Block, zerknüllte es und zielte auf den Papierkorb. »Da ich über Franceschinis Tod bereits informiert bin, können wir unser Gespräch ja beenden ... toi, toi, toi für die Gala morgen, wer dirigiert?«

»Maestro Gavazzeni.«

»Na bitte, ein Routinier mit Gespür für die Sänger. Mit ihm wirst du keine Schwierigkeiten haben. Er nimmt die richtigen Tempi. Also, dann.«

»Warte«, unterbrach ihn die Stimme am anderen Ende des Telefons.

»Was ist denn noch?«

»Du mußt kommen. Ich brauche morgen meine Ehemann an Seite.« Kowalski seufzte. Repräsentieren gehörte zu seinen vertraglichen Pflichtübungen.

»Also gut.«

Er legte auf und wählte hastig eine Nummer. Es läutete ins Leere. Er stieß halblaut einen Fluch aus und blickte auf die Uhr. Dann rief er ein Taxi. Er ging ins Schlafzimmer, öffnete den Kleiderschrank, holte eine Reisetasche heraus und packte. Ein paar Minuten später hupte ein Wagen vor dem Haus. Als er, den Trench unter dem Arm, die Wohnungsschlüssel suchte, klingelte das Telefon wieder.

»Signor Kowalski?« Die Stimme war ihm unbekannt.

»Ja ... aber mein Taxi wartet, wenn Sie mich bitte entschuldigen ... ich habe im Moment keine Zeit.«

»Sie wollen verreisen?«

»Mit wem spreche ich?« fragte Kowalski ungehalten.

»Römische Questura, Commissario Caselli ... Mordkommission ... Ich muß Sie bitten, hierzubleiben und sich bis auf weiteres zu unserer Verfügung zu halten«, insistierte Caselli.

»Ich muß morgen in Neapel sein, Commissario. Wenn Sie Fragen an mich haben, komme ich lieber heute noch in die Questura.« Der Commissario sagte ihm, das sei nicht nötig. Er werde ihn am späten Nachmittag aufsuchen. Kowalski fluchte halblaut. Er legte auf, hob den Hörer dann sofort wieder ab und wählte eine Nummer. »Mach dich so schnell wie möglich aus dem Staub«, sagte er, als sich am anderen Ende der Leitung eine Männerstimme meldete. »Ich halte hier die Stellung, mir können sie nichts nachweisen.«

Caselli legte den Hörer auf und starrte lange blicklos auf die Tür gegenüber seinem Schreibtisch. Er hatte ein langes Gespräch mit dem Drogendezernat geführt, der Kollege hatte ihn unter dem Siegel der strengsten Vertraulichkeit über den Stand der Ermittlungen in der Galeonengeschichte in Kenntnis gesetzt. Caselli saß lange so da und ließ sich ein paar besondere Details durch den Kopf gehen. Irgendwann schreckte er auf und blickte auf die Uhr. Es war Viertel nach vier. Dr. Friedbaum war sicher noch in seiner Praxis. Er sah auf den Zettel, auf dem er die Adresse notiert hatte. Die Via dei Pellegrini lag kaum drei Minuten von der Via Giulia entfernt. Er würde seinen Wagen dort parken und zu Fuß hingehen. Er verließ eilig die Questura und ging zu seinem Fiat Punto.

Dr. Friedbaum schien ihn schon erwartet zu haben.

»Ja, viel kann ich Ihnen nicht dazu sagen. Die Sache hat mich natürlich sehr schockiert, immerhin kannte ich Franceschini seit seiner Kindheit.«

»Er war Ihr Patient?«

»Ja, ich kenne Maestro Franceschinis Stiefmutter sehr gut, Ludovica. Sie ist eine alte Freundin unserer Familie, seit Generationen«, schmunzelte Dr. Friedbaum und steckte einen Bleistift in den Spitzerautomaten. Die Maschine gab ein leises Geräusch von sich. Caselli beobachtete ihn fasziniert.

»Stimmt es, daß Franceschini schwer krank war?«

Dr. Friedbaum nickte. »Krebs. Ein besonders tragisches Schicksal, denn eigentlich galt er schon als geheilt. Aber letzte Woche war er zu einer Nachuntersuchung in der Schweiz, und es wurde festgestellt, daß der Krebs neue Herde gebildet hatte. Franceschini war klar, daß es das Ende bedeutete.«

»Hat er Sie kontaktiert?«

»Ja, er rief mich noch am selben Abend an. Er war ziemlich niedergeschlagen.« Friedbaum prüfte befriedigt die exakt geformte Bleistiftspitze.

»Waren starke Schmerzen zu erwarten?«

Friedbaum nickte schweigend.

»Halten Sie es für möglich, daß er aus Verzweiflung oder weil er diese Schmerzen nicht ertragen wollte Selbstmord begangen hat?«

Friedbaum fuhr mit dem Bleistift auf seiner Schreibtischunterlage hin und her, immer dieselbe Linie. »Ja, das halte ich für durchaus möglich – daß Franceschini die Sache ... schnell hinter sich bringen wollte«, sagte er. »Es deutet doch auch alles darauf hin, nicht wahr? Oder gab es Einwirkungen äußerer Gewalt?«

»Nun ... es gibt ein paar Ungereimtheiten. Zum Beispiel die Zyankalikapsel – woher hatte er sie?«

»Von mir nicht«, antwortete Dr. Friedbaum ohne Umschweife.

Caselli hatte keine andere Antwort erwartet. Welcher Arzt würde sich schon selbst eines solch schwerwiegenden Verstoßes bezichtigen.

»Eine weitere Sache, die nicht ganz klar ist –«, fuhr er fort, »ist es wirklich ein Zufall, daß er seinen Wagen gerade in der Via Giulia, in der Nähe von Signor Kowalskis Wohnung parkte, wo sich gerade seine ehemalige Geliebte, Geraldine Dvorsky, aufhielt?«

Friedbaums Miene verriet nichts. Caselli wartete ab, aber der Arzt machte keine Anstalten, sein Schweigen zu brechen. Also gut, dachte Caselli. »Sie waren ja ebenfalls in der Wohnung von Signor Kowalski«, sagte er und schaute Dr. Friedbaum fest in die Augen. »Was wollten Sie denn bei den beiden?«

Diesmal zuckte Dr. Friedbaum zusammen. Er legte den Bleistift weg, schob seinen Stuhl zurück und erhob sich.

»Was heißt denn da ›den beiden‹«, echauffierte er sich, während er zum Fenster ging. »Soweit mir bekannt ist, sind die Signorina und Rudolf nicht liiert.«

»Und in welchem Verhältnis stehen Sie zu ... Rudolf?«

»Er ist mein Patient.«

Caselli ließt ihn keinen Augenblick aus den Augen.

»Signorina Dvorsky hat angedeutet, daß Ihre Beziehung nicht rein professioneller Natur ist.«

Friedbaum steckte die Hände in die Taschen seines weißen Kittels. »Wir kennen uns schon seit Jahren und haben ein sehr freundschaftliches Verhältnis«, sagte er locker. »Ab und zu gehe ich auf einen Drink zu ihm ... er hat immer ausgezeichneten Cognac im Haus«, sagte er jovial und lachte ein wenig. »Das gestaltet das Verhältnis Therapeut-Patient ungezwungener, verstehen Sie ... eine Art vertrauensbildende Maßnahme.«

Caselli spürte hinter seinem Gehabe die Nervosität. »Und Geraldine Dvorsky?«

Friedbaum lehnte sich an die Fensterbank. »Die beiden haben sich in meiner Praxis kennengelernt und angefreundet ... harmlose Sache. Obwohl ich Signorina Dvorsky einen netten jungen Mann wünschen würde, bei den ganzen Aggressionen und Sexualstörungen, die sie hat, das arme Ding.«

»Aggressionen? Sie meinen ...«

Friedbaum wiegte bedächtig den Kopf. »Nun, ich würde in Anbetracht von Signorina Dvorskys psychischer Instabilität keine Aussage über ihre Gewaltbereitschaft wagen, Commissario ... zumal sie auch noch bewußtseinsverändernde Medikamente nimmt.«

Er ließ seine Worte bedeutungsschwer im Raum hängen. Caselli ließ sie einen Moment auf sich wirken und entschied, nicht weiter auf sie einzugehen. Ihm war die herablassende Art des Psychiaters zuwider. Er wünschte sich, diesen weiß gekalkten Raum mit der schwarzledernen Corbusierliege, den exquisit gebundenen Büchern in den Stahlregalen und diesem glatten, kalt wirkenden Mann schnell verlassen zu können.

»Nun, vielleicht konzentrieren wir uns dann besser auf die greifbaren Fakten«, sagte er kühl. »Wann hat Signorina Dvorsky das Haus verlassen?«

»Das war ... gegen Mitternacht.«

Bei Franceschini war der Tod gegen halb eins eingetreten. Caselli lehnte sich auf seinem Stuhl zurück. Obwohl er die Antwort wußte, konnte er sich noch eine gewisse Frage nicht verkneifen. Er setzte seine schäfchenweiße Unschuldsmiene auf. »Und Sie? Wann sind Sie gegangen?«

Friedbaum schluckte.

»Ich ... gegen acht morgens.«

Caselli triumphierte im stillen. Dann fiel ihm noch etwas ein. »Dottore, wie war noch der Mädchenname von Signora della Torre?«

»Goldberg«, sagte Dr. Friedbaum überrascht. »Ludovica war mit Franceschinis Vater nur kurz verheiratet«, erläuterte er, »danach hat sie den Namen ihres ersten Mannes wieder angenommen, sie verwaltet seinen künstlerischen Nachlaß, er war Regisseur.

»Und die Frau Mutter der Signora, hieß sie mit Vornamen ... Anna?«

»Adele«, berichtigte der Arzt. »Ihr Bruder war übrigens der Metaphysiker Nathan Goldberg ... er ist in Kunstkreisen ein Begriff, hier in Italien. Ich kann allerdings mit dieser Art Malerei rein gar nichts anfangen«, erzählte der Arzt. »Er wurde von den Nazis deportiert, wie übrigens die ganze Familie ... Ludovica selbst hielt sich lange in irgendwelchen Kellern versteckt. Ihr Bruder ist dann im KZ umgekommen, er starb, als die Amerikaner kamen ... mit einem bis zum Oberschenkel brandigen Bein ... ein Aufseher hatte ihm bei der Zwangsarbeit im Steinbruch die Spitzhacke hineingeschlagen. Schreckliche Geschichte.« Er blickte auf die Uhr. »In zehn Minuten kommt mein nächster Patient ... ich fürchte, Sie müssen mich jetzt entschuldigen«, sagte er mit einem aufgesetzten Lächeln.

»Aber selbstverständlich«, beeilte sich Caselli einzuwerfen und stand auf. Dr. Friedbaum begleitete ihn zur Tür. »Tut mir leid, daß ich Ihnen nicht weiterhelfen konnte, Commissario. Vielleicht konnte Franceschini sich das Zyankali in der Schweiz beschaffen«, lächelte er. »Buona sera!«

Im Vorgarten der Praxis holte Caselli einen Gegenstand aus seiner Manteltasche, eine silberfarbene Pillendose. Sie war in Franceschinis Jaguar sichergestellt worden. Die Zyankalikapsel hatte sich darin befunden, das hatte das Labor eindeutig festgestellt. Caselli interessierte der Deckel. Inmitten reich verzierter Ornamentik bildeten zwei verschlungene Lettern die Initialen eines Familiennamens.

35

Caselli lief die Via dei Cappellari entlang. Achtlos gestapelte Louis-seize-Stuhlgerippe lagerten vor der Bottega des Restaurators, ein schnörkeliger Holzrahmen mit Blattgoldauflage stand abholbereit. Es roch nach Leim und Terpentin. Caselli betrat die Werkstatt, und eine altmodische Klingel über der Tür produzierte einen scheppernden Klang. Er blickte zu Boden und sah, daß seine frischgeputzten Schuhe in einer Wolke frischgehobelter Sägespäne standen. Sein Freund Tibero kam aus den hinteren Werkräumen nach vorn.

»Ja, wen haben wir denn da!« rief er. »Alessandro, come stai! Was verschlägt dich in die Gefilde eines armen Tischlers? Kann ich etwas für dich tun?« fragte er und begrüßte seinen Freund mit Handschlag.

»Ja, Tiberio, das kannst du«, antwortete Caselli, bemüht, den Holzstaub von seinen Schuhen zu klopfen. »Du verstehst doch etwas von Antiquitäten, schau dir bitte mal diese Dose an«, sagte er und holte sie aus seiner Jackentasche. Tibero nahm die kleine Dose entgegen, warf einen Blick darauf und drehte sie um. Dann ging er zu einem Werkzeugschrank, nahm eine Lupe heraus und betrachtete den winzigen Stempel.

»Englische Arbeit, Ende letzten Jahrhunderts«, sagte er und gab sie Caselli zurück. »Schönes Stück, ziemlich verkratzt, kaum mehr als 100.000 Lire wert, die gibt es oft als Satz, eine größere und eine kleine. Gehört sie zu einem Fall?«

»Ja«, antwortete Caselli. »Ich nehme an, man kann heutzutage so eine Dose überall kaufen, oder?«

»Ja, in jedem mittelprächtigen Antiquitätenladen. Bringt dich nicht weiter, was?« fügte er hinzu. Caselli lachte.

»War eh nur ein Vorwand, um mal wieder bei dir vorbeizuschauen, Tibero«, sagte er. »Grüß Giuseppina von mir, ja?« Er wandte sich zum Gehen.

»Kommst du heute abend in die Trattoria? Du warst lange nicht mehr da. Alles in Ordnung mit dir?« fragte Tibero.

»Ich habe im Moment ziemlich viel um die Ohren«, antwortete Caselli zögernd. »Wie geht's eigentlich Fulvio?« setzte er dann hinzu.

»Wenn sein Rotschopf ihn aus den Fängen läßt, taucht er hin und wieder mal bei uns auf«, antwortete der Restaurator. »Du willst erst den Mord an seinem

Sohn aufklären, vorher möchtest du ihm nicht begegnen, stimmt's?«

Caselli überlegte, ob es Sinn machte zu widersprechen, aber Tibero hatte mit dem gesunden Menschenverstand eines römischen Handwerkers den Nagel auf den Kopf getroffen.

»Dir kann man auch nichts vormachen, was?« sagte er und klopfte seinem Freund auf die Schulter. Tibero lächelte verlegen.

»Unter Freunden ...«, meinte er und setzte hinzu: »Kommst du voran?« Doch die metallene Glocke über der Tür schepperte, und Caselli war bereits auf der Straße.

36

Das Opernhaus San Carlo di Napoli leuchtete in strahlendem Glanz. Kugelförmig geschnittene Buchsbäumchen flankierten den Aufgang. Flache Öllichter flackerten am Rand des roten Teppichs auf den Stufen zum Foyer. Eine Limousine hielt, der Chauffeur stieg aus und öffnete einem Paar in Abendgarderobe die Wagentür, Gala-Abend-Publikum. Nach der Oper war ein illustrer Kreis von Gästen zu Ranconis Geburtstagsfeier ins renommierte Grand Hotel Vesuvio geladen.

Geraldine lief den Aufgang hinauf, ihre Karte krampfhaft in der Hand. Richard hatte ihr beim Hotelportier ein Kuvert hinterlegt. Am Eingang verteilten Hostessen winzige Blumenbouquets aus weißen Blüten an die Damen. Sie gab an der Garderobe ihren Mantel ab, kaufte das Programmheft und suchte ihren Platz.

Die Brüstungen der Logen schmückten weiße Nelken, Gardenien und Jasminranken. Im Parkett herrschte reges Stimmengewirr, man sah Pelze und Operngläser. Der Orchestergraben füllte sich, die Lichter wurden gedimmt.

»Schreckliche Sache ... mit dem Dirigenten«, zischelte die ältere Dame neben Geraldine ihrer lilafrisierten Freundin mit Nerzcape zu und wedelte wissend mit ihrem Elfenbeinfächer. »Er hat sich umgebracht, ich kannte ihn aus der Philharmonie ... immer wunderbar!« meinte sie, hatte sich mit dem Geflüster überanstrengt und kramte in ihrem Abendtäschchen nach einem Bonbon. »Ach, halten Sie doch bitte mal«, forderte sie Geraldine auf, die mechanisch den Fächer entgegennahm. »Grazie, cara«, sagte die ältere Dame und wickelte einen Eukalyptusbonbon aus.

Der Dramaturg trat vor den Vorhang aus schwerem rotem Samt mit Goldbroderie.

»Sie haben sicher aus der Presse von dem schrecklichen Unglücksfall erfahren. Maestro Franceschini ist aus dem Leben geschieden. Wir sind alle betroffen und untröstlich über diesen schweren Verlust. Maestro Gavazzeni ist eingesprungen, so daß der Gala-Abend dennoch stattfinden kann. Herzlichen Dank, Maestro! Ein herzliches Dankeschön.« Es wurde applaudiert. Der Dirigent verbeugte sich im Spotlicht eines Scheinwerfers. Der Applaus verstummte. Er gab den Einsatz zur Ouvertüre, der prachtvolle wappenbestickte Vorhang hob sich zum ersten Akt.

Alyra brillierte in der Partie der intriganten Prinzessin Eboli. Ihr Kostüm mit Halskrause und perlenbestickter Haube stand ihr ausgezeichnet. Gefesselt verfolgte Geraldine, wie sie im zweiten Akt, zutiefst gedemütigt durch die Zurückweisung durch den spanischen Infanten im Park, tobte und Rache schwor. Ihr Furor füllte die ganze Bühne. Geraldine mußte daran denken, wie beeindruckt sie an jenem Abend bei ›Fabrizio‹ von Alyra gewesen war. Ihre geheimnisvolle Art hatte sie fasziniert. Und obwohl sie sie mittlerweile schon etwas kannte, hatte sie oft noch das Gefühl, eine völlig Fremde vor sich zu haben, wenn sie in ihre dunklen Augen blickte.

In der Pause nach dem zweiten Akt strömte alles zum Getränkebüfett. Geraldine blieb sitzen und drehte geistesabwesend das kleine Bouquet in den Händen. Sie ahnte nicht, daß sie beobachtet wurde. Aus einer Loge im ersten Rang blickte ein Mann ins Parkett. Er strich sich nervös durch seine dunklen welligen Haare, als er sie im meerblauen schulterfreien Abendkleid allein zwischen den leeren Bankreihen entdeckte. Jemand sprach sie an. Der Mann erkannte den Commissario und lachte sarkastisch auf. Es würde ein interessanter Abend werden.

»Commissario, ich bin ... Guten Abend.« Geraldine reichte Caselli die Hand. »Sie interessieren sich für Oper? Oder ist es dienstlich?«

»Beides«, lächelte Caselli. »Und Sie?«

»Ich bin mit ... König Philipp, also ich meine, mit Richard ... mit Herrn McFairshield hier«, antwortete sie.

»Wo sitzen Sie denn?«

»Ein paar Reihen hinter Ihnen.«

»Wie steht es mit Ihren Ermittlungen?«

»Ich habe mit Dr. Friedbaum gesprochen«, antwortete Caselli. »Er bestätigt Ihre Angaben. Das Rätsel um die Via Giulia ist auch gelöst, Signor Franceschini hatte seinen Wagen dort wohl geparkt, weil er einen Nachtclub in der Nähe der Piazza Farnese aufsuchen wollte ... mit Signor McFairshield«, sagte Caselli und schob sich zwei Finger zwischen Hals und Hemd, um den Kragen etwas zu lockern. »Aber das wissen Sie ja dann bestimmt schon.«

Geraldine erinnerte sich tatsächlich nur zu gut an den Abend, an dem Richard ihr gestanden hatte, sich in jener Nacht mit David in der Via Giulia getroffen zu haben. Sie schämte sich inzwischen, daß sie Caselli von Richards Altersvorsorge erzählt hatte. Nach ihrer ersten Aufregung war sie in sich gegangen und hatte sich eingestehen müssen, daß sie Richard mehr Vertrauen und Loyalität hätte entgegenbringen müssen. Von ihrer Auseinandersetzung im Badezimmer war ein kleiner, kalter Stachel geblieben.

Caselli ließ sich nicht davon beirren, daß Geraldine sich mehr für ihr Programmheft zu interessieren schien als für seine Anwesenheit. »Und es gibt einen neuen Anhaltspunkt.«

»So?« fragte Geraldine blätternd.

»Signora Kowalski hatte ein Verhältnis mit dem Dirigenten.«

»Rodolfo ist verheiratet?« Ihr Kopf fuhr hoch.

»Wußten Sie das nicht?« fragte Caselli, der ihr diese offene Bestürzung nicht so recht abnahm.

»Mit wem?« fragte Geraldine knapp.

»Mit einer Sängerin, einer Altistin ...«, begann Caselli. »Sie tritt unter ihrem Mädchennamen auf: Alyra Ali-Zade.«

Geraldine starrte ihn an, dann lachte sie nervös auf. Caselli sah verwundert, wie bleich sie unter ihrem Make-up geworden war.

»Und sie war Davids Geliebte?« Caselli nickte.

»Ich muß etwas trinken, Commissario, begleiten Sie mich zur Bar?«

»Ich entnehme Ihrer Reaktion, daß Sie nicht wußten, daß Signora Ali-Zade mit Signor Kowalski verheiratet ist und sie die Geliebte Franceschinis war«, folgerte Caselli, als sie sich durch die Menschenmenge im Foyer drängten. Sie nickte, ging kerzengerade und machte einen abwesenden Eindruck.

Beide Nachrichten auf einmal sind wohl zuviel, dachte Caselli. Geraldine bestellte sich ein Glas Sekt.

»Was möchten Sie, Commissario?« Geraldine kramte in ihrer Handtasche nach Lirescheinen.

»Einen Kaffee, bitte«, rief Caselli dem Kellner hinter dem Tresen zu. »Erlauben Sie mir, daß ich Sie einlade ... das geht auf Staatskosten«, sagte er und lächelte zuvorkommend.

»Danke«, sagte sie kurz.

»Sie haben Signora Ali-Zade durch Ihre Kontakte zur Oper kennengelernt, nehme ich an«, setzte Caselli seine Überlegungen fort.

»Ja, durch einen gemeinsamen Freund, Jean Dubois«, erklärte Geraldine. »Und sie singt in der laufenden Spielzeit in zwei Produktionen mit Richard zusammen, dadurch sind die Kontakte enger geworden.«

»Und Sie wußten nicht das geringste von ihrem Verhältnis mit David Franceschini?«

Geraldine schüttelte den Kopf, und Caselli wußte ihren Blick nicht zu deuten. Bevor er noch etwas sagen konnte, stellte sie brüsk ihr Glas ab und drängte sich grußlos durch die Menge gutgelaunter Opernbesucher.

Als Caselli Geraldine Dvorsky auf ihren Platz zurückkehren sah, dimmte sich bereits die Beleuchtung. Er beobachtete, wie sich die zwei älteren Damen pikiert erhoben, als Geraldine sie bat aufzustehen. Die Lichter gingen aus. Richard McFairshield hatte seine große Arie. Caselli ließ sich von seiner warmen, tiefklagenden Stimme, die den ganzen Opernsaal erfüllte, wegtragen. Er war ganz ergriffen von der Stimmgewalt und der tragischen Präsenz des alternden Königs Philipp, der in seiner zellenartigen Kammer saß, ein von Eifersucht und Einsamkeit gequälter Mann, der den Verrat der Menschen wittert, denen er vertraut hat. Was für eine Ironie des Schicksals, daß gerade Richard McFairshield diese Figur verkörpert, dachte Caselli. Kein Wunder, daß er seine ganze Seele in diese Arie zu legen schien. Caselli zupfte sein Einstecktuch heraus und betupfte sich verstohlen die Augen.

Es folgte das Duett mit dem Großinquisitor, dann das Duett mit Elisabeth und schließlich das Quartett. Dann traten alle vor den Vorhang, die Sänger, Gavazzeni, und Ranconi. Das Publikum applaudierte über zwanzig Minuten.

Geraldine saß reglos in der Menge und versuchte, das Chaos in ihrem Kopf zu ordnen. Der letzte Vorhang fiel. Alles drängte nach draußen. Sie ging nicht hinter die Bühne. Sie wollte weder Alyra noch dem Commissario begegnen.

Die Nachtluft war kalt. Es würde dreißig Minuten dauern, bis McFairshield sich umgezogen hatte. Geraldine lief eine Seitenstraße entlang, blickte in hell erleuchtete Auslagen teurer Boutiquen. Aus dem Bühnenausgang kam ein Paar. Geraldine erkannte Kowalskis Stimme und Alyras silbernes Lachen und trat hinter eine Telefonzelle.

›Was für ein dummer Zufall‹, dachte sie. ›Tutto il mondo è paese. Warum nur mußten sich diese alten Lebensweisheiten immer so frappierend bewahrheiten.‹ Sie überquerte die Straße. Richard kam aus dem Bühnenausgang. Er trug Tennisschuhe und hatte seine Notentasche über der Schulter. »Warum wartest du hier in der Kälte?« sagte er und hakte sich bei ihr unter. »Ich stehe da drüben ... Gavazzeni hat gehetzt wie der Teufel, hast du das gemerkt? Fast hätte er das ganze Quartett geschmissen, damned. Ist aber trotzdem gut gelaufen, nicht? Hat dir das *Ella giammai m'amò* ... gefallen?«

Richard zupfte Geraldine sorgsam den Schal ein wenig höher, damit sie nicht fror. Geraldine schwieg und zog den Mantel enger um sich zusammen. Die Vorstellung war grandios gewesen. Ranconi hatte seinem Ruf alle Ehre gemacht, und Richard war als König Philipp mit ergreifender Würde und Tragik aufgetreten.

»Es war wunderbar ... du hast es doch nicht etwa für mich gesungen«, scherzte Geraldine matt.

»Würde es denn zutreffen?« meinte McFairshield plötzlich aufrichtig bekümmert und suchte verzweifelt seine Autoschlüssel. Geraldine hielt seine Tasche und wartete. »Irgendwo sind sie schon«, sagte sie und machte keine Anstalten, ihm zu helfen.

»Wo findet die Party denn statt?«

»Im Grand Hotel«, sagte Richard und steuerte seinen Wagen durch das nächtliche Chaos Neapels.

»Da wohnen wir ja!« sagte sie.

»Praktisch, nicht? I can drink a bottle of whisky und dann wie ein Toter ins Bett fallen und schnarchen«, grinste er. Geraldine lachte kurz auf. Eigentlich hatte sie schon genug Tote gehabt in der letzten Zeit.

Kellner boten Sekt und Häppchen an. McFairshield wurde angesprochen, man gratulierte ihm. Geraldine sah Alyra an einem der langen, mit weißen Tischtüchern gedeckten Büfettische. Sie trug einen mehr als gewagten knallroten Hosenanzug mit ebenso roten Stöckelschuhen, ihr langes braunes Haar hatte sie zu einer kunstvollen Hochfrisur zusammengesteckt, die ihre orientalischen Gesichtszüge reizvoll zur Geltung brachte. Bei ihr stand Kowalski. Alyra machte ein unglückliches Gesicht. Sie zeigte auf das Büfett, und Geraldine hörte sie laut jammern: »Ich habe so eine Hunger, Schatz, aber was soll ich hier essen. Ich bin doch Vegetarier. Ich esse weder Fisch noch Fleisch«, sie deutete auf Lachs im Teigmantel und Roastbeefscheiben. »Rodolfo, Schatz ... und? Gibt es auf diese ganze Büfett keine Salatblatt oder Tomate!«

Kowalski sah sich suchend um. Geraldine kreuzte seinen Blick. Seine Augen waren undurchsichtig, er legte den Finger auf den Mund und ging an ihr vorbei in Richtung Küche. Geraldine entdeckte Richard in der Menge und drängte sich zu ihm durch. Er zog sie stürmisch an sich.

»Aha! ... Da ist sie ja! Meine Freundin!« rief er stolz. Sie schüttelte Hände und lächelte.

»Buona sera«, sagte Caselli.

»Sie sind auch hier?« Geraldine war überrascht. »Entschuldigen Sie bitte wegen vorhin«, setzte sie hinzu. Er lächelte nachsichtig, und seine Augen ruhten auf Richard.

»Guten Abend, Maestro«, rief McFairshield überschwenglich, kippte seinen Whisky und stellte das Glas auf das Tablett eines Kellners. Gavazzeni war gerade hereingetreten. Er begrüßte den Sänger mit Handschlag.

»Bißchen schleppend, das *Giammai*, hm? Gar so greis ist der gute Filippo nun auch wieder nicht, mein Bester ...«, lächelte er. »Man sollte die Interpretation nicht zu realistisch ansetzen, oder liegt das etwa am Regiekonzept?« fügte er hinzu, dann lachte er und klopfte McFairshield kameradschaftlich auf die Schulter. »Nichts für ungut, mein Bester ... Kompliment!« Richards Gesichtsausdruck verriet, was er über ihn dachte. Kowalski nickte dem Commissario zu. Geraldine nahm all ihren Mut zusammen und ging zu Alyra, die sie beim Flügel entdeckt hatte.

»Hallo, Alyra«, sagte sie.

»Geraldine, mein Schatz!« Alyra streckte die Arme aus, zog sie an sich und küßte sie. »Wie geht es dir?«

»Gut, danke«, sagte Geraldine. »Reizend, dein Gemahl«, setzte sie hinzu. Alyra überhörte es.

»Geraldine ... Was ist das für eine furchtbare Party«, nörgelte sie, und ihre dunklen Mandelaugen blitzten. »Nirgends man kann hinsetzen, mir tun die Füße weh.«

»Hm, verstehe ich ...«, sagte Geraldine mit einem Blick auf ihre hohen Stilettoabsätze. Sie streckte mit einer theatralischen Geste beide Arme nach Kowalski aus, der nun wieder zu ihr trat. »Tesoro mio ... ich sterbe von Hunger!«

»Die Hotelküche bereitet dir etwas zu. Gleich bekommst du ein Omelett und ein paar Gurken, Schatz«, beschwichtigte er sie.

Jetzt, wo ihr diese Sorge abgenommen war, faßte Alyra Geraldine näher ins Auge. »Toll siehst du aus heute abend, Geraldine, findest Du nicht auch, Rodolfo?« meinte sie und betrachtete Geraldines Kleid. » ... das ist ja prachtvoll ... wo hast du das bloß her?«

»Aus Paris.«

»Paris?« fragte Alyra mißmutig.

»Dior?« Kowalski setzte eine Kennermiene auf. »Und ich Arme muß meine ganze Geld für mittellose Mann opfern«, bemerkte Alyra bissig. »Hol mir wenigstens noch eine Sekt, Rodolfo!« Kowalski verschwand.

Alyra widmete Geraldine ein gequältes Lächeln. »Ach, und wenn ich nicht vor Hunger sterbe, bringen mich sicher meine Schuhe um! Keine Schritt kann ich mehr tun! Wie die Seejungfrau auf die Messer! Aber was tun wir Frauen nicht alles, um sexy auszusehen?« Sie zwinkerte Geraldine verschwörerisch zu.

»Du siehst auch so sexy aus«, sagte Geraldine. Im selben Moment hätte sie sich dafür ohrfeigen können. Schließlich hatte sie hier die Frau vor sich, die ihre Nachfolge bei David angetreten hatte, ihre Rivalin. Alyra lächelte geschmeichelt, und Geraldine holte tief Luft.

»Ist Franceschinis Tod schlimm für dich?« Die Worte kamen sehr schnell aus ihrem Mund. Alyra sah sie mißtrauisch an.

»Er hat mir gefördert«, wich sie aus. In diesem Moment trat Caselli zu den beiden Frauen.

»Ich störe ungern, aber darf ich Ihnen, Signora Ali-Zade, ein paar Fragen stellen?«

Alyra riß erschrocken ihre langbewimperten schwarzen Augen auf.

»Aber, Signore, warum denn?«

Caselli versank fast in diesen tiefen, dunklen Seen. »Keine Angst, Signora«, stotterte er, »reine Routine. Wenn Sie wüßten, wo wir ein paar Minuten allein sein könnten?«

Alyra warf ihm einen koketten Blick zu, der Caselli bis unter die Haarwurzeln erröten ließ. Sie seufzte und ging, die in feuerroten Satin gehüllten Hüften schwenkend, voran. Caselli folgte ihr und bemühte sich, den Blick nicht wie hypnotisiert auf die Bewegung ihrer femininen Kurven zu heften.

In Alyras Hotelzimmer setzte sich Caselli auf den Stuhl vor dem Schreibsekretär. Alyra streifte mit einem Seufzer der Erleichterung ihre Pumps ab und drapierte sich malerisch auf dem Bett.

»Nun, Commissario …«, sagte sie lächelnd und strich ihr Haar zurück.

»Ich hätte da ein paar Fragen an Sie, Signora ...«, sagte Caselli betont sachlich. Sie ist eine Schönheit, dachte er. So habe ich mir immer die Prinzessin aus Tausendundeiner Nacht vorgestellt. »Sie sprechen und verstehen Italienisch?«

»Usbekisch mit Brüder und Familie, Italienisch mit Geliebter«, sagte Alyra und blickte ihn herausfordernd an.

»Ihr Mann, Kowalski, stammt aus Italien?«

»Aber nein, meine Mann spricht Deutsch.« Auf Casellis verständnislosen Blick fuhr sie fort, ohne seine Frage abzuwarten: »Vater von ihm war deutsch, bei Militär. Meine Mann spricht auch Arabisch, war in Marokko in Schule und später, als junge Mann.«

»Eine ... fremdartig anmutende Verbindung«, sagte Caselli.

»Ja«, sagte Alyra und sah ihn mit ihrem rätselhaften Lächeln unverwandt an. »Wir haben wenig ähnlich. Manchemal wir sprechen über Wüste und Sterne, weiß viel von Sterne. In Samarkand, wo ich bin geboren, Wüste ist nicht weit. Kysylkum, dort, wo große See austrocknet. Erst kommt viele flache Land, Tiefland von Turan mit Amurdarja-Fluß. Wächst dort Wermut und Akazien und man sieht Hissar-Alai-Berge. Meine Mutter ist echte Taratarin, zu Vierviertels. Wir oft gingen auf Markt, da waren viele Nationalitäten, sind so viele Völker um Usbekistan herum. Sie wußte genau, bei wem sie kaufte, welche Sache. Kirgisen haben feineste Wolle. Seide sie hat gekauft nur bei der Persern. Safran, Kardamon und Pfeffer bei Tadschiken. Als Kind ich habe gesprochen die alte asiatische Sprachen mit der andere Kinder bei Spiel, in Schule Russisch, Tartarisch mit Mutter. Jetzt ich habe ganz leicht gelernt Italienisch für Opera.«

Caselli war von ihrer säuselnden Stimme und den exotischen Bildern, die sie heraufbeschwor, wie gebannt. Er brauchte einen Moment, um sich in die Realität zurückzuholen.

»Hm, interessant. Und ... der italienische Geliebte, den Sie gerade erwähnten, war ... David Franceschini?«

Zu Casellis Schrecken verwandelte sich die lächelnde Alyra blitzschnell in ein Bild herzzerreißenden Kummers. Die dunklen Augen schwammen auf einmal in Tränen. Eilig zog Caselli ein Papiertaschentuch aus der Tasche und reichte es ihr, sie riß es ihm beinah aus der Hand.

»Es wäre alles so wunderschön geworden ...«, schluchzte sie. »Wir haben uns wirklich geliebt, der Maestro und ich. Er hätte sich scheiden gelassen ... für mich, wissen Sie!« sagte sie weinerlich und hob den Kopf, um dem Commissario aus ihren mandelförmigen Augen einen herzzerreißenden Blick zuzuwerfen. »Ich habe wirklich genug von Rodolfo. Ich zahle seit Jahre. Meine Cachets sind auch nicht so hoch, wissen Sie? Ich arbeite, und er tut nichts, nichts ... schlimmer als in Orient ... er liebt nicht mal mit mir, weil er homosexuell ist!«

Caselli zog eine Augenbraue hoch und sog die Luft etwas schneller durch die Nase, doch hütete er sich, die junge Frau zu unterbrechen, jetzt wo sie angefangen hatte, ihm ihr Herz auszuschütten.

»Es gibt da diese Vertrag. Als ich kam aus Usbekistan, ich erhielt kein Aufenthaltsschein. Meine Vater hat arrangiert ... über befreundete westliche Arzt, Onkel von ihm ist Nervenarzt in Rom ... sie haben mir italienische Ehemann besorgt. Rodolfo hat mir geheiratet, und ich bezahle seine Unterhalt. Er kann keine Geld verdienen, ist krank ... er hat kranke Seele. Mein Vater hat getan am Anfang, meine Familie ist eine der wohlhabendste in Samarkand. Vor eine Jahr meine Vater starb an Herzanfall. Er wollte nur mein Bestes ... er hat meine Karriere unterstützt. Ich hatte immer schöne Stimme und habe schon als Kind gesungen vor viele Leute. Ich habe ihm gesagt, ich will scheiden lassen, weil Rodolfo nicht richtige Mann ist, aber meine Vater wollte nichts davon hören. Ich lernte Maestro kennen und wir verliebten. Es war wie eine Märchen. Ich habe Rodolfo gesagt, daß ich ihm verlassen werde.«

»Und wie hat er reagiert?« schaltete sich Caselli ein.

»Hat Nerven verloren ... und mir geschlagt«, jammerte Alyra. »Aus Angst ... er hat keiner Existenz ohne mich ... aber ich will nicht mehr ...«, sagte sie trotzig. »Ich will ihm nicht mehr ... und nicht mehr zahlen. Ich habe ihn gesagt, er soll verschwinden und nie mehr blikken lassen.«

Caselli reichte ihr mit fahrigen Fingern ein weiteres Papiertaschentuch.

»Sie sind Muslimin, und Ihr Mann ist Katholik?« Sie nickte erstaunt. »Er ist streng gläubig?«

Alyra lachte hell auf. »Glaubt an Geld und seine Gott, der Psychiater, ja.«

Caselli sah für eine Sekunde Friedbaum vor sich, wie er selbstzufrieden die Spitze seines Bleistifts prüfte, und hörte Geraldine Dvorskys Stimme: ›Ich glaube, daß er das Gift von Friedbaum hatte.‹ Dann hatte er eine sekundenlange Vision der erschöpften Geraldine in seinem Büro, totenbleich und mit verlaufener Maskara. Bevor er in die Gegenwart zurückkehrte, schoß ihm blitzartig durch den Kopf, ob Friedbaum wohl auch der jungen Geigerin Medikamente verschrieb.

»Signora Ali-Zade«, wandte er sich erneut an die Sängerin, »der Inspizient des Opernhauses in Florenz hat zu Protokoll gegeben, daß es am Tag des Todes von Signor Franceschini zu einem Streit zwischen Ihnen und Signor McFairshield gekommen sei. Stimmt das?«

Alyra schien nicht überrascht.

»Ja«, murmelte sie.

»Es ging bei diesem Streit um Franceschini und Signorina Dvorsky?«

Sie nickte beinah trotzig. Dann brach es wie ein Wasserfall aus ihr heraus. »Sie hat angeruft, weil sie geht Essen mit David. Richard sollte denken, sie schlechte Gesundheit hat. Verstehen Sie, Signor Commissario ...! Sie wollte zurückgehen zu Franceschini! Ich weiß, daß er probiert, sie wiederhaben, aber sollte mich heiraten, mich! Hören Sie! Wir haben uns geliebt!«

Sie blickte Caselli so wild an, daß er auf seinem Stuhl unwillkürlich ein wenig zurückrutschte. Einzelne Haarsträhnen hatten sich aus ihrer kunstvollen Frisur gelöst und standen in wirren Locken von ihrem Kopf ab, so daß sie ihm wie das leibhaftige Bild der Medusa erschien. Caselli schluckte und versuchte, einen stoischen Gesichtsausdruck zu wahren.

»Etwas würde mich doch interessieren, Signora«, wandte er sich noch einmal an Alyra, »warum hat Signorina Dvorsky gerade Sie angerufen und Sie gebeten, ihrem Freund eine Nachricht auszurichten, die nicht der Wahrheit entsprach? Sind Sie eng befreundet?«

Alyra starrte ihn an. »Ich weiß nicht ... sehen uns manchmal und plaudern.«

»Und Sie haben sie gefragt, aus welchem Grund sie sich mit Franceschini treffen wollte?«

Alyra wedelte energisch mit der Hand. »Nein, nein, gar nicht! Gar nicht gesprochen haben wir! Jean hat mir angeruft!«

Caselli notierte sich das und holte dann zum letzten

Schlag aus. »Haben Sie Franceschini aus Eifersucht getötet?«

Alyra wurde unter dem goldenen Bronzeton ihrer Haut blaß.

»Neinneinneinneinnein!« schrie sie und rang die Hände. »Richard muß gewesen sein! ›Das kommt alles nur, weil du nix tust, du … du erbärmliche, langeweiliges … britisches Baß!‹ ich habe zu ihm gesagt, und er hat große, große Wut, daß David ihm Geraldine wieder wegnehmt! Große Wut, und nächste Tag ist David tot! Ach, ich hätte nicht sagen sollen!« Sie sank in sich zusammen und starrte trübselig vor sich hin.

»Warum haben Sie nicht sofort nach dem Tod des Dirigenten die Polizei von diesem Vorfall benachrichtigt?« Alyra schwieg. Casellis Stimme nahm eine ungewohnte Schärfe an. »Weil Sie sich sicher sein konnten, daß der Inspizient das schon übernehmen würde, und Sie sich genau überlegen, wo Sie in Erscheinung treten und wo sie anderen Leuten die schmutzige Arbeit überlassen?«

Alyra starrte ihn jetzt so haßerfüllt an, daß er erschrak. Vielleicht war er einen Schritt zu weit gegangen. In diesem Moment riß jemand heftig die Hotelzimmertür auf.

»Ah, Signor Kowalski«, sagte Caselli und richtete sich auf. »Sie suchen Ihre Frau, nicht wahr? Kommen Sie nur … wir sind schon fertig.«

Caselli hatte es eilig, zurück in den Saal zu kommen. Er mußte Signorina Dvorsky finden. ›Es gibt keine falschen Antworten, es gibt nur die falschen Fragen‹, dachte er. Er hoffte, die richtige Frage endlich gefunden zu haben.

37

»Es tut mir leid, wenn ich Sie so früh stören muß, Signor Kowalski.«

»Das macht nichts, kommen Sie nur herein ... Commissario«, sagte Kowalski und klemmte die eben erstandene Tageszeitung unter den Arm, um seine Wohnungstür aufzuschließen. »Wie Sie sehen, wecken Sie mich ja nicht aus dem Tiefschlaf ...«, fügte er hinzu und hielt eine Tüte mit Cornetti hoch. »Setzen Sie sich, ich werfe nur schnell die Espressomaschine an.«

Caselli sah sich eine Weile um, dann ging er zu Kowalski in die Küche.

»Schön haben Sie es hier«, sagte er. »Diese hohen Fenster und der Blick auf die Via Giulia. Eine ausgezeichnete Wohnlage.«

»Ich habe das Apartment von meinem Großvater geerbt«, antwortete Kowalski. »Es interessiert Sie doch, wieso ich mir so eine Wohnung leisten kann«, fügte er hinzu. »Bedienen Sie sich, wenn Sie möchten«, er deutete auf die Espressomaschine. »Die Tassen sind da drüben«, sagte er und biß in ein Hörnchen.

»Sehr freundlich, aber ich habe gerade gefrühstückt«, lehnte Caselli ab. Ein Tablett mit arabischen Teegläsern stach ihm ins Auge. »Sie und Ihre Frau sind richtige Kosmopoliten, nicht?« tastete er sich vor.

»Sie wissen ja schon von Ihrer letzten Visite hier bei mir, daß ich lange in Marokko gelebt habe«, antwortete Kowalski. »Und meine Frau stammt aus Usbekistan.«

»Ihr Vater war Deutscher?«

Kowalski nickte. Er lehnte an der Anrichte und trank zügig seine Espressotasse leer. »Worauf wollen Sie hinaus?« fragte er direkt.

»Warum erzählen Sie mir nicht ein wenig von sich«, fuhr Caselli fort.

»Was wollen Sie denn hören?« sagte Kowalski und ging voraus. »Kommen Sie, gehen wir in den Salon.«

»Nun, sehen Sie, Signor Kowalski ...«, sagte Caselli und sackte in die tiefen Polster. Er versuchte, sich etwas respektierlicher hinzusetzen und schlug die Beine übereinander. »Die beiden Mordfälle sind ja ... nun sagen wir mal, noch recht weit von einer Aufklärung entfernt«, begann er. »Was Maestro Franceschini betrifft, deutet zwar einiges auf Selbstmord hin, aber es sind noch zu viele Fragen offen. Im Mordfall an dem Kritiker Stronchetti bin ich anhand einer Reihe von Indizien zu einer durchaus schlüssigen Theorie gelangt. Die Beweislage macht es allerdings so gut wie unmöglich, den in die Angelegenheit verwickelten Personen ... etwas nachzuweisen – bisher jedenfalls. Ich bin zwar ziemlich sicher zu wissen, was vorgefallen ist, doch wenn wir Pech haben, werden die Ermittlungen mangels Beweisen versanden, und die Akte wandert auf einen Stapel unaufgeklärter Mordfälle und verstaubt. Aber ich habe den Fall so gut wie aufgeklärt ... privat sozusagen, oder vielmehr, weil meine Aufgabe im Staatsdienst und meine Berufsehre ... es mir abverlangen .... ein paar Mosaikstückchen fehlen mir allerdings noch.«

»Ihre Ehre?« fragte Kowalski nach und lächelte. »Das Wort habe ich lange nicht mehr gehört«, sinnierte er. Er setzte sich Caselli gegenüber und legte seinen Arm locker über die Couchlehne.

»Ich nehme an, Sie denken dabei in erster Linie an Ihren Herrn Vater, nicht wahr?« ging Caselli auf ihn ein. »Er war beim Militär, nicht?«

»Mein Vater diente in der Armee König Hassans des Zweiten in Marokko«, begann Kowalski. »Er war Offizier bei der deutschen Luftwaffe, aber ein interner Vorfall setzte seiner Karriere ein Ende. Er mußte gehen, und Marokko suchte gerade Ausbilder. Meine Mutter hat er auf einer Reise kennengelernt, sie war Ärztin. Sie begleitete ihn nach Marokko. Als ich acht war, ging sie zurück nach Italien. Wir haben hier bei meinem Großvater gewohnt ... Platz genug hatte er ja ... sie starb, als ich siebzehn war. Ich ging zurück nach Marokko. Mein Vater hat sich gefreut mich zu sehen, der Kontakt war nie ganz abgerissen; mittlerweile hatte er es zum General gebracht. Die marokkanische Armee war damals in den Saharakrieg verwickelt. Es ging um die Polisario-Front. Ich weiß nicht, ob Sie schon einmal davon gehört haben ...«, fragte Kowalski.

Casellis Gesichtsausdruck war eindeutig.

»Das war der Name der Volksfront für die Befreiung von Saqiya al-Hamra und Río de Oro. Sie hatten die Kolonie Spanisch-Sahara zurückerobert, aber 1975 erhob Marokko Anspruch auf das Gebiet. 1976 rief die Polisario die Demokratische Arabische Republik Sahara, DARS, aus. Sie beanspruchte die Regierungsgewalt des Staates, der 1979 von Marokko annektiert wurde, und führte Guerillakämpfe gegen Marokko. Mein Vater sollte diese Kämpfe zurückschlagen. Bei der Gelegenheit hatte er ein paar von ihnen erschießen lassen, es waren Beduinen. Der Rest klingt ziemlich abenteuerlich«, sagte Kowalski und strich sich durch seine welligen Haare.

»Mein Vater und ich wurden aufgegriffen. Sie haben uns in ihr Zeltlager verschleppt und ... massakriert. Mein Vater wurde gefesselt und mußte zusehen, was sie mit mir machten.« Kowalski blickte Caselli angestrengt an, dann lächelte er. »Ich werde Ihnen die Details ersparen ... sie übersteigen den Rahmen Ihrer Mosaiksteinchen.«

Caselli räusperte sich.

»Um es kurz zu machen: Sie haben meinen Vater ermordet. Mich ließen sie in der Wüste liegen«, sagte Kowalski. »Irgendwann kam eine Karawane vorbei. Das nächste, was ich weiß, ist, daß ich im Haus eines Geschäftsmannes in Agadir aufwachte. Ich konnte mich an nichts erinnern, aber das änderte sich schnell, und ich erinnerte mich nur zu gut an alles, was vorgefallen war. Ich blieb ungefähr ein Jahr bei Mohadir und seiner Familie, ich werde ihm nie vergessen, was er für mich getan hat«, sagte Kowalski und drehte den Elfenbeinring an seiner Hand. »Mein Großvater starb bald nach meiner Rükkehr. Ich schrieb mich an der Universität ein, doch war es mir nicht möglich, etwas aufzunehmen und Kontakte zu Kommilitonen zu haben. Ich merkte, daß mit mir etwas nicht stimmte und suchte einen Therapeuten auf ... das war dann Dr. Friedbaum. Den Rest überspringe ich«, sagte Kowalski und lächelte gezwungen. »Er tut nichts zur Sache ... meine Frau habe ich übrigens ihm zu verdanken«, sagte er ironisch. »Sie suchte jemand, der ihr ermöglichte, die italienische Staatsbürgerschaft zu erwerben.« Caselli nickte.

»Ja, Signora Ali-Zade hat mir die Geschichte erzählt.«

»Nun ja ...«, fuhr Kowalski fort. »Alyra stammt aus einer der reichsten Familien in Samarkand. Heinz regelte das Ganze. Alyra ist auf dem Papier meine Frau, singt in Europa mit italienischem Paß, und ich hebe monatlich eine gewisse Summe von meinem Bankkonto ab. Alles lief einwandfrei, bis vor ein paar Monaten. Zur gleichen Zeit erlag ihr Vater einem Infarkt, und ihre Brüder drehten den Geldhahn zu. Sie muß mich nun von ihren Cachets bezahlen, und das paßt ihr nicht.«

»Wußte Ihre Frau von Ihrer Freundschaft mit Signorina Dvorsky und war ihr bekannt, daß sie sich hin und wieder sahen? Sie war ja selbst mit ihr befreundet, die Signorina hat ihr sicher vertraut.«

Caselli legte eine Pause ein und sah Kowalski abwartend an. Der runzelte die Stirn. »Vertraut? Na, ich weiß nicht, ob Alyra die Person ist, zu der man so schnell Vertrauen faßt ... Geraldine schien von ihr fasziniert. Ich glaube, sie sind ab und an mal zusammen essen gegangen. Allerdings wäre es Alyra auch ziemlich gleichgültig gewesen, wenn sie von Geraldine und mir erfahren hätte, sie weiß nur zu gut, daß ich mit Frauen nichts anfangen kann, sexuell ... meine ich«, erläuterte er.

»Und welches Verhältnis hatte Alyra zu Richard McFairshield?«

»Nun, er kam ihr bei ihren Plänen gerade recht. Sie hat schon öfter mit ihm zusammengearbeitet, aber soweit ich weiß, war nie was zwischen ihnen. McFairshield ist nicht Alyras Typ – viel zu weich. Ich kenne Richard, wir waren ein paarmal essen, während der Proben zur ›Don Carlos‹-Produktion. Ich mag ihn. Er ist ein sehr netter Mann, sehr herzlich, auch zu mir, aufrichtig herzlich. Soviel ich weiß, hatte er stets Pech mit Frauen. Alyra hat einige boshafte Bemerkungen fallenlassen.«

Caselli war hellhörig geworden.

»Welche Pläne waren das, die Signora Ali-Zade hatte?«

»Soweit ich weiß, versuchte sie, Richard und Geraldine zu verkuppeln. Sie hat es so eingefädelt, daß die beiden sich wie zufällig nach einer ›Tosca‹-Aufführung über den Weg liefen und den ganzen Abend zusammen an einem Tisch saßen. Um Weihnachten war das. Geraldine sollte wieder mit Richard zusammenkommen, so hätte sie freie Bahn bei Franceschini gehabt. Franceschini dachte natürlich nicht daran, sich scheiden zu lassen, aber machen Sie das mal einer Frau wie Alyra klar.«

Caselli nickte. »Franceschini wollte sie loswerden, sein Assistent Signor Dubois hat mir das bestätigt«, sagte er. »Und er wollte den Kontakt zu Geraldine Dvorsky wieder aufnehmen.«

»Und Sie glauben, daß Alyra das gewußt hat?«

»Die Möglichkeit besteht jedenfalls«, sagte Caselli. »Signor Kowalski, Ihre Frau hat in der römischen Oper oft gesungen und sie kennt Richard McFairshield gut. Sie konnte in der Oper ein und aus gehen und hatte Zugang zu den Requisiten. Sie hätte den Dolch jederzeit entwenden können. Trauen Sie ihr zu, Stronchetti bei der Engelsburg ermordet zu haben, um den Verdacht auf Geraldine Dvorsky zu lenken?«

»Nein, da hätte sie eher Geraldine aus dem Weg geräumt, glauben Sie nicht?« Caselli mußte ihm recht geben. »Fällt Ihnen noch irgend etwas zum Fall Maestro Franceschini ein?« wechselte er das Thema.

»Rein gar nichts. Ich habe wirklich nicht die geringste Ahnung, Commissario«, sagte Kowalski und hob den Deckel einer Holzschatulle auf dem Beistelltisch, um sich eine Zigarette anzuzünden.

»Wie stehen Sie eigentlich zu Signorina Dvorsky?« fragte Caselli weiter und behielt die Holzschatulle im Auge. Ihm entging aber nicht, daß Kowalski zum ersten Mal einen Anflug von Unsicherheit zeigte.

»Wenn ich mich in eine Frau verlieben könnte, dann in sie«, sagte er schließlich und blickte Caselli unverwandt an. »Als ich sie bei Dr. Friedbaum im Wartezimmer sitzen sah, empfand ich zum erstenmal seit langer Zeit wieder ... so etwas wie Interesse.« Sein Blick war offen. »Mir liegt nicht viel an Menschen, Commissario. Vielmehr – die meisten interessieren mich so sehr wie ein Fliegendreck an der Wand.« Caselli schien seine Ausdrucksweise doch recht drastisch. Jetzt sah er erstaunt einen düsteren Schatten über seine kühlen Züge huschen. »Bei Geraldine war das anders. Ich dachte sogar einen Moment ... aber es war unmöglich. Da ist nichts mehr zu machen.«

»Deshalb haben Sie ein Liebesverhältnis mit ihrem Analytiker«, wagte Caselli einen Vorstoß.

»Das übersteigt Ihre Kompetenzen, Commissario«, antwortete Kowalski kühl.

»Aber vielleicht nicht meine Befugnisse als Polizeibeamter«, versetzte Caselli. »Geraldine Dvorsky hat mir erzählt, Sie hätten sie nachdrücklich vor Dr. Friedbaum gewarnt. Warum? Vielleicht wegen der Medikamente, die er ihr verschrieb?«

Kowalski starrte ihn schweigend an. »Signor Kowalski«, fuhr Caselli fort, »wir haben Signorina Dvorskys Tabletten in unserem gerichtsmedizinischen Labor analysieren lassen. Es handelt sich um kein handelsübliches Medikament, das bedeutet, es wurde von Dr. Friedbaum eigenhändig hergestellt oder in Auftrag gegeben. In ihm wurden in kleinen, aber nicht ganz wirkungslosen Dosen Spuren von Arsen entdeckt.«

Caselli registrierte überrascht, daß Kowalski Mühe hatte, das Wechselspiel der Gefühle zu verbergen, das sich seiner Gesichtszüge bemächtigte. Er schien erschüttert über diese Information. Vielleicht bedeutete ihm die kleine Geigerin wirklich etwas, und er hatte von den Ränken des eifersüchtigen Friedbaum nichts gewußt. Dann wich der Ausdruck des Schocks auf Kowalskis Gesicht dem mühsam kontrollierter Wut.

»Verzeihen Sie«, korrigierte sich Caselli und zog die Schatulle zu sich heran. »Sie sind mir sehr sympathisch, wissen Sie?« sagte er plötzlich und blickte Kowalski in die Augen. »Wir haben übrigens eine Gemeinsamkeit«, sprach er weiter und wußte selber nicht so recht, auf welches Terrain er sich begab. Kowalski hatte sich längst wieder gefangen und trug die gewohnte Maske des gelangweilten jungen Snobs. »Wir haben beide ein Elternteil deutscher Nationalität. Sie sagten, Ihr Vater wäre Deutscher, nicht wahr?« Kowalski nickte und stippte die Asche seiner Zigarette auf einen arabisch anmutenden Metallaschenbecher. »Sehen Sie, bei mir ist es umgekehrt, meine Mutter war Deutsche, das verbindet uns doch in gewisser Weise, nicht?«

»Wollen Sie mir einen Antrag machen, Commissario?« fragte Kowalski. »Ich weiß nicht, worauf sie hinauswollen.«

»Ich möchte, daß Sie mit mir zusammenarbeiten«, sagte Caselli forsch. »Signorina Dvorsky ist fasziniert von Ihnen, vor allem von Ihrer ... mystischen Ader. Sie pflegen in Santa Maria di Maggiore zur Beichte zu gehen, nicht wahr?« Kowalskis Miene blieb unbewegt. »Ich wette, auf portugiesisch, ist das richtig, Signor Kowalski? Und sicher erteilt Ihnen der Priester die Absolution mit ein paar netten Briefchen ... Ablaßbriefchen sozusagen, deren Inhalt auf direktem Weg in den Himmel führt. Wenn Sie sich von einem irdischen Gericht Ablaß erhoffen, dann werden Sie mir jetzt alles sagen, was Sie wissen, ansonsten kann es verdammt unangenehm für Sie werden!« erprobte er einen ihm wenig geläufigen Tonfall. Kowalski starrte ihn immer noch völlig ungerührt an, und Caselli spielte einen letzten Trumpf aus. »Sie sind sehr sensibel, lieber Rodolfo ...«, er kniff die Augen finster zusammen, »eine Woche Untersuchungshaft in Rebibbia und Sie sind ein seelisches Wrack ... ganz zu schweigen von Ihrer körperlichen Verfassung ... die Burschen dort sind kräftig.«

»Commissario«, sagte Kowalski unangenehm berührt. »Ich versichere Ihnen, ich kann Ihnen beim besten

Willen nicht weiterhelfen. Ich habe Ihnen gesagt, was ich weiß.«

»Es geht auch um etwas anderes«, sagte Caselli und kippte abrupt den Inhalt der Schatulle auf den Couchtisch. Zwischen den Zigaretten kam ein quadratisch gefaltetes Papierchen mit rotem Stempelaufdruck zum Vorschein. Caselli beugte sich blitzschnell vor und ließ ein Paar Handschellen um Kowalskis Handgelenke klicken. »Ich bin seit Monaten an dieser Sache dran, Kowalski. Und Sie kommen hier nicht eher wieder raus, als bis Sie mir die ganze Wahrheit erzählt haben!«

Kowalski hob die gefesselten Hände und nahm gelassen einen weiteren Zug.

»Aber Commissario, Sie enttäuschen mich«, sagte er süffisant. »Welch platter psychologischer Ansatz. Haben Sie das auf Ihrer Polizeischule in Catania gelernt? Glauben Sie wirklich, hier sitzt ein mimosenhafter Schwuler vor Ihnen, den Sie mit ein paar ungehobelten Polizeischikanen beeindrucken können? Wollen Sie mich mit der Drohung schrecken, die kleinen Gauner und braven Familienväter, die in Rebibbia einsitzen, weil sie erwischt wurden, wie sie bei einer Contessa ein paar silberne Löffel mitgehen ließen, könnten sich an mir vergreifen? Hören Sie mir nicht zu, Caselli? Habe ich Ihnen nicht gerade von meiner Militärzeit in Marokko erzählt? Wir sind hier in Rom, nicht in der Bronx. Ich rate Ihnen dringend dazu, ihren Konsum an amerikanischen Polizeiserien einzuschränken, und jetzt nehmen Sie mir die Handschellen ab, sonst hetze ich Ihnen eine Dienstaufsichtsbeschwerde an den Hals, daß Sie sich nur noch auf Knien Ihrem Vorgesetzten nähern werden. Im übrigen sollten Sie wissen, daß ich das Wort Mafiamethoden bewußt vermeide ... da liegt doch Ihr Schwachpunkt, Caselli, nicht wahr? Doch keine Sorge, wir teilen eine weitere Gemeinsamkeit, nämlich die vehemente Abneigung gegen jede Form billiger, vorurteilsbeladener Diskriminierung verfemter Randgruppen, wie Homosexuelle und Sizilianer.«

Es kam unerwartet, und Caselli wußte einen Augenblick tatsächlich nicht, wie er reagieren sollte. Er schluckte schwer an der Tatsache, daß Homosexuelle und Sizilianer in einem Satz genannt worden waren, und zögerte.

»Na, kommen Sie schon, Caselli ... ja, ich habe mich über Sie informiert, meine Mutter stammt aus einer Patrizierfamilie, Großvater kannte eine Reihe einflußreicher Leute, da genügt ein Anruf, das wissen Sie doch«, sagte Kowalski. »Sie nehmen mir jetzt die Handschellen ab, wir reden ein wenig über Ihre Mutter, und Sie versprechen mir, daß Sie mich unbehelligt lassen. Ich werde Ihnen glauben, denn das Wort eines Sizilianers ist ein Ehrenwort ... und anschließend erzähle ich Ihnen die Sache mit dem portugiesischen Beichtstuhl.«

Kowalski hob die gefesselten Händen zu einer auffordernden Geste, und Caselli griff nach dem Schlüssel. Er mußte zugeben, der Psychologiekursus zur Weiterbildung höherer Polizeibeamter hatte hier versagt. Die Handschellen fielen und Kowalski stand auf.

»Ich mache uns noch einen Kaffee.«

»Sind Sie drogenabhängig?« fragte Caselli.

»Davon kann doch keine Rede sein«, sagte Kowalski, »Ich hatte in Marokko ... diesen Unfall. Danach habe ich eine Zeitlang Opium genommen ... es wird dort als Schmerzmittel verwendet. Ich brauche jetzt ab und zu mal was, aber keine harten Drogen«, er zögerte, dann fuhr er fort, »hier in Rom geht das auch ohne die Szene. »Es gibt eine Kontaktperson, in Santa Maria Maggiore ... auf hohem Niveau, die Kunden sind meist Kreative.

Das Ganze ist landläufig bekannt, man kann sich nur wundern, niemand schreitet ein. Seien Sie vorsichtig, Caselli, greifen Sie nicht mit bloßen Händen in ein Schlangennest. Das Ganze läuft unbehelligt ... schon über Jahre. Es gibt da bestimmte Mächte, gegen die kommen Sie nicht so ohne weiteres an. Sie können davon ausgehen, daß die Sache von ganz oben gedeckt wird. Sie kennen doch die großen italienischen Staatsaffären, die Geheimloge P2, Gladio, der Mord an Calvi, der Skandal um die Banca Ambrosiana ... wenn der Vatikan seine schützende Hand über eine Sache hält ...«

»Wollen Sie damit sagen ...?« begann Caselli.

»Lieber Caselli, ich will gar nichts sagen. Aber Sie sollten wissen, daß manche Angelegenheiten hier in Rom eng mit dem Vatikan verknüpft sind und es normalen Sterblichen nicht vergönnt ist, da mit laizistischen Methoden Recht und Ordnung herstellen zu wollen. Es könnte Sie Ihren Kopf kosten, sowohl *de lavoro* wie *de facto*«, sagte er. »Überlegen Sie sich gut, bevor Sie etwas tun. Im übrigen genießt eine Kirche – und Santa Maria Maggiore ist eine Kirche – Immunität ... Sie können da nicht einfach hinein und den portugiesischen Geistlichen festnehmen. Das ist Ihnen doch wohl klar, oder? Es erfordert ein subtileres Vorgehen ... auf diplomatischer Ebene.«

Caselli lächelte. Er spürte, daß Kowalski ihm das nicht zutraute, fand es aber nicht notwendig, ihm zu widersprechen. Er wußte schließlich, daß er ein fähiger Polizist war.

»Was haben die Worte auf den Papierchen zu bedeuten?« forschte er weiter.

»Es gibt immer wieder ein neues Codewort, zur Sicherheit. Es garantiert den Abnehmern, daß die Ware wirklich von guter Qualität ist ... das ist die Garantie in

Santa Maria Maggiore. Einwandfreier Stoff, die Abnehmer brauchen sich nicht zu sorgen. Das neue Codewort wird regelmäßig durch Mittelsmänner weitergegeben, denn selbstverständlich wurde die Galeone schon kopiert, so mancher Dealer hätte gern mit abgesahnt. Es waren eine Zeitlang jede Menge davon im Umlauf von lebensbedrohlich schlechter Qualität, Riccardo Vismara ist an so einen Verschnitt geraten. Deshalb das Codewort.«

»Und wie funktioniert das?« fragte Caselli.

»Da gibt es ein ausgeklügeltes System«, antwortete Kowalski. Es ist dreifach gesichert. Am vierzehnten jeden Monats erhalte ich einen Anruf, und man nennt es mir. Danach wähle ich eine Nummer, sage mein Paßwort, und das Codewort wird bestätigt. Das letzte Mal fällt es im Beichtstuhl, bevor mir die Ware ausgehändigt wird.«

»Haben Sie in Santa Maria Maggiore jemals einen von diesen VIPs getroffen, den Sie kannten?«

»Nein, die meisten schicken einen Boten.«

»Ist Alyra Ali-Zade auch in die Sache verwickelt?«

Kowalski schüttelte verächtlich den Kopf. »Wir würden doch niemals eine Frau von so unberechenbarem Temperament in einem Geschäft mitmischen lassen, das in erster Linie einen kühlen Kopf und Nerven aus Stahl erfordert, Commissario. Das wäre nur ein überflüssiger Risikofaktor.« Er lächelte provozierend.

Nun, mußte Caselli zugeben, Nerven hatte er zweifellos. Mißbilligend betrachtete er Kowalski, der, die Ruhe selbst, lässig in seinem Sessel hing.

»Alyras Vater erwies uns um so nützlichere Dienste«, fuhr Kowalski fort. »Er war in seinem Land eine wichtige Persönlichkeit des öffentlichen Lebens, deren Machtstellung von keiner Institution angefochten wird.

Jetzt nach seinem Tod haben seine Söhne das Geschäft übernommen. Unsere Abnehmer hier in Rom sind ebenfalls aus den besten Kreisen: Manager, Geldadel, Kreative.«

»Vor allem Musiker, nicht wahr?« Caselli beugte sich vor und sah Kowalski eindringlich an. »Musiker aus dem Orchester Cecilia etwa. Und Sie haben einen Mittelsmann, der da keinen Versorgungsengpaß aufkommen läßt, davon bin ich überzeugt ... wenn es nicht Alyra Ali-Zade ist ... wer ist es dann, Kowalski? Wer hat Vismara beseitigt, als er auspacken wollte, nachdem sein Bruder durch verschnittenen Stoff ums Leben gekommen war? Und wer hat Stronchetti erstochen, der dem Mörder Vismaras auf die Spur gekommen war?«

Kowalski starrte ihn einen Augenblick forschend an, dann sprang er auf und ging ein paar Schritte, wie um sich die Beine zu vertreten. »Sie sind gar nicht so unclever, Commissario, Chapeau!« sagte er. »Noch einen Espresso?«

Caselli ließ sich nicht ablenken. »Kowalski, Sie wissen genausogut wie ich, daß es eine Person gewesen sein muß, die gut informiert war über die Eifersuchtsspielchen unter Geraldine, Alyra, McFairshield und Franceschini – und die sie geschickt für seine Zwecke zu nutzen wußte.«

»Die waren doch ein offenes Geheimnis am Theater!« winkte Kowalski ab. »Jeder wußte Bescheid!«

»Ja, aber nicht jeder hatte die Möglichkeit, die betreffenden Personen zu manipulieren, weil er persönliche Beziehungen zu jeder einzelnen von ihnen unterhielt. Der hier ein paar Fotos offen liegenlassen konnte, damit Alyra sie fand, dort ganz nebenbei eine Bemerkung über Franceschinis angebliches neuerwachtes Interesse an Geraldine einstreuen ...«

»Sie scheinen ja über alles im Bilde zu sein«, unterbrach ihn Kowalski mokant und setzte sich wieder.

»Ja, und vor allem bin ich darüber im Bilde, warum diese Person diese ganzen Intrigen initiiert hat«, sagte Caselli, »und auch nicht vor Mord zurückscheute – nämlich weil er sich an den Geschäften des Galeonensyndikats unglaublich bereichern konnte.«

»Zugegeben, wir verlangen Höchstpreise, aber dafür bekommen die Abnehmer alles, was sie wollen, und das ist es ihnen wert«, sagte Kowalski nicht ohne Stolz.

»Auch Zyankali?« fragte Caselli dazwischen.

Kowalski sah Caselli lange an, als tariere er das Für und Wider seiner Antwort aus. »Alles, was das Herz begehrt«, antwortete er dann. »Und was nicht importiert werden kann, das kann auch synthetisch hergestellt werden – wie Sie schon ganz richtig bemerkt haben.«

Caselli erinnerte sich, daß Kowalski Chemiker war. Er spürte, wie Wut in ihm aufwallte. Da stach er ja wirklich mitten in ein Wespennest von schmutzigen Machenschaften und Korruption hinein. Es war kaum zu glauben. Er versuchte, ruhig und tief zu atmen – was nützte es schon, wenn er sich aufregte. Kowalski hatte recht – hier war er machtlos. Er brauchte handfeste Beweise, die nicht so einfach vom Tisch zu wischen waren. Aber er wäre ein Narr zu glauben, er könne aus diesem aalglatten Menschen den Standort des geheimen Labors herauspressen, in dem er und Friedbaum ihrer Arbeit nachgingen. Casellis Mund war plötzlich trocken.

»Wo?« fragte er.

Kowalski lächelte süffisant. Er schaute Caselli unverwandt an, und der las in seinem Blick eine merkwürdige Belustigung. Kowalski lächelte noch immer. »In einem unterirdischen Gewölbe unter Friedbaums Praxis. Man gelangt dorthin durch eine quadratische Falltür unter seiner Waschmaschine. Kowalski stand auf. »So«, sagte er unvermittelt. »Jetzt wissen Sie Bescheid. Also, wie sieht es mit mir aus?«

»Ich werde vorerst nichts unternehmen und danke Ihnen für Ihr kooperatives Verhalten«, sagte Caselli und stand auf. »Ich finde allein hinaus«, sagte er.

Caselli trat etwas benommen in das flirrende Treiben der Via Giulia hinaus, ihm war beinah feierlich zumute. Soeben hatte Kowalski, ohne mit der Wimper zu zukken, seinen Gott vom Sockel gestürzt. Offensichtlich kannte Alyra ihren Mann nicht so gut, wie sie vielleicht dachte. Caselli lächelte. Dieser kaltschnäuzige junge Mann im Trench fühlte sich wohl doch nicht ausschließlich materiellen Werten und seinem Analytiker verbunden. Und da hieß es, eine gewisse Art von Liebe zwischen den Geschlechtern sei eine nebulöse Erfindung Platons und nichts als schöne Theorie. Öfter als einmal hatten sie in der Trattoria darüber hitzige Gefechte geführt. Na, jetzt konnte er seinen Freunden was erzählen. Caselli knöpfte seinen Mantel auf, die Sonne war hinter den Wolken hervorgekommen und schien schon den Frühling ankündigen zu wollen, so gleißend schickte sie ihre Strahlen herab. Caselli beschleunigte seinen Schritt. An sein Feierabendvergnügen zu denken, war jetzt der denkbar falscheste Zeitpunkt. Er war sich nach seinem Gespräch ganz sicher, zu welcher Person in Santa Cecilia die Spur der Leichen Riccardo und Angelo Vismaras, Stronchettis und Franceschinis führte, deren Windungen ihm vor einer Woche noch so labyrinthisch erschienen waren. Auf einmal überblickte er sie so klar wie das verwinkelte Rom von der Engelsburg aus. »Va banque zu spielen können sich in unserer Branche nur Leute leisten, die den Kopf über dem Orchestergraben haben«, hörte er Vismaras Stimme. Ja, die Mosaiksteinchen paßten zusammen. Er konnte den Streich wagen.

38

Als Caselli am nächsten Morgen in der Questura eintraf, wartete Scurzi bereits.

»Wir haben ihn«, rief er triumphierend und wedelte mit einem Blatt Papier in der Hand. »Jean Dubois, Interpol hat ihn letzte Nacht geschnappt, er wollte sich nach Usbekistan absetzen. Sie haben ihn die ganze Nacht in die Zange genommen, er hat alles gestanden. Unsre Leute sind unterwegs, um ihn abzuholen.«

»Was?« Caselli entriß ihm das Protokoll. »Wie haben die denn das fertiggebracht? Unglaublich!«

Scurzi hatte das Protokoll schon gelesen. »Es blieb ihm gar nichts anderes übrig. Friedbaum hat ihn belastet, um besser wegzukommen. Man hat das Labor unter seiner Praxis entdeckt. Als die Computerspezialisten bei Interpol Dubois' Notebook auf den Kopf gestellt haben, sind sie in einer verschlüsselten Datei auf die Rezepturen zur Herstellung synthetischer Drogen gestoßen. Anscheinend hatte der Kerl vor, seine Geschäfte von Usbekistan aus weiterzuführen.«

»Die Haftbefehlformalitäten für Friedbaum sind also erledigt?« fragte Caselli.

»Ja, den haben wir auch schon«, antwortete Scurzi und blickte durch die Glasfront. Dr. Friedbaum kam gerade aus dem Büro des Polizeichefs Ruggiero di Verdacchiano, in Handschellen, flankiert von zwei Polizisten. Caselli goß sich ein Glas Wasser ein und wandte sich an Scurzi.

»Friedbaum hat also gestanden?«

»Es blieb ihm ja gar nichts anderes übrig bei dem, was sich unter seiner hübschen kleinen Waschmaschine verbarg«, Scurzi grinste, »das Beweismaterial ist erschlagend. Leugnen zwecklos. Stellen Sie sich vor, Commissario, Dubois hat das Orchester mit Rauschmittelchen aller Couleur versorgt. Sein lukrativster Kundenkreis scheinen einige Orchestermusiker gewesen zu sein. Und da wollen Eltern ihre Kinder nicht auf Rockkonzerte gehen lassen!«

Caselli überflog immer noch das Protokoll. »Stronchetti hat Jean Dubois also erpreßt, dachte ich's mir doch.«

»Ja«, sagte Scurzi eifrig, »der war ein ganz Ausgebuffter. Behielt nach dem Tod der Vismaras einen scharfen Blick aufs Santa Cecilia, schnüffelte rum und roch schließlich Lunte. Der suchte ja wahrscheinlich geradezu nach jeder Gelegenheit, Franceschini einen Knüppel zwischen die Beine zu werfen.«

Caselli nickte. »Aber noch mehr Spaß hat ihm wahrscheinlich die Vorstellung gemacht zuzusehen, wie Franceschinis Assistent hinter dessen Rücken systematisch die Moral des Orchesters untergräbt und daran auch noch verdient!«

Scurzi sah ihn zweifelnd an. »Sie meinen also, Franceschini hat von dem ganzen Treiben wirklich nichts gewußt?«

Caselli schüttelte den Kopf. »Nein, aber geahnt hatte er wohl in letzter Zeit etwas. Vorher war er für Jean Dubois nichts als ein sterbender Mann, der keinen Gefahrenfaktor für ihn darstellte. Aber anstatt dahinzusiechen, besserte sich sein Zustand, er fing an, seinen Assistenten zu beobachten, Dinge fielen ihm auf ... und Jean wußte, daß es nur eine Frage der Zeit war, bis er ihm auf die Schliche kam. Wenn er nicht Selbstmord begangen hätte, wäre er über kurz oder lang wohl auch ums Leben gekommen – vielleicht sogar durch den Scarpia-Dolch, den Dubois Richard McFairshield untergeschoben hat.« Er nahm einen tiefen Schluck Wasser und setzte das Glas so hart ab, daß etwas über den Rand schwappte.

Scurzi starrte ihn ungläubig an. »Sie meinen doch nicht ...«

»Doch, Scurzi, das meine ich: Ich kann mir vorstellen, daß er geplant hatte, den mißtrauisch gewordenen Franceschini umzubringen. Und dann hätte er beide Morde Richard McFairshield in die Schuhe geschoben – der eifersüchtige Liebhaber, der seine Rivalen beseitigt.« Caselli sah, wie Scurzis Augen sich weiteten. »Ja, ich weiß, so eine Kaltblütigkeit ist kaum zu fassen, nicht wahr?«

Die Männer sahen sich einige Augenblicke an. In ihr Schweigen platzte ein Beamter, der den Kopf zur Tür hereinsteckte: »Soeben ist Jean Dubois in der Questura eingetroffen.«

»Lassen Sie ihn reinbringen, Purini«, wies ihn Caselli an.

Wenig später wurde Jean Dubois von zwei Beamten hereingeführt. Caselli hieß ihn Platz nehmen. Dubois war eine einnehmende Erscheinung, ein blonder junger Mann mit zarten, sensiblen Gesichtszügen, aber Augen, deren scharfer Blick ihr unschuldiges Blau Lügen strafte. Er wußte seine Erschöpfung hinter einer untadeligen Haltung und einem Flair von Gleichgültigkeit zu verbergen.

»Gute Arbeit, Commissario«, begann er, »ich hätte nie gedacht, daß Sie mich kriegen würden.« Sein Tonfall war ausgesprochen ruhig und freundlich.

»Danke für das Kompliment«, sagte Caselli, »aber

selbst Sie sind nicht unfehlbar, auch wenn Sie sich wahrscheinlich für das strategischste Hirn unter italienischer Sonne halten, Signor Dubois.« Er griff noch einmal nach den Faxblättern. »Sie haben ja schon alles zu Protokoll gegeben. Trotzdem hätte ich noch ein paar kleine Fragen. Man wird Sie dann in Ihre Zelle bringen, wo Sie sich ausruhen können.«

»Wie sind Sie mir auf die Spur gekommen, Commissario?« Diese Frage schien Jean umstandslos loswerden zu wollen. Caselli stand auf, um sich ein wenig Bewegung zu verschaffen. Es roch muffig in dem kleinen Büro, er öffnete das Fenster.

»Nun, Alyra Ali-Zade hatte mir erzählt, daß Geraldine Dvorsky am Abend vor Franceschinis Tod gar nicht mit ihr persönlich gesprochen hatte. Und Signorina Dvorsky berichtete mir dann, daß sie an jenem Abend Signora Ali-Zade nicht erreichen konnte und Sie bat, ihr etwas auszurichten. Sie, Jean, den alten Freund, dem sie vertraute und der ihr Problem mit McFairshields Eifersucht kannte. Das hat mich mißtrauisch gemacht.«

Jean nickte »Ja, ich gebe zu, es war ein Fehler, Alyras Eifersucht anzustacheln. Aber es hat mich zu sehr gereizt, ihre Reaktion vorauszuberechnen und dann die von McFairshield – ein Kettenreaktionstest, sozusagen.«

Caselli rückte seinen Stuhl zurecht, um sich wieder hinter seinen Schreibtisch zu setzen. »Daß Signora Ali-Zade erst gar nicht auf den Gedanken kam, daß es auch ein anderer Mann als Franceschini sein könnte, den Geraldine Dvorsky traf, hat mir zu denken gegeben«, fuhr Caselli fort, »es weckte in mir den Verdacht, daß die Sängerin in ein Netz aus Wahrheiten, Halbwahrheiten und Lügen eingesponnen worden war, in dem sie sich immer mehr verfing.«

»Das haben Sie sehr schön ausgedrückt«, sagte Jean,

sein Mundwinkel zog sich nach unten, »und ich war die dicke Spinne, die die Fliegen in ihr Netz lockte.«

Caselli ließ sich von seinem ironischen Ton nicht irritieren. »Sie sagen es. Aber ...«, er blickte stirnrunzelnd auf das Blatt in seiner Hand, »eins möchte ich doch noch von Ihnen wissen, Signor Dubois. Wie kamen Sie an das Messer, und warum haben Sie Stronchetti vor der Engelsburg umgebracht, ausgerechnet in der Nacht, in der Geraldine Dvorsky sich ebenfalls dort aufhielt?«

Jean blickte in die Innenflächen seiner Hände. »Nun, nach einer ›Tosca‹-Vorstellung, in der auch Geraldine und Alyra Ali-Zade waren, bin ich hinter die Bühne gegangen, um McFairshield zu gratulieren. Franceschini hatte mich darum gebeten. Ich sollte ein wenig schön Wetter machen. Die beiden hatten einige Zeit zuvor eine hef-tige Auseinandersetzung gehabt und sich seither nicht mehr gesprochen. Franceschini wollte sichergehen, daß McFairshield für die ›Don Carlos‹-Wiederaufnahme in Neapel nicht absprang, besonders an dem Gala-Abend hingen hohe Sponsorengelder. Er wollte Richard bei der Stange halten. Zwar hielt er es für unwahrscheinlich, daß McFairshield aus persönlichen Gründen ein außerordentlich gut bezahltes Engagement sausen ließ, er ist schon lange nicht mehr ausgebucht, aber bei Sängern weiß man nie, was verletzter Stolz so alles anrichtet ... Der Dolch fiel mir auf. Er lag auf dem wuchtigen Schreibtisch neben dem Huhn, seine Klinge blitzte, und die künstlichen Edelsteine funkelten unter dem einen Spot, den der Beleuchter noch nicht ausgeschaltet hatte. Er hat mich fast magisch angezogen, und da habe ich ihn eingesteckt. Stronchetti hatte mich bereits am Wickel. Er war gierig und bekam den Hals nicht voll, obwohl ich schon sehr viel Geld lockergemacht hatte. Ich glaube, mir kam bereits unterschwellig der Gedanke, wozu ich den Dolch gebrauchen könnte ... Dann sollte wieder eine Geldübergabe stattfinden. Es war immer Stronchetti, der bestimmte, wo wir uns trafen. Am Tag vor Epiphanie rief er mich an und bestellte mich für drei Uhr nachts zur Engelsburg, und dann setzte er noch eins drauf: Ich sollte das Doppelte der vereinbarten Summe mitbringen. Den Rest kennen Sie. Daß Geraldine ganz in der Nähe war, das war reiner Zufall.«

»Kam Ihnen der Gedanke, McFairshield zu belasten, nachdem Franceschini tot aufgefunden worden war?«

Jean nickte. »Ja, ich habe es Richard durchaus zugetraut. Ich glaubte, er habe dem Maestro die Kapsel verabreicht, seine Eifersucht hatte für mich schon etwas Morbides. Ich habe ihn für Franceschinis Mörder gehalten, und wenn er den Maestro umgebracht hatte, dann war es nur gerecht, ihm den Kritikermord anzuhängen, und es wäre auch niemand mehr auf den Gedanken gekommen, mich zu verdächtigen. In sein Hotelzimmer zu gelangen war ein Kinderspiel. Ich kenne das Hassler, ich weiß, wann sie die Zimmer richten. Ich habe gewartet, bis das Zimmermädchen die Handtücher wechselte, und dann habe ich das Messer in einer von McFairshields Reisetaschen versteckt.«

Caselli zögerte und vergrub die Hände in den Hosentaschen. »Sind Sie sicher? Oder war es nicht vielmehr so, daß McFairshield Ihnen bei Franceschini schlicht zuvorgekommen war?« setzte er nach.

Jean sah den Commissario eindringlich an. »Sie meinen, ich hätte bereits geplant, den Maestro umzubringen?«

»Er war Ihren Machenschaften auf die Schliche gekommen und stellte nun, da er anscheinend genesen war, eine Art Zeitbombe für Sie dar!«

Jean schüttelte den Kopf. »Nein ... Franceschini hat

mir vertraut. Er wußte, daß er sich in jeder Situation auf mich verlassen konnte.« Dubois machte eine kleine Pause, um sich über die rissigen Lippen zu fahren, dann sprach er weiter. »Ob Sie es glauben oder nicht, Commissario. Ich mochte Franceschini. Ich war gern sein Assistent. Er hat mir eine Chance gegeben, und das habe ich ihm nie vergessen.« Jean hatte Casellis Miene beobachtet. »Tja, Commissario, die Menschen sind Narren.«

Caselli schaute Jean Dubois ruhig in die Augen. »Vielleicht. Aber eines haben Sie in Ihrem Größenwahnsinn unterschätzt, Signor Dubois – daß sie kein Roboter und nicht programmierbar sind. Selbst Sie können die Dynamik von Gefühlen nicht kontrollieren. Es bleibt immer ein Restchen, das nicht berechenbar ist – und dieses Restchen hat Sie zu Fall gebracht. Und zwar bei der Person, bei der Sie es sicher am wenigsten erwartet hätten.«

Jean war blaß geworden. Zwischen zusammengebissenen Zähnen knirschte er: »Kowalski, dieser Idiot ... wenn ich hier rauskomme, werde ich ihm seine Gefühlsrestchen zu den Ohren rausprügeln!«

»Aber, aber«, Caselli gab sich schockiert, »etwas mehr Feingefühl hätte ich Ihnen doch zugetraut, Signor Dubois. Doch was soll's – ich weiß eh nicht, ob sie es jemals wieder draußen anwenden könnten.« Er gab den Polizisten hinter der Glasfront ein Zeichen, Jean Dubois abzuführen.

Caselli ging in Verdacchianos Büro. Signorina Flavia saß mit einer Pobacke auf dem Schreibtisch des Vice-Questore und nahm gerade ein Band aus dem Kassettenrecorder. »Alles schon erledigt, Caselli ...«, rief Verdacchiano aus seinem Ledersessel. Er hatte entspannt die

Arme hinter dem Kopf verschränkt und lächelte selbstgefällig.

»Ich konnte nicht warten, bis Sie mal in die Gänge kommen, mein lieber Caselli ... bei Ihnen da unten in Sizilien spielt Zeit ja keine Rolle ... bei uns hier läuft es ein wenig anders ... als mir heute morgen die Signorina das Fax von Interpol hereinbrachte, habe ich sofort alles Weitere veranlaßt. Wir haben Jean Dubois festnehmen, verhören und hierherbringen lassen. Das Protokoll liegt vor. Na, Sie sehen, Caselli ... kaum bin ich wieder da, schon flutscht es hier wieder. Ich muß eben alles selbst in die Hand nehmen, nicht wahr?« kommentierte er, und Signorina Flavia lächelte. Caselli mochte sich nicht vorstellen, worauf sich diese Bemerkung sonst noch bezog.

»Complimenti«, sagte er äußerlich ruhig und wandte sich zum Gehen.

»Ah, Caselli«, rief Verdacchiano ihm nach.

»Ja?«

»Und schauen Sie, daß Sie die Dirigentensache endlich mal von Tisch kriegen. Ich kann hier schließlich nicht alles machen.«

Caselli zog die Tür zu.

Scurzi erwartete ihn auf der Schwelle zu seinem Büro und ließ den Kopf hängen. Caselli atmete tief durch, dann kam er seiner Führungspflicht als Vorgesetzter nach und legte seinem Assistenten die Hand auf die Schulter.

»Na, kommen Sie, Scurzi, wir haben unser Bestes getan.«

39

Nach dem Gespräch mit Verdacchiano nahm Caselli ein Taxi und fuhr in die Via Canova 22.

»Ich dachte mir, daß Sie das vielleicht gern wiederhätten«, er legte eine Pillendose auf den intarsienverzierten Empiretisch. In einer Kristallvase standen roséfarbene Rosen. »Die duften aber gut«, bemerkte er.

»Geraldine war gestern hier ... sie ist ein Schatz, das arme Kind«, sagte Ludovica della Torre und goß sich Tee nach. Ihre ausgemergelte Hand zitterte leicht. »Sie möchten wirklich nichts trinken ... Commissario, vielleicht einen Brandy?« fragte sie.

Caselli lehnte dankend ab.

»Ich verstehe«, lächelte die alte Dame. »Sie sind im Dienst ...« Sie setzte die Teekanne ab. »Werden Sie mich jetzt verhaften?« fragte sie geradeheraus.

»Aber Signora ...«, Caselli fühlte sich der Situation nicht ganz gewachsen. »Haben Sie etwas getan, was eine Verhaftung rechtfertigen würde?« fragte er dann.

»Sie wissen genau, was ich getan habe, Commissario«, antwortete Ludovica.

»Nun ja ...«, sagte Caselli und sog angestrengt die Luft durch die Nase. »Ihre Frau Mutter ... hatte Ihnen als junge Frau diese kleine Dose hier ausgehändigt, während der Kriegswirren ... sie war zu ihrem Schutz bestimmt, als letzte Rettung, falls Sie in eine ausweglose Situation geraten sollten, wenn die Faschisten Sie aufgespürt hätten ... in einem der Luftschutzkeller. Sie haben sie all die Jahre aufbewahrt, vielleicht in einer Schatulle, zusammen mit den wenigen Familienandenken, die Ihnen geblieben waren ... einem Medaillon Ihrer Mutter, den Briefen Ihres Bruders ...« Ludovicas wache Augen waren auf Caselli gerichtet.

»Ihr Stiefsohn wußte davon, Sie hatten ihm irgendwann einmal davon erzählt. Es muß schrecklich für Sie gewesen sein, als Sie an dem Abend ... an dem ich Ihnen die Nachricht vom Ableben des Maestro mitteilte ... in der Schatulle nachsahen ... und feststellen mußten ... daß die Dose fehlte ...«, sagte Caselli. »Nicht wahr .... Signora«, fügte er eindringlich hinzu.

Im Raum war es still, man hörte nur das Ticken einer hohen Standuhr im Korridor. »Nicht wahr ... Signora?« wiederholte Commissario Caselli. Ludovica della Torre nickte, und ein schwaches Lächeln huschte über ihre faltigen Gesichtszüge.

»Ja«, sagte sie.

»Aber warum haben Sie uns das nicht erzählt? Sie trifft doch keine Schuld.«

Ludovica della Torre schaute auf ihre faltigen Hände. »Ich habe es erst spät entdeckt ... das heißt, als ich erfuhr, wie er gestorben ist, habe ich lange gezögert, nachzusehen, ob die Dose noch da ist ... ich hatte einfach Angst. Und als ich dann gesehen habe, daß sie tatsächlich verschwunden war ...«, sie zögerte, »befürchtete ich, sie kämen auf die Idee, Geraldine hätte sie an sich genommen.«

»Sie wollten sie schützen.«

Ludovica nickte.

»Das habe ich mir gedacht, Signora delle Torre«, sagte Caselli freundlich. »Der Verdacht gegen Geraldine ist vollständig ausgeräumt. David Franceschini hat zweifellos Selbstmord begangen. Er muß die Dose eigenhändig an sich genommen haben, als er Sie zum letzten Mal besucht hatte ... nach seiner Rückkehr aus der Schweiz.«

Ludovica nickte, ohne ihn anzusehen, ihr Atem ging

regelmäßig, sie wirkte wie jemand, von dem eine Last genommen worden war, die ihm wochenlang die Luft abgeschnürt hatte.

»Ich werde in den nächsten Tagen ein Protokoll unseres Gesprächs aufsetzen und meinen Assistenten vorbeischicken, so müssen Sie sich zur Unterschrift nicht in die Questura bemühen, Signora«, sagte Caselli freundlich. »Ich glaube, ich würde nun doch gern einen Brandy trinken«, fügte er hinzu und lächelte.

40

Commissario Caselli saß an seinem Schreibtisch, er hatte gerade den Abschlußbericht über den Fall Franceschini geschrieben und las ihn noch einmal durch. Heute nachmittag sollte er ihn Verdacchiano reinreichen, aber davor mußte er ihn unbedingt noch einmal mit den Fällen Stronchetti und Vismara vergleichen, um sicherzugehen, daß er ja kein wichtiges Detail vergessen hatte. Er stand auf und goß sich ein Glas Mineralwasser ein. Dann ging er an den Aktenschrank, um die Akten Stronchetti und Vismara herauszusuchen. Natürlich waren sie nicht da – stimmt, Scurzi hatte erwähnt, er wolle sie mit nach Hause nehmen, um sie dort in Ruhe durchzulesen, wenn die Kinder im Bett waren. Caselli ging an seinen Schreibtisch und zog eine Schublade auf. Irgendwo mußte das Blatt Papier liegen, auf dem Scurzi Telefonnummern notiert hatte, für dringende Fälle. Er fand, was er suchte, setzte sich und griff zum Hörer. Caselli blickte auf das Blatt und dann auf die Uhr. Es war kurz nach zehn Uhr. Ein ungünstiger Zeitpunkt. Scurzi war sicher bei der Verwaltung der städtischen Müllabfuhr schon gegangen, aber wahrscheinlich noch nicht in der Bar seiner Cousins eingetroffen. Er versuchte es in der Bar.

»Pronto? Buon giorno, sono Caselli, mi passi Scurzi, per favore«, sagte er.

»Der kommt heute nicht«, sagte eine männliche Stimme am anderen Ende. »Irgendwas mit seinem Wagen, soll ich etwas ausrichten?«

»Nein, ist schon in Ordnung«, Caselli wählte die Nummer der Verwaltung der städtischen Müllabfuhr.

»Scurzi? Vor zehn Minuten gegangen«, sagte eine tiefe Frauenstimme.

»Danke«, sagte Caselli und knallte den Hörer auf die Gabel. »Das ist doch lächerlich!« murmelte er ungehalten, vergrub die Hände in den Hosentaschen und ging ans Fenster. Er war schlecht gelaunt. Ihm war klar, daß das Galeonensyndikat ungestört weiter sein Unwesen treiben würde. Indem er Friedbaum und Dubois unschädlich gemacht hatte, waren der neunköpfigen Hydra nur zwei Köpfe abgeschlagen worden, die wahrscheinlich inzwischen schon wieder nachgewachsen waren.

Außerdem hatte er schlecht geschlafen. Alpträume von einem Unfall hatten ihn gequält, den er in seiner Anfangszeit in Syrakus gehabt hatte, bei einem Vice-Questore, der ihn schikanierte. Einmal, im Spätherbst, war er morgens auf dem Weg zum Dienst in einen Wolkenbruch geraten, wie er für Sizilien typisch war. Binnen fünf Minuten wurde aus der abschüssigen Landstraße, auf der er fuhr, ein reißender Bach aus Schlammassen. Die Räder hatten blockiert, der Wagen drehte sich wie ein Papierschiffchen um die eigene Achse, und Caselli hatte es gerade noch geschafft, in den Straßengraben zu steuern statt die steile Böschung hinunter. Erst gegen

Mittag, als ihn die Feuerwehr aus dem Graben gezogen hatte, war er verdreckt und durchnäßt in der Questura erschienen und hatte sich für die Fehlzeit entschuldigt. Sein Vorgesetzter erteilte ihm dennoch einen Verweis. Auch die Fürsprache des Feuerwehrmanns, den Caselli sofort zu seiner Verteidigung anrufen ließ, half nichts, vielmehr verschlechterte sich seine Position dadurch noch, er galt als Rebell, der es wagte, die Entscheidung seines Vorgesetzten anzufechten. Die sechs Monate bis zu seiner Versetzung nach Catania waren die schlimmsten seiner Karriere gewesen. Er drehte sich um, griff nach dem Blatt und wählte die Nummer der Pförtnerloge in der Via Paisiello.

»Ja, hier ist Caselli, Commissario Caselli«, sagte er, als ihm jemand antwortete. »Ich muß Scurzi sprechen, und zwar sofort!« rief er in unbeherrschter Wut. »Wenn Sie mir freundlicherweise mitteilen würden, wo ich ihn erreichen kann …«, setzte er zynisch hinzu. Marcella war am Apparat.

»Guten Morgen, Commissario, mein Mann bringt den Wagen zur Werkstatt meines Cousins, in der Via Tuscolana, ich werde dort sofort anrufen, Commissario … und ihm Bescheid sagen, es scheint ja wirklich sehr dringend zu sein.« Caselli hörte ihre melodische Stimme.

»Grazie, Signora«, sagte er und lächelte gezwungen. Plötzlich hatte er das goldene Medaillon vor Augen, das Marcella um den Hals trug. »Wie geht es Ihnen denn?« fragte er nach. Er ging um seinen Schreibtisch herum und lehnte sich gegen die Vorderkante der Tischplatte.

»Ach, ich muß mich immer noch fast jeden Morgen übergeben. Ich verstehe das gar nicht, als ich mit meinen anderen dreien schwanger war, war ich immer putzmunter«, sagte sie.

»Hm«, meinte Caselli und betrachtete das vergilbte Porträt des ehemaligen Staatspräsidenten Saragat an der Wand über Scurzis leerem Schreibtisch.

»Und dann habe ich so arg zugenommen, also, das ist wirklich schlimm«, seufzte Marcella. »Besonders ... na ja, besonders obenrum«, fügte sie hinzu. Caselli rieb sich die Schläfen und versuchte, sich auf die Amtszeit von Saragat zu konzentrieren, war es 1954 bis 1960? »Also, ich werde Raffaele jetzt anrufen«, sagte sie. »Soll er gleich zu Ihnen kommen?«

»Ja, bitte. Und er soll unbedingt die Akten Vismara und Stronchetti mitbringen«, sagte Caselli und legte auf. Jetzt reichte es ihm. Er ging schnurstracks über den Flur und ließ sich durch Signorina Flavia bei seinem Vorgesetzten, Vice-Questore di Verdacchiano, anmelden. In kurzen, prägnanten Worten lobte er Scurzis Diensteifer, seine außerordentlich gute Arbeit und vergaß auch nicht zu erwähnen, daß Scurzi nun bald zum vierten Mal Vater wurde. Er nötigte Verdacchiano die Zusage ab, Scurzis Gehalt um 100.000 Lire im Monat zu erhöhen.

»Ach, da sind Sie ja«, rief Caselli. Er saß im Halbdunkeln, hatte seinen Stuhl etwas zurückgeschoben und spielte mit einem Füller, den er quer hielt und hin- und herwippte. Scurzi sah abgehetzt aus, sein Jackett war verknitterter als sonst. »Wie haben Sie denn das jetzt so schnell geschafft, in einer halben Stunde von der Via Tuscolana, das ist ja wirklich eine Meisterleistung!« sagte Caselli düster hinter seinem Schreibtisch.

»Der Mechaniker hat mir sein Moped geliehen«, antwortete Scurzi und schluckte schwer, »ich hatte die Akten Gott sei Dank bei mir, so daß ich nicht noch zu Hause vorbeimußte.« Mit einem tiefen Seufzer wuchtete er die schweren Ordner auf Casellis Schreibtisch.

»Wann war eigentlich die Amtszeit von Saragat?« fragte der.

»1964 bis 1971?« antwortete Scurzi verdutzt.

»Stimmt«, sagte Caselli. »Ich habe es nachgeschlagen, als ich hier auf Sie gewartet habe, Zeit genug hatte ich ja!« setzte er sarkastisch hinzu.

»Commissario …«, begann Scurzi.

»Schon gut, Scurzi, ich verstehe ja Ihre Situation«, Caselli hob die Mineralwasserflasche.

»Ja, danke«, Scurzi nahm die Flasche und schenkte sich ein Glas ein.

»Aber setzen Sie sich doch erst mal hin«, sagte er und klopfte Scurzi hart auf die Schulter. Scurzi verschluckte sich und fing an zu husten. Caselli atmete tief durch. »Wie gesagt, ich verstehe Ihre Situation, und ich habe über eine Lösung nachgedacht. Schließlich ist Ihre Mitarbeit hier wichtig, und Vice-Questore Verdacchiano sieht das genauso. Ich denke, es wird in Zukunft möglich sein, daß Sie sich hier noch mehr einbringen und wir mehr Hand in Hand arbeiten können …«

Sobald er seinem Assistenten die gute Nachricht mitgeteilt hatte, sprang dieser vom Stuhl, verbreitete die Neuigkeit lauthals im Büro und stürmte mit Tränen in den Augen in Verdacchianos Büro, um ihn zu umarmen.

Caselli stellte beim Hinausgehen mit Genugtuung fest, daß Verdacchiano sich nicht rechtzeitig zu retten vermochte und peinlichst berührt über Scurzis breite Schulter lugte.

Am Abend machte sich Caselli auf den Weg in die Trattoria. Er atmete tief durch, dann drückte er die Schwingtür auf und ging hinein.

»Alessandro, finalmente!« hallte es vierstimmig im Männerchor. Giovanni holte sofort ein Glas Rotwein.

Caselli schüttelte Hände, klopfte Schultern, und als er sich schließlich zu seinen Freunden an den Tisch setzte, war er seit langem wieder glücklich.

* * *

Danksagung

Rolf Degen
Raoul Schrott
Eva-Marion Biehl
und

con un abbraccio
Matthias Bischoff

*

per Enzo
... che tempi!

ringrazio oltralpe
Giuseppe Manfridi
e
Dacia Maraini

* * *

unvergessen
Wolfgang Schachinger
* 6. 4. 1961 – † 9. 1. 1986

*

für R. St.
weißt du noch, sagte der Drache über seine linke Schulter zu mir ...

*

e come potrei non ricordare la bellissima Feodor!
and
... the other guy.